LE BLUES DE MISS GIBSON

RETROUVEZ TOUTE LA COLLECTION
AUX ÉDITIONS DU MASQUE

n° 1. *Regent's Park*, Ruth Rendell

n° 2. *L'Œil du daruma*, Charles Haquet

n° 3. *Le Club des philosophes amateurs*, Alexander McCall Smith

n° 4. *La Mort à Frisco*, Michael Nava

n° 5. *Rendez-vous à Bagdad*, Agatha Christie

n° 6. *Salades grecques*, Simon Brett

n° 7. *Un seul être vous manque*, Sonia Cadet

n° 8. *Boy Dakar*, Laurence Gavron

n° 9. *Beijing Blues*, Charlotte Cahné

n° 10. *Meurtre en Périgord*, Martin Walker

n° 11. *Chewing-gum et spaghetti*, Charles Exbrayat

n° 12. *Le Blues de miss Gibson*, Linda Barnes

LINDA BARNES

LE BLUES DE MISS GIBSON

Traduit de l'américain par Thomas Bauduret

Titre original :
Steel Guitar
publié par Open Road Media

Ce titre est publié dans la collection
Le Tour du monde en polars,
sur une idée et avec la collaboration de
Catherine Fruchon-Toussaint.

Conception graphique : © Louise Cand
Illustration : © Sybille Sterk / Arcangel Images ;
tampon © iStock

ISBN : 978-2-7024-5255-4

En 1988, l'American Mystery Award couronne le premier roman de **Linda Barnes**, *A Trouble of Full*, et révèle ainsi une nouvelle autrice américaine de tout premier plan. Après une série mettant en scène un comédien détective, elle crée le personnage de Carlotta Carlyle, détective privée à Boston, qui a pris place parmi les classiques du genre.

Préface

Selon vous, quel est le meilleur moyen de découvrir une ville ? La marche, le bus, le métro, le vélo ? Tout cela bien sûr, mais, pour découvrir Boston, ce roman vous propose encore mieux : un conducteur de taxi attitré. Une conductrice, plus exactement, Carlotta Carlyle. Grande, rousse, sportive, Carlotta est une ancienne flic reconvertie en détective, qui boucle ses fins de mois en travaillant comme taxi de nuit.

Cette femme de caractère naît en 1987, dans une nouvelle, sous la plume de l'écrivaine américaine Linda Barnes. Une autrice qui connaît elle-même très bien le Massachusetts, et Boston en particulier, puisqu'elle y a étudié, y a enseigné le théâtre et y vit toujours.

C'est après une première série de romans policiers mettant en scène un acteur-enquêteur que Linda Barnes imagine ce nouveau personnage. D'emblée, la nouvelle série trouve son public avec *La Chasse au bahut*, la première des douze aventures de Carlotta Carlyle. Six titres ont paru au Masque, dont ce *Blues de miss Gibson*, où l'on retrouve notre intrépide héroïne pour la quatrième fois.

Divorcée, en colocation avec Roz, une jeune fille au look excentrique, démissionnaire de la police, où elle a gardé quelques amis, Carlotta s'est installée à son compte comme privée et dans une compagnie de taxis. C'est lors d'un de ses services de nuit que monte dans son véhicule une vieille amie, Dee Willis, devenue star de la chanson. Dee, qui ne la reconnaît pas, demande à se rendre dans l'un des coins les plus malfamés de la ville, afin de retrouver un ancien musicien qui la fait chanter et, évidemment, la virée nocturne tourne au fiasco. Mais une fois tirées de ce pétrin et lorsque Dee la reconnaît – les deux femmes ayant autrefois joué dans le même groupe – Carlotta se retrouve, sans trop savoir comment, engagée par son ancienne acolyte pour rechercher l'introuvable maître-chanteur.

Commence alors une plongée dans le milieu du blues et de l'industrie du disque avec, sur le devant de la scène, le groove, les guitares et les paillettes, et en coulisses la drogue, le blanchiment d'argent, voire le crime. Linda Barnes nous offre une enquête pleine de nostalgie, entre ex-amis et ex-mari, puisque celui-ci réapparaît, le temps d'un roman, pour venir en aide à Carlotta. Ainsi le lecteur voyage entre Blackstone, quartier dangereux, le centre chic et ses hôtels de luxe, Pine Street et son auberge dédiée aux sans domicile fixe, sans oublier les salles de concert, les bars, et même un hôpital sur la colline. Carlotta passe d'un univers à l'autre, et nous donne à voir un Boston que ne renierait pas Dennis Lehane – d'autant que celui-ci partage avec Carlotta ses origines irlandaises. Ce qui est certain, c'est que Linda Barnes connaît la ville sur le bout des doigts, comme en témoigne son site internet, qui répertorie les lieux préférés de son héroïne : des restaurants aux promenades le long de la rivière, mais aussi les magasins de chaussures qu'aime tant Carlotta, bref, le guide parfait pour se promener dans Boston.

Bon voyage !

Catherine Fruchon-Toussaint

À la mémoire de
Peter Haber
H. Wesley Biïnkley
Dennis Schuelz

Remember old friends we've made along the way,
The gifts they've given stay with us every day.

Souviens-toi les vieux amis connus en chemin,
Ce qu'ils nous ont offert, est à nous à jamais.

Old Friends, Mary McCaslin

She could put it all together on a real, on a steel guitar.

Elle pouvait nous jouer tout ça
sur une vraie guitare, une steel guitar.

Steel Guitar, Danny O'Keefe

Les chanteurs vont et viennent ; l'industrie du disque a des hauts et des bas. Le blues est populaire ou impopulaire, souvent en même temps. Les joueurs de blues qui apparaissent comme personnages dans ce roman sont le fruit de l'imagination de l'autrice. Ils sont entourés de grands noms que reconnaîtront les fans de blues tels que Rory Block, Chris Smither et feu le révérend Gary Davis – mais il n'existe aucune Dee Willis. Toute ressemblance entre mes personnages et des personnes existantes ne serait que coïncidence fortuite.

Une fois encore, je tiens à remercier mon illustre comité de lecture remanié comme on le verra : James Morrow, Susan Linn, Richard Barnes et Ann Sievers. Chris Smither m'a fourni des indications dans le domaine musical : toutes les bonnes informations viennent de lui, et je suis responsable de toutes les erreurs s'il y en a. Ma reconnaissance va aussi à Linda Kalver qui m'a présenté celui qui jouait de « miss Gibson ». Au fait ! Roz me demande de saluer au passage l'indéfectible vigilance de l'équipe des T-shirts : John Hummel, Cynthia Mark-Hummel, et Michelle Forsythe.

Mon agente, Gina Maccoby, s'occupe toujours avec la même sollicitude des affaires de Carlotta. Mille mercis aussi à mon éditeur Brian DeFiore, pour son humour, sa patience et son esprit critique.

1

Men darf lebn und lozn leben, me répétait ma mère lorsque j'étais enfant. Maintenant que je suis une grande fille, je sais que cela signifie à peu près : « Vivre et laisser vivre », mais pour maman, le message était : « Mêle-toi de tes affaires. »

Ses avertissements n'ont servi à rien. C'est comme ça que je gagne ma vie, en me mêlant des affaires des autres.

Objection, votre honneur. C'est comme ça que je voudrais gagner ma vie. Malheureusement le métier d'enquêteur est fluctuant : il m'arrive de rembarrer trois clients en une seule journée, mais il peut se passer des semaines sans qu'on vienne frapper à ma porte. Et comme j'aime manger à ma faim – et que je préfère dire non à certains clients qui pensent pouvoir acheter ce qui n'est pas à vendre –, je fais le taxi de nuit pour joindre les deux bouts.

J'aime conduire de nuit. J'aime le monde cru d'après-minuit. Les lumières m'excitent – l'œil rond des phares, les néons scintillants, le tranchant des choses. Mais parfois, éblouie par les strass, j'oublie de faire gaffe aux ombres.

Je sommeillais devant une borne d'appel, tout en m'éventant avec le supplément Voyages du *Globe*. La climatisation marchait à pleins tubes, distillant une brise tiédasse incapable de rivaliser avec la touffeur de ce mois d'août. Je rêvais de mon prochain client, un beau mec athlétique et distingué qui, miracle, se laisserait tomber sur le siège arrière et dirait : « Cape Cod, s'il vous plaît. Une promenade sur la plage pour respirer un peu l'air de la mer, ça vous dirait ? »

Même à moitié endormie, je la reconnus.

Elle portait des lunettes noires et une cape apparemment imperméable. La simple idée d'avoir ça sur le dos me terrassa. Si les chauffeurs de taxi de Boston n'étaient pas censés s'habiller correctement, je me serais mise en short, débardeur et nu-pieds. En l'occurrence, j'avais mon pantalon kaki ultra-léger, une petite chemise de coton blanc et des tennis.

Sous l'auvent de l'hôtel, elle hésitait encore, tout en cherchant dans son sac un billet qu'elle tendit au portier galonné. Vu la façon dont il claqua des talons et porta son sifflet à ses lèvres, il n'avait pas empoché qu'un portrait de George Washington. Je fis vrombir mon moteur. J'étais le dernier taxi en lice.

Le temps d'un battement de cœur, j'eus envie de foncer, pied au plancher, de me tirer sans un regard en arrière. Puis le portier en sueur agrippa la poignée de la portière. Trop tard.

J'avais suivi sa carrière au fil des années. Ma vieille copine Dee Willis. Et j'avais extrait mon vieux poste de TV noir et blanc du placard le jour où elle était passée à « Letterman ». Elle était tellement soûle qu'ils ne l'avaient laissée chanter qu'une chanson, vers la fin de l'émission, et encore elle avait avalé la moitié des paroles. C'était il y a dans les cinq ans de ça, et ses fans l'avaient oubliée depuis belle lurette. Maintenant, on trouve régulièrement son nom dans *Le Globe*. *Change Up*, son album – deux fois disque de platine ou autre appellation réservée aux plus grosses ventes – l'a propulsée en deux jours, ou deux semaines, en tout cas en un temps record au zénith des stars. Tout ça au bout de seize ans de galère.

J'ai ouvert la bouche pour lui dire bonjour. Elle ne m'a même pas regardée.

— Emmenez-moi à la bibliothèque, ordonna-t-elle d'une voix grave et tendue. Non ! Laissez tomber. Tournez juste autour de Copley Square, d'accord ? Au sud.

Je l'ai fermée et je me suis mordu la lèvre tout en hochant la tête pour faire signe que j'avais pigé. En général, mes clients veulent aller du point A au point B, et malheur au petit malin qui fait des détours pour rallonger la course.

J'ai dépassé quelques pâtés de maisons, descendu la vitre avant pour profiter de l'air frais. Elle n'a rien dit. Moi non plus. J'étais plutôt embarrassée. C'est dur de s'annoncer sans crier gare à une vieille copine qui a réussi. Surtout lorsque vous la trimbalez dans votre taxi.

Je me suis concentrée sur la conduite. Passer entre les lignes jaunes à St James, suivre une Mercedes bleu nuit. Même si elle daignait me regarder, elle ne me reconnaîtrait peut-être pas. De nuit, et surtout lorsque je porte ma méga casquette sur ma tignasse rousse, la plupart de mes clients ne voient même pas que le conducteur est une femme. Et mon meilleur déguisement n'est pas ma casquette, mais mon boulot. Personne ne regarde un chauffeur de taxi.

J'ai jeté un regard furtif au rétro intérieur. Dee avait enlevé ses lunettes noires. Elle était perdue dans la contemplation d'un de ses ongles vernis.

Le South End n'était même pas à deux kilomètres de son hôtel : à peine une promenade et certainement pas une course. J'envisageai de lancer : « Vous parlez d'une balade ! », histoire d'amorcer la conversation par une blague. Et plus j'hésitais, plus je reculais, comme dans une fête, lorsque vous bavardez avec quelqu'un que vous connaissez bien mais dont le nom vous échappe. Si vous l'avouez d'emblée, ce n'est pas trop grave. Mais plus vous tardez, plus ça devient délicat. Vous passez votre temps à vous demander qui ça peut bien être, en priant le ciel de ne pas faire de gaffe.

Au premier feu rouge, j'ai regardé de nouveau dans le rétro. L'arrière était plongé dans la pénombre, mais un réverbère m'a aidée. Dee fixait le vide, ses doigts pianotaient sur sa cuisse, elle serrait contre elle un grand sac à main. Elle avait l'air d'aller bien, même si ses traits s'étaient durcis.

Elle défit sa cape, dévoilant une chemise rouge rebrodée de fils dorés qui devait scintiller sous les lumières. Je ne pouvais discerner le motif. Elle portait une longue chaîne en or autour du cou et des boucles d'oreilles mastocs et voyantes. Mascara et maquillage appuyés. Peut-être sortait-elle d'un concert. Je n'avais pas remarqué d'annonces dans les journaux, mais il m'arrive de les parcourir à toute allure avant d'en tapisser le fond de la cage du perroquet.

Ses cheveux sombres et rebelles formaient un halo permanente autour de sa tête. Je savais qu'elle avait quelques années de plus que moi, mais rien ne permettait de le deviner.

Deux blocs plus loin, un autre feu rouge nous immobilisa. Dee inspira profondément, retint son souffle, et expira bruyamment. Puis elle ferma les yeux et continua ses exercices de respiration. Elle n'avait pas baissé sa vitre. Avec sa cape en plastique, elle devait cuire au bain-marie.

Je me demandai où elle pouvait bien aller pour se rendre dans le South End après minuit, et si ces retrouvailles ne risquaient pas de se révéler gênantes pour nous deux.

J'ai rencontré Dee Willis en première année à l'université de Boston. Elle faisait un bœuf dans une fête, et sa voix pure s'élevant au-dessus d'un déluge d'instruments mal accordés rendait les musiciens presque bons. Elle n'était pas particulièrement jolie, et certainement pas intégrée à la faune universitaire, mais elle avait cette voix d'or, et on était tous prêts à lui pardonner n'importe quoi en échange d'une chanson.

Je tournai dans Pembroke Street.

— Vous voulez que je fasse le tour du pâté de maisons ? demandai-je.

Ma voix passait à peine la barrière de l'hygiaphone dans la vitre pare-balles imposée par la loi bostonienne.

— Continuez. Je vous dirai où il faudra s'arrêter.

Elle écrasait son nez contre la vitre de gauche. Peut-être avait-elle renoncé à voir les gens en général, et pas seulement les chauffeurs de taxis. On dit que les célébrités finissent par devenir comme ça, qu'elles s'affublent d'œillères invisibles pour éviter d'avoir à répondre sans arrêt à des questions idiotes, et pour empêcher les chasseurs d'autographes de les harceler dans les restaurants.

Je jetai encore un coup d'œil dans le rétro, mais cette fois-ci, je me penchai vers la droite et vis mon propre reflet qui me dévisageait. Dee ne s'en sortait pas mal, apparemment. Et moi ? Pas mal non plus, merci. Si je prends quelques filatures de plus par an, je pourrai peut-être lâcher les taxis.

Mon radar anti-ennuis se manifesta alors que nous traversions Tremont pour nous enfoncer dans l'un des quartiers les moins agréables de la ville.

Dee frappa contre la vitre. « À gauche », dit-elle. J'obtempérai. Elle semblait se diriger de mémoire.

— Arrêtez-vous ici !

Elle glissa quelques billets par la vitre coulissante. L'un d'eux s'envola et je me penchai pour le ramasser. Le temps que je me redresse, la portière claquait.

Où allait-elle ? Nous ne nous étions pas arrêtées à proximité d'un restaurant encore ouvert à cette heure tardive. Elle traversait au pas de course une contre-allée en direction d'un square.

Ce jardin, connu aussi sous le nom de square Blackstone, et autres appellations moins agréables, est plutôt tranquille dans la journée – mis à part les poivrots qui font la manche. Mais de nuit, les Bostoniens préfèrent passer au large. Ils ont peur des sans-abris aux visages qu'on dirait sortis des *Raisins de la colère*.

J'ai démarré pour freiner aussi sec. Si Dee essayait de se dégoter un peu de coke en solo, le monde de la musique était plus dur que je ne croyais.

Je ne risquais pas de la perdre de vue. Elle traversait un terrain de basket désert. Les branches des deux ou trois arbres anémiques qui poussaient là pendaient lamentablement, asphyxiées par la chaleur. Un immeuble résidentiel de trois étages s'interposa lorsque je tournai le coin de la rue.

Dee ratissait le centre du square tout en bavardant avec les squatteurs de bancs publics. J'arrêtai le taxi devant une borne à incendie et la regardai, intriguée.

J'ai été flic pendant six ans, et je sais reconnaître un deal de drogue.

Dee leva une main au-dessus de sa tête, comme pour décrire quelque chose de grand. La lune l'éclaira de profil. Elle hocha la tête, puis tira un billet chiffonné de son sac, le tendit à la silhouette sur le banc, et continua son chemin.

La transaction m'était familière : c'était un banal transfert de liquide. Mais Dee ne semblait pas obtenir ce qu'elle voulait en échange de l'argent.

J'arrachai ma casquette, relevai l'avalanche de boucles sur ma nuque, et regrettai de ne pas avoir pris un élastique et quelques épingles à cheveux.

Dee reprit son manège au banc suivant. Un type déguenillé, pas rasé depuis une bonne semaine, se mit à la suivre. Elle se tourna pour lui parler. J'arrêtai les éructations inutiles de l'air conditionné mais ne pus entendre qu'une bouillie de voix. L'homme poursuivit sa tirade mais je n'en compris pas un mot.

Un autre type s'avança. Je flairai les ennuis. Il était grand, soûl ou défoncé, et mal assuré sur ses jambes. À croire qu'il portait sur lui toute sa garde-robe, plusieurs chemises et plusieurs pantalons l'un sur l'autre.

À elle seule, la chaleur ne met pas toujours les gens dans de bonnes dispositions. Ajoutez-y l'alcool ou la drogue, et vous obtenez l'une des raisons pour lesquelles les flics détestent les chaudes nuits d'août.

J'entendis une exclamation de colère, coupai le moteur et fourrai les clés dans ma poche. L'exclamation fut suivie d'un cri. J'étais déjà hors du taxi et courais vers le square.

D'un geste machinal j'avais attrapé les trente centimètres de tuyau de plomb que je gardais sous mon siège. C'était loin d'être aussi réconfortant que mon vieux revolver d'ordonnance.

— Merde ! Vous pouvez bien les lâcher, m'dame, beugla une voix d'homme comme je m'approchais.

La main de Dee était serrée autour de la bride de son sac. Elle dévisageait un type qui me dépassait d'une bonne tête et n'avait même pas l'air effrayée. Peut-être qu'elle ne voyait pas la petite troupe qui s'assemblait peu à peu sur le terrain de jeux bétonné.

— Dégage, c'est pas tes oignons ! l'entendis-je dire, arrogante comme toujours.

— Lâche ton sac, pouffiasse ! cria le poivrot emmitouflé.

Il était affalé contre une poubelle, heureusement trop imbibé pour bouger. Il poussait les autres à agir, en bon leader autoproclamé.

De tous les coins s'amenaient des silhouettes de pauvres hères affamés, bourrés, agités, comme des requins encerclant une proie blessée. La cape de Dee s'entrouvrit et sa chemise scintilla à la lueur des phares d'une voiture qui passait.

Je l'appelai par son nom.

Elle ne m'entendit pas. Un autre type, la cinquantaine, le crâne surmonté d'une touffe de cheveux blancs, tendit la main vers son sac. Chacun tira de son côté et la lanière se cassa net. Dee agrippa un coin du sac qui se retourna, dégorgeant son contenu dans un bruit de cascade. L'homme se jeta par terre avec un grognement, furetant à la recherche de monnaie, de billets ou de quoi que ce soit qui puisse être fourgué.

Je jouai des coudes entre deux femmes qui marmonnaient en tête de la meute, et m'approchai assez près pour saisir Dee par l'épaule.

— Lâchez-moi, dit-elle en se débattant, se cramponnant à son sac.

Puis, pour la première fois, elle me regarda. Je vis le choc de la surprise dans ses yeux quand elle me reconnut.

— Filons d'ici, dis-je d'un ton sans réplique.

— Elle va d'abord nous lâcher dix balles à chacun, brailla un homme.

— Merde ! marmonnai-je.

Commencez à distribuer de l'argent dans un des coins les plus pourris de Boston et vous êtes sûr de vous mettre dans de sales draps. Garanti sur facture, c'est idiot de jouer au Père Noël dans une zone où dix dollars procurent du vin à volonté ou une dose de drogue. La perspective d'un peu de fric facile était en train de transformer en émeutiers une poignée de miséreux.

Tandis que j'entraînais Dee vers le taxi, je sentais la sueur me dégouliner entre les omoplates. Derrière moi, j'entendis le bruit d'une bouteille qu'on fracasse.

— Magne-toi ! insistai-je.

Elle continuait à jeter des coups d'œil par-dessus son épaule. Quelqu'un plongea sur sa chaînette.

— Je le connais, cria une voix grave noyée dans les ténèbres. Aboule le fric !

— Moi aussi !

— T'as pas un peu d'argent ?

— J'vois ce salopard tout le temps.

— J'l'connais, m'dame…

Ils étaient au moins dix à nous encercler, dont quatre bloquant l'issue vers le taxi. Une autre bouteille se brisa, et ce n'était pas un accident, cette fois-ci. Les bords tranchants d'un goulot de canette de bière lacérèrent la manche de Dee. Elle eut un hoquet. J'abattis mon tuyau et une voix grogna de surprise et de douleur.

— Jette ton sac par-dessus leurs têtes, dis-je à Dee, et cours au taxi. Je les retiens.

Elle se tenait le bras et je me demandai si elle avait été blessée sérieusement. Le sac tomba devant elle ; la lanière cassée se tordit vers la petite troupe. Une main tira sur la chaîne qu'elle portait autour du cou ; les maillons et les perles se dispersèrent dans l'herbe rase. J'empêchai Dee de plonger pour les récupérer. Si je m'agenouillais pour ramasser le sac, je craignais d'être moi aussi submergée par la foule.

Je fis des moulinets avec mon tuyau pour dégager la place. Une bouteille me frôla l'épaule et je pivotai pour faire face à un adversaire invisible.

Je haletais. Je m'efforçai de maîtriser ma respiration, puis j'utilisai ma voix de flic.

— Laissez-nous le passage, d'accord ? On s'en va toutes les deux. Vous, vous gardez ce qui est par terre. C'est réglo. Non ?

Je tenais Dee par le poignet. Elle se débattait faiblement. J'avais oublié qu'elle était si petite. Ma main droite serrait toujours le tuyau de plomb.

Le métal m'avait tout d'abord paru frais, mais maintenant il était poisseux contre ma paume moite.

— Et mes dix balles ? fit le poivrot vautré contre la poubelle.

— Par terre, dis-je. La fête est finie.

— Les laissez pas se tirer avant d'avoir vu le pognon, conseilla une voix pâteuse et solennelle. Elles ont des bijoux ? Des diamants ?

— Tu regardes trop la télé, dis-je en me rapprochant du taxi, mon tuyau en main. Tout le monde est riche sur l'écran. Moi, je suis taxi.

— Ouais, et la richarde, là ?

— Elle a balancé ses bijoux. Vous marchez dessus.

Deux loques, parmi les plus ravagés, se mirent à genoux, mais les autres ne mordirent pas à l'hameçon. Je passai ma langue sur mes lèvres desséchées. Je n'étais pas sûre de m'en tirer sans devoir assommer quelqu'un à coups de matraque – et je ne pouvais pas deviner d'où surgirait un couteau ou un revolver. Je scrutais la foule, attendant un éclair métallique, lorsque la voiture de patrouille apparut.

Il y a un temps pour l'autodéfense et un temps pour l'appel à l'aide.

Je hurlai à m'en casser la voix ; la sirène gémit en réponse. Jamais son ululement n'avait été plus doux à mon oreille.

2

Dee n'avait pas eu peur de la meute mais elle fut terrorisée par les flics. Maintenant, c'était *elle* qui, agrippée à mon bras, m'entraînait vers le taxi. Les clochards se dispersèrent en direction du terrain de basket. Soudain, le tuyau de plomb me pesait ; je baissai le bras et me concentrai sur ma respiration. Le dos de ma chemise était trempé de sueur. Dee me tira de nouveau par la manche, mais je me dégageai.

Un flic – un bleu, vu son âge – jaillit vers la petite troupe qui nous menaçait et alpagua un poivrot – sûrement pas le chef de bande, qui semblait s'être dissous dans la brume de chaleur. Le flic immobilisa son prisonnier au sol à l'aide d'une prise complexe, puis le releva et le fit approcher, si près que son odeur me sauta au nez.

— Ce type vous attaque, les filles ? cria-t-il d'une voix que l'adrénaline amplifiait d'une centaine de décibels.

« Les filles... » Et moi avec mon tuyau de plomb à la main. Quel idiot ! Sa seconde erreur fut de se croire au courant des faits. « N'anticipez jamais », m'a-t-on appris à l'école de police. Pas de conclusions hâtives. Votre première question est toujours : « Qu'est-ce qui se passe ? »

— Allons-nous-en, bégaya Dee.

Elle essayait de murmurer, mais sa voix résonnait haut et fort.

— Vous êtes pressée ? dit le flic, soudain moins chaleureux. Vous avez vos papiers ?

— C'est votre sac ?

La partenaire du jeune flic, une femme noire avec un chignon agressif et grisonnant, sortit le sac à main de Dee de sous un buisson.

— Oui, euh... non, bafouilla Dee.

Elle déglutit. Elle n'aurait pas pu avoir l'air plus suspecte. À croire qu'elle s'était entraînée toute sa vie.

— On ferait mieux d'aller au poste pour tirer ça au clair, dit le policier en relâchant le poivrot qui bredouillait des mots sans suite.

— Non, non, fit Dee avec un peu trop d'empressement. Écoutez... euh... j'étais en taxi et... on s'est perdues. On a voulu demander notre chemin. C'est tout.

C'est ce moment-là que choisit le poivrot – un type maigre au teint foncé pouvant être âgé de vingt ans comme de cinquante – pour tituber en désignant Dee d'un doigt tremblant.

— L'a volé le fric, c'te pouffe, éructa-t-il avec ce qu'il croyait être de la dignité. Elle m'a piqué dix dollars. Je porte plainte.

— Carlotta, me souffla Dee qui avait retrouvé la mémoire des noms, tu ne peux pas faire quelque chose ? Je t'en prie !

Ce n'est pas mon genre de jouer les jeunes filles en péril, mais j'avais été vraiment soulagée de voir arriver les flics. Je m'étais même senti un élan de camaraderie, voire une envie de leur serrer la main et de les féliciter pour leur bon boulot. Mon enthousiasme ne tarda pas à se refroidir lorsqu'il devint évident qu'ils nous prenaient pour deux ménagères de banlieue en quête d'une dose de came. Je pouvais presque lire dans leurs pensées, et. pendant ce temps ils fichaient une paix royale aux voyous du quartier.

À ma grande surprise, ils ne reconnurent pas la tête de Dee. Pourtant, elle avait fait la couverture de *People*.

Le poivrot ne cessait de brailler que Dee l'avait volé et qu'il voulait « porter plainte ». L'anglais n'était pas sa langue maternelle ; les flics ne purent rien en tirer d'autre que ces deux mots : porter plainte. Je n'offris pas mes services comme traductrice. Plus Dee proclamait son innocence, plus elle avait l'air coupable.

Il n'y avait pas de carte d'identité dans son sac à main. Pas d'argent non plus. Un peigne et quelques épingles à cheveux. Tout le reste avait disparu.

Pourtant, si Dee n'avait pas décliné deux noms différents – Jane Adams la première fois, Joan Adams la seconde –, nous n'aurions sans doute pas eu droit à un tour de rôdeuse gratuit.

Je confirmai son histoire et ne révélai pas son vrai nom, mais j'aurais bien aimé qu'elle invente un mensonge plus convaincant. Elle prétendait qu'elle avait perdu une adresse, qu'elle s'était trompée de rue et qu'elle avait oublié son sac ; ça faisait beaucoup. En tant que citoyenne de Boston et chauffeur de taxi – ce que je pouvais prouver en sortant mon permis de conduire, ma carte de détective privé et quelques documents assortis –, j'étais libre de partir. Mais je suivis le mouvement. Je voulais voir comment Dee allait s'en sortir. Et j'étais curieuse de savoir pourquoi elle s'était fourrée dans ce guêpier. Elle me tenait le bras avec une telle énergie que je n'étais pas sûre de pouvoir lui échapper.

Je n'ai plus très souvent l'occasion de monter à l'arrière d'une voiture de patrouille. J'avais oublié pas mal de détails, comme l'absence de poignées intérieures, par exemple. À trois sur le siège, il y avait foule. J'espérais que l'ivrogne qui accusait Dee n'allait pas se mettre à vomir.

— Alors, comment va ? demandai-je dès que nous fûmes installés derrière la vitre grillagée ; Dee était presque assise sur mes genoux pour garder ses distances avec le poivrot. La voiture aurait eu besoin d'un bon coup de désodorisant. Et avec le clochard, c'était le bouquet.

— Hé ! Je croyais que vous l'aviez juste chargée dans votre taxi, me fit la femme flic avec un regard torve et accusateur.

— C'est le cas. J'essaie juste d'engager la conversation, rétorquai-je.

— Carlotta, murmura Dee avec ferveur, tu veux bien m'aider à m'en sortir ? Je ne peux pas me permettre un truc pareil. Fais quelque chose.

— Tu t'en sors bien. Laisse courir, tu passeras la nuit au poste, c'est tout…

Son regard m'avertit juste à temps, j'allais prononcer son prénom.

— Il n'y a pas un moyen ? Tu étais bien…

— Pas de messes basses, là derrière ! lança le policier.

— Pas de messes basses, répétai-je. Vous êtes sûr que c'est illégal ?

Le poivrot priait la Vierge en espagnol, à la cadence d'une mitrailleuse.

— Nous n'avons pas intérêt à jouer au plus malin, fit Dee.

Elle avait marqué un point.

— Vous nous emmenez au poste de D Street ? demandai-je aux flics.

— Pourquoi ?

— Vous accepteriez de faire un petit détour ? Comme ça, je pourrai vous éviter des paperasses, peut-être même un blâme. C'est le genre de truc qui fait mauvais genre lorsqu'on doit passer l'examen de sergent.

J'avais attiré leur attention. Le bleu avait ralenti. La femme me scruta avec attention. Je me mis à balancer des noms. Ce n'est que lorsque je prononçai celui de Mooney que tous deux parurent impressionnés.

Lorsque j'étais dans la police, je travaillais pour Mooney. Maintenant il est lieutenant et n'a pas grande chance de monter plus haut dans la hiérarchie. Il est trop précieux sur le terrain – et n'a aucun don pour le lèche-bottes.

Mooney me doit encore des faveurs mais je n'aime pas le taper, car j'ai rarement l'occasion de l'aider en retour. D'un autre côté, Dee et moi, c'était une vieille histoire, et sa carrière qui décollait enfin n'avait pas besoin de ce genre de notoriété.

La femme flic connaissait Mooney. Elle commençait à comprendre qu'il se passait quelque chose d'inhabituel. Elle regardait sans arrêt Dee, comme si elle était sur le point de se rappeler un truc important.

Je n'étais pas sûre que Mooney fasse la nuit, bien qu'il ait la réputation d'écoper des sales horaires. Il habite avec sa mère. Je l'ai déjà rencontrée et je peux garantir que c'est une bonne excuse pour être de service vingt-quatre heures sur vingt-quatre.

Lorsque Mooney est à son bureau, il est au vieux commissariat de D Street, depuis qu'on y a affecté la brigade des homicides.

J'essayai de convaincre les flics de nous y conduire, mais le bleu refusa, et je ne pouvais l'en blâmer.

J'adressai un petit sourire encourageant à Dee, en dépit de la puanteur et de la surpopulation. Nous avions encore une chance, certes bien mince. Mooney traînait souvent hors du Q.G., sur Berkley Street. Ce n'était pas loin. La femme flic se laissa convaincre de tenter le coup.

Nous arrivâmes au commissariat en même temps qu'un panier à salade plein de prostituées. L'une d'entre elles me fit signe mais je ne la reconnus pas sous sa perruque blondasse.

Je ne reconnus pas non plus le planton de service. Il ne fit guère attention à nous ; les reines du trottoir le branchaient davantage. La femme flic finit par le coincer et ils conférèrent tout bas pendant que Dee se tortillait, mal à l'aise, et que le poivrot débitait ses trente-sept Je vous salue Marie.

— Alors, il est là, oui ou non ? demandai-je quand il attaqua le trente-huitième.

— Montez ! ordonna la femme.

Il nous fallut emboîter le pas aux prostituées. Comment une femme peut-elle marcher sur des talons aiguilles de dix centimètres ? m'émerveillai-je. Après tout, c'était peut-être le dernier cri en matière d'armes non répertoriées.

Je vis Mooney avant de l'entendre. Il était là, les bras croisés, vêtu d'une impeccable chemise à rayures rentrée dans un pantalon délavé, comme au spectacle. Quelqu'un devait l'avoir averti par téléphone.

— T'as un nouveau job ? railla-t-il, mi-figue, mi-raisin.

J'étais si contente de le voir que je faillis lui sauter dans les bras. Comme si c'était le moment. Il sentait le tabac ; il avait recommencé après une année d'abstinence. J'ai arrêté il y a des lustres, mais le tabac froid embaumait, surtout après l'atmosphère de la voiture de patrouille.

Dee avait chaussé ses lunettes, comme ça elle ne risquait pas de passer inaperçue. Laissez tomber les lunettes noires de nuit, sauf si vous voulez qu'on vous prenne pour une droguée. Elle ferma sa cape malgré la chaleur étouffante, et fit de son mieux pour se fondre dans le mur.

Si je voulais l'aider, le mieux à faire était de la sortir d'ici avant de voir rappliquer un de ses fans – ou pire, un journaliste spécialisé dans les faits divers. J'attirai Mooney dans un coin et lui exposai mes priorités, assorties de la promesse de tout lui expliquer plus tard.

Maintenant que je ne suis plus sous ses ordres, Mooney me fait des avances. Si on s'était rencontrés dans d'autres circonstances, je suis sûre qu'on aurait fini par coucher ensemble. Des années durant, je n'ai pas voulu en entendre parler, et maintenant qu'il est enfin accessible, la mayonnaise ne prend plus entre nous.

Ce serait comme coucher avec mon frère. Voilà ce que je lui ai dit.

À part l'interdit de l'inceste, je n'ai rien contre Mooney. Si vous les aimez grands, robustes et irlandais, il vous plaira sûrement. Il a des yeux noisette qui cachent bien leur jeu, capables de vous pétrifier sur place. Il approche de la quarantaine mais seules les petites rides au coin de ses yeux le trahissent. Il n'a pas pris un gramme.

Mooney a une autre explication pour l'échec de notre affaire. Il prétend que je préfère les hors-la-loi, et de loin – mon dernier amoureux en date, Sam Gianelli, fils d'un ponte de la pègre Bostonienne, en est un bon exemple.

Mooney échangea quelques mots avec les agents qui nous avaient amenés. Ceux-ci nous firent des excuses et le poivrot qui accusait Dee s'en tira avec un sermon sur l'ébriété en public. De toute façon, il était bien trop raide pour piger quoi que ce soit. Les policiers proposèrent de le ramener au parc, ce qui était plutôt sympa de leur part.

Mooney dit qu'il se ferait un plaisir de nous reconduire, mon amie et moi. J'aurais préféré remonter dans la voiture de patrouille puante et échapper à un examen approfondi, mais avant que j'aie pu décliner l'invitation, Dee l'avait déjà remercié avec gratitude. Mooney nous entraîna vers la porte de derrière et réclama une unité avec air conditionné en état de marche. Sa vieille Buick n'est pas franchement belle à voir.

Dee garda le visage dans l'ombre, actionna la poignée de la portière arrière et s'engouffra à l'intérieur. Je montai à l'avant et dirigeai tous les volets d'aération vers mon visage.

Nous retournâmes sur les lieux du crime qui n'avait pas eu lieu.

Dee marmonna des remerciements et descendit de voiture, la tête baissée, sa cape serrée autour d'elle. Elle n'avait pas quitté ses lunettes noires.

— J'aime beaucoup ce que vous faites, en ce moment, Dee, ronronna Mooney avec un sourire chaleureux.

Il fit crisser ses pneus en démarrant. Ah ! les hommes...

— Merde ! Comment il m'a reconnue ? fit Dee avec un sourire satisfait, tandis qu'elle se glissait péniblement sur le siège avant de mon taxi, entre le tableau de bord et le compteur.

La contredanse collée sur mon pare-brise m'empêcha de répondre. Ça coûte cent dollars de s'arrêter devant une bouche à incendie, et la compagnie ne me rembourserait sûrement pas celle-là.

Comme disait ma mère : « Surveille tes fréquentations. »

3

Je mis le moteur en route. Dee remonta la manche déchirée de sa chemise, et un mince filet rouge coula le long de son bras.

— T'as pas un Kleenex ? demanda-t-elle.

— Regarde dans la boîte à gants.

Ma collègue Gloria, standardiste et copropriétaire de la compagnie de taxis Green & White, met une trousse de premiers secours dans chacune de ses voitures, mais certains des olibrius qui les conduisent fauchent tout, jusqu'aux pansements.

Dee farfouilla en silence pendant un moment.

— Il n'y a que les serviettes en papier d'un vieux hamburger, dit-elle.

— Tu peux y aller, il est encore dans son emballage.

Un feu rouge nous arrêta le long du jardin public de la ville ; je regardai Dee s'essuyer le bras et baisser la vitre avec l'intention de jeter la serviette dans le caniveau. Mais elle la froissa entre ses doigts, se laissa aller contre le dossier et éclata de rire.

— Qu'est-ce qu'il y a de drôle ? demandai-je.

— Je pensais que je pourrais me faire arrêter pour dépôt d'ordures sur la voie publique. Bon Dieu ! articula-t-elle entre deux hoquets. De tous les taxis de toutes les villes du monde… C'est ça ? Tu te rappelles, c'est dans *Casablanca*. Bogart dit : « De tous les tripots de toutes les villes du monde… »

— Il fallait que tu échoues dans le mien, citai-je en mettant le ton. Calme-toi, Dee.

Il y a des gens qui piquent une crise de fou rire lorsqu'ils s'avisent qu'en définitive, ils ne finiront pas la nuit au poste. Le soulagement est un truc très personnel, en fin de compte.

— Merde ! excuse-moi, Carlotta. Je veux dire, de ne pas t'avoir reconnue du premier coup. Je ne m'attendais pas à… Bon ! Tu vois… (Son rire se teinta d'amertume.) Je me tire en douce de mon hôtel, incognito, anonyme, tout ça, je prends un taxi et je te trouve au volant. Je mets dans le mille à tous les coups, pas vrai ?

Sa voix tremblait.

— Tu as perdu beaucoup d'argent ?

Elle hésita. Je haussai un sourcil et elle dut penser qu'elle me devait bien ça. Après tout, je l'avais sortie de la panade deux fois dans la même nuit.

— Cent dollars, dans ces eaux-là, murmura-t-elle. Peut-être deux cents.

Le même sourcil monta encore d'un cran. Je dois dire qu'en ce qui me concerne je sais au centime près ce que contient mon porte-monnaie.

— On retourne à l'hôtel ? lui demandai-je.

— Ouais, je crois.

— T'as une chambre là-bas ? C'est pas mal, dis donc !

— Tu te rappelles ma piaule sur Massachusetts Avenue ? Tu parles d'un trou à rats !

— Oui, mais quelles soirées on s'y est faites ! Il suffit de remplir une pièce, et on ne remarque plus le décor.

Trois blocs après, le silence était aussi pesant que la chaleur.

— Carlotta, finit par lâcher Dee, cette licence que t'as montrée aux flics… T'es détective ? Tu retrouves les gens ? C'est ça ?

— Je suis détective privé. Et je m'occupe entre autres des personnes disparues.

— Tu peux larguer ton taxi ?

— Peut-être.

Soudain, ça urgeait.

— Viens avec moi ! Tu peux sûrement m'aider. Tu es juste la personne qu'il me faut. C'est un don du ciel. Je te paierai pour ton temps, pour ce que tu as perdu cette nuit, pour le taxi. Et même pour cette putain de contravention. Et si tu refuses, je veux bien payer quand même.

Je m'arrêtai devant le Four Seasons. Le portier accourut mais Dee lui fit signe de dégager.

Ma main hésitait au-dessus de la clé de contact. Je me retournai pour regarder ma cliente. Je me sentais tendue.

— Cal est avec toi ? finis-je par demander, brisant un long silence.

Elle scruta mon visage. Je fixai un feu rouge tout proche.

— Il m'a quittée, dit-elle. Ça fait longtemps.

— Ce n'est pas lui que je dois retrouver, hein ?

— Tu n'y es pas du tout !

4

En entrant dans le hall de l'hôtel, la première chose que je remarquai fut la climatisation. On se serait cru au frigo. J'aspirai l'air glacé avec reconnaissance. Ma chemise de coton se raidit sous le froid.

Nous chaloupâmes entre des groupes de fauteuils serrés autour de petites tables, sur des tapis d'Orient. Je me demandais s'il y avait des gens pour oser s'asseoir sur ces antiquités. Nous étions seules dans l'ascenseur mais n'échangeâmes pas un mot. Dee pressa le dernier bouton en haut à droite. Dernier étage.

J'ai la sale manie de titiller une vieille carie de la pointe de la langue. Et j'ai encore un autre défaut, depuis toute petite. Quand il avait plu, je ne pouvais pas m'empêcher d'aller retourner une grosse pierre dans le jardin. J'en frissonnais à l'avance, car j'étais sûre de trouver un truc visqueux en train de ramper dessous. Mais rien ne m'aurait fait renoncer à aller voir…

Je surveillai le voyant lumineux qui dénombrait les étages au passage ; après tout ce temps, je constatais que Cal était toujours un point douloureux quelque part en moi, une grosse pierre dans mon jardin, attendant d'être retournée. Cal. Le mec qui s'était tiré avec Dee Willis.

Parfaitement. Il avait quitté la ville avec ma meilleure amie, Dee, la femme avec qui j'avais chanté cinq mille chansons et partagé quelques amants. C'est moi qui avais mis de l'ordre dans sa tignasse ébouriffée et lui avais appris à se servir d'un sèche-cheveux… Elle, elle avait maté mes frisettes jusqu'à ce qu'elles tombent à peu près droites, à la mode de l'époque. Dee et Cee, on nous appelait. Dee et Carlotta, inséparables. Un duo éblouissant.

Elle avait de gros seins, des taches de rousseur et tout le charme du Sud. J'avais des fesses de garçon, de longues jambes, et des cheveux… des cheveux… À nous deux, nous avions un corps de mannequin.

Puis Cal s'était pointé.

J'aurais mieux fait de planter Dee Willis dans le square.

Qu'est-ce que je foutais dans cet ascenseur ?

J'ai même passé un examen de biologie à la place de Dee, juste avant qu'elle ne quitte l'école. Ma main tremblait lorsque j'imitai sa signature dans le cahier d'appel. Aujourd'hui j'ai oublié pourquoi j'avais accepté ça.

Et Cal ? On ne peut pas dire qu'il m'ait plaquée pour Dee. Les choses ne se sont pas passées comme ça. Pas exactement. Il m'a plaquée pour la coke, voilà pourquoi. Dee était en train de former un groupe et préparait une tournée de six mois. Cal avait le choix ; ou il restait avec moi, décrochait de la drogue et trouvait du travail sur place, ou il partait avec Dee pour jouer, se défoncer et faire la fête.

Ouais ! Cornélien, comme choix.

Les portes de l'ascenseur s'ouvrirent.

Le palier était recouvert d'une moquette lie-de-vin, les murs tapissés de papier peint à rayures marron et blanc ; des cadres dorés étaient accrochés au-dessus d'une série d'appliques de bronze. De la musique s'échappait par une porte à doubles battants, sur la droite, et vu la façon dont elle s'interrompait pour reprendre aussitôt, c'était du direct. Des bribes de conversation se mêlaient à la musique. En bas à la réception, il était près de 2 heures du matin. Au huitième étage, la fête battait son plein.

— Merde ! marmonna Dee. J'arrive pas à croire qu'ils continuent leur boucan. MGA/America – ma nouvelle maison de disques – a importé un avion tout entier de beaufs pour qu'ils se défoulent un brin. Misère ! Ça fait des heures que je leur ai fait le coup du mal de tête !

Elle posa un doigt complice sur ses lèvres et nous filâmes en catimini le long du couloir. Elle avait sa clé dans une poche arrière de son pantalon noir serré, sauf que c'était une carte, et pas une clé. Ça devait être plus pratique pour s'asseoir. Elle la glissa dans une fente à côté de la porte. Une petite lumière rouge vira au vert, et la porte s'ouvrit comme par enchantement, lorsqu'elle tourna la poignée.

Heureusement que la carte n'était pas dans son sac à main.

— Qui c'est ? demanda une voix étouffée lorsque nous entrâmes.

Une femme eut un rire nerveux ; un type grogna et lui dit de la fermer. La seule lumière provenait d'une lampe un peu plus loin, masquée par un foulard. Dee appuya sur l'interrupteur, et le plafonnier révéla la taille réelle de la pièce.

Au premier coup d'œil, elle semblait à peine plus petite que ma maison, tout compris. On enfonçait dans une moquette dorée somptueuse. Un bouquet de lis et d'orchidées traînait sur le coin d'une table à cocktail en miroir, entre deux canapés bas ivoire.

— Merde ! Dee, tu tiens vraiment à me flanquer la frousse !

Un Noir super sapé, avec poignets et bandeau orange fluo, était agenouillé sur le tapis, devant la table. Une minette blonde, seize ans maximum, était vautrée à côté de lui et battait des cils. Ses cheveux teints et frisés à mort lui tombaient jusqu'à la taille ; elle portait un collant rose vif et un truc en dentelles noir qui avait l'air d'un soutien-gorge.

— Super ! juste ce qu'il me fallait ! grogna Dee.

C'était bel et bien un soutien-gorge. Une chemise rose recroquevillée comme une fleur exotique gisait sur la moquette dorée.

— Ça va, chérie ? demanda à Dee une femme aux cheveux noirs et à la voix rocailleuse.

Elle était bourrée ou défoncée, et se soutenait d'un bras passé autour des épaules d'un type qui avait dans les dix ans de moins qu'elle, mince, en jean et blouson assortis. Il avait l'air vaguement étranger avec ses yeux noirs enfoncés dans les orbites.

Un barbu battait des bras et des jambes sur la moquette, cherchant sans doute à s'envoler. À moins que ce ne soit la dernière gym bizarre en vogue. Un autre homme était assis sur le canapé, la tête entre les mains. Tout ce que je pouvais voir, c'était ses boucles d'un blond sable en désordre. Une jeune femme lui massait les épaules d'un air d'ennui.

— Hé ! cria la blonde en soutien-gorge sans attendre les présentations, j'te connais ! T'es Dee Willis ! J'étais sûre que tu reviendrais. Moi, c'est Mimi. Je suis avec Freddie, et je connais Hal du temps qu'il jouait avec les Bow-Wow. Je suis restée presque un mois avec leur guitariste.

J'en conclus que le Noir occupé à tracer des lignes de poudre blanche sur la table était soit Freddie, soit Hal.

— Freddie joue de la batterie, fit Dee en montrant le Noir, comme si ça expliquait tout, sniffer de la coke et se taper des gamines de seize ans. (Elle balança sa cape sur une chaise.) Brenda est ma bassiste, ajouta-t-elle en montrant la brune qui s'était inquiétée de sa santé. Si tu veux savoir ce qu'ils font là, à part la fête, je n'en ai pas la moindre idée. Je peux pas avoir la paix cinq minutes ? demanda Dee d'une voix glacée. Ne vous gênez pas pour me répondre en partant.

— Ferme à clé, Dee, maugréa Freddie, le batteur, sans se laisser intimider. Et baisse d'un ton. À moins que tu ne veuilles de la compagnie.

C'est qui, ta copine ? Je tiens pas à voir débarquer les costards-cravates d'à côté. Ma réserve n'est pas illimitée, mais c'est de la péruvienne, et de la bonne.

Il lança un sourire à Dee et roula avec dextérité un billet de banque pour en faire une paille.

— Hal nous a conseillé de venir dans ta piaule, dit la brune. Il ne tenait pas à ce qu'on sème le bordel chez les cadres de MGA.

Elle était presque aussi grande que moi, mais plus trapue, Elle portait de petites lunettes cerclées de fer, à l'ancienne, avec des branches souples. Pour le reste, elle avait le visage rond, les pieds nus, un jean, et semblait à l'aise dans son débardeur bleu.

— T'as disparu et c'est au poil ici. Portes communicantes pour qu'on n'ait pas à passer par le couloir. De temps en temps, on sort pour aller parader devant les mecs pleins de fric. Ceux qui sont ici sont réglos, ajouta-t-elle. (Elle regarda celui qui ramait sur la moquette comme si elle n'était pas tout à fait sûre.) Ceux qui veulent faire le plein de ce truc qui n'est pas servi dans un verre frappent trois fois, puis deux fois...

Dee me jeta un regard interrogateur. La coke ne me surprenait ni me choquait, mais je n'étais pas aux anges non plus. Qu'on vende la cocaïne assez cher pour que seules les stars du rock puissent se la payer, et je me fiche pas mal qu'ils se poudrent jusqu'à ce que leur nez roule par terre.

Dee leva un sourcil.

— Mieux vaut balancer le paquet aux chiottes, Freddie.

— Ben, voyons !

Freddie Fluo s'envoya un rail en professionnel. La gosse était en train de lui dénouer ses lacets, sans doute pour mieux lui baisser son froc. Moi qui croyais que les groupies, c'était fini…

Je regardai Dee.

— Tu es mandatée par le tribunal, Carlotta ? Tu es obligée de les embarquer ou tu peux les laisser s'en tirer pour cette fois ? me demanda-t-elle le plus sérieusement du monde.

— Comme tu veux, c'est toi qui vois, dis-je, entrant dans son jeu.

Freddie plissa les yeux et nous regarda avec précaution à tour de rôle. Sa langue pointait entre ses lèvres. Il se mit à racler sa précieuse poudre blanche à l'aide d'une règle en métal et la fourra dans un étui à cigarettes en argent.

— Laisse tomber, Freddie. Elle peut pas être flic, se marra la blonde.

— Freddie, articula Dee. Il va t'arriver des bricoles, je te jure. Je ne sais pas encore si tu vas tomber pour la dope ou le détournement de mineurs.

— Vas-y, maman, je t'écoute ! chantonna Freddie, sarcastique.

Il traça un dernier petit rail avec ce qui restait de poudre et offrit la paille à l'homme aux cheveux emmêlés assis sur le sofa. Celui-ci n'y vit que du feu mais sa masseuse en profita.

— Carlotta, reprit Dee, tu croirais jamais qu'il chante comme un dieu ? Sans compter qu'il tient le rythme.

— La vie est injuste, dis-je.

La brune me jeta un sourire de pur acquiescement et enlaça plus étroitement le jeune homme à côté d'elle.

— Qu'est-ce qui te prend, Bren, lança Dee, tu te mets à encourager ce genre de conneries ?

— Oh, laisse tomber, Dee, gémit Brenda. T'as pas passé ta nuit à cirer des pompes. Ça fait quatre heures que je me mets en quatre pour expliquer à tout le monde quelle formidable chanteuse, quelle géniale guitariste tu es, et ça commence à bien faire.

— Bren, ce n'est pas moi qui organise ce genre de soirées…

— Non. Mais tu t'tires et c'est nous qui faisons tout le boulot. Les types d'à côté s'attendaient à faire la bombe avec la star, avec Dee Willis, mais voilà qu'elle se barre, et qu'ils doivent se contenter de la bassiste, nettement un cran au-dessous.

— … et qui aurait mieux à faire, renchérit Freddie, une étincelle dans la voix.

— Ta gueule, Fred, coupa Brenda. Quand tu ne chantes pas, il ne sort rien de bon de ton bec.

Dee ne parut pas remarquer l'animosité entre eux.

— Va leur dire que tu as envie de gerber, Bren. Tire-toi ! Personne ne te demande de te sentir responsable. Maintenant, vous tous, débarrassez le plancher, ou Carlotta vous embarque ! Montre-leur ta licence, Carlotta.

Au mot de « licence », Freddie fourra son étui à cigarettes dans le sac-à-dos de sa copine, en bon professionnel de la rue, avec une seule règle d'or : ne pas se faire piquer avec la marchandise sur soi. Il n'aurait su dire si Dee se payait ou non sa tête, mais valait mieux ne pas prendre de risques. La blonde n'avait même pas compris qu'elle trimbalait largement de quoi s'offrir un ticket d'entrée pour un centre de détention réservé aux mineures.

Freddie renifla.

— Bon ! Si ta copine m'arrête pas tout de suite, j'ai pas mal bossé sur ce pont, un rythme en deux, et quatre en *la* majeur, et faut que t'entendes ça. Faut que tu dises à Bren...

— J'ai pas besoin qu'on me dise que t'es un frimeur, Freddie, fit Brenda.

— Ça va, Bren ! se défendit Freddie d'un ton à la fois dur et moqueur. Tiens bien ton amoureux. T'en trouveras pas de plus frais. Pas à ton âge.

On frappa à la porte, trois coups, puis deux, interrompant l'échange de gentillesses. Dee courut ouvrir.

Un gnome maussade fit son apparition dans l'embrasure. Je fus surprise par le flot de bruit qui se déversa par l'ouverture. Contrairement à tous les trous à rats où j'ai pu loger, le Four Seasons était impeccablement insonorisé.

Dee referma la porte et s'y adossa, les bras croisés.

— Hal, merde à la fin ! Tu ne peux pas empêcher les gens d'entrer chez moi ?

Hal avait quarante ans, cinquante peut-être. Lorsqu'il aperçut Dee, il sourit comme s'il n'avait fait que ça toute sa vie, puis il redevint sérieux et parla d'une voix ferme.

— Tu veux sortir, tu me le dis. Je t'appelle un chauffeur. D'accord ? Tu veux tourner toute la nuit, parfait ! Tu viens me voir. Tu veux faire un jogging ou quoi que ce soit, je te déniche quelqu'un pour courir avec toi. Mais tu ne disparais pas comme ça ! Plus jamais.

Je crus que Dee allait exploser. C'était comme ça lorsqu'on la prenait à rebrousse-poil, et je me préparai à un concert de hurlements. Elle me surprit en faisant l'effort de se contenir. Elle ferma les paupières, le temps de compter jusqu'à dix, et poussa un profond soupir.

— J'ai oublié, Hal. J'ai pas l'habitude d'être une industrie.

Elle chercha un soutien parmi les autres membres du groupe, mais rien ne vint. C'est elle qui faisait bouillir la marmite pour le moment, et tout le monde avait intérêt à la garder à l'œil.

— Je sais que c'est pas ton truc, dit Hal, mais MGA s'est décarcassé et a dépensé un paquet pour organiser la petite fête à côté.

— Ils peuvent banquer. Ne me demande pas en plus de me saigner aux quatre veines pour leur pomme.

— Freddie s'en faisait vraiment pour toi, Dee, geignit la blonde Mimi. Il a même frappé plusieurs fois ; t'as dit que t'avais la migraine et que tu te mettais au lit.

Dee jeta un regard acéré au gnome.

— T'as la clé de ma chambre, Hal ? Merde ! Je suis majeure et vaccinée. Y a des jours où j'ai pas envie de voir des gens débarquer chez moi.

Mimi continua ses salades.

— T'avais pas mis le carton « Ne pas déranger ». On a même regardé dans la chambre de Ronny…

— Ron et moi n'avons pas de contrat d'exclusivité, fit Dee d'un ton égal.

— Tant mieux, fit Mimi, un sourire plaqué sur les lèvres, parce qu'il a bien profité de la fête, lui aussi.

— Ferme-la ! jeta Freddie.

Le gnome haussa les épaules.

— Préviens-moi si tu as envie de te balader après minuit, c'est tout, insista-t-il.

— Carlotta, fit Dee après une brève pause, voilà le type qui organise ma tournée, Hal Grady. Il se prend pour ma baby-sitter. Laissez-moi respirer, tous, d'accord ?

La brune alluma une cigarette et me désigna du menton.

— Alors, qui c'est, celle-là ?

— Une vieille copine d'école. Carlotta, je te présente Brenda.

Nous nous serrâmes la main et Brenda me toisa.

— T'es vraiment flic ?

— Non.

— Mais quelque chose comme ça, hein ?

— Gagné !

— Dee, intervint Freddie, faut vraiment qu'on s'occupe de ce *la* majeur. C'est le moment. Je le sens, tu vois. (Il battit un rythme sur la table basse.) Laisse-moi amener ma caisse. Hal, tu crois que les types d'à côté auront envie de l'entendre ?

— Dehors, Freddie. Et emmène ta minette.

La chemise sur les bras, Mimi fonça sur Dee et l'étreignit avec un enthousiasme forcé. Elle était si excitée qu'elle me prit la main et je profitai d'un peu de la gloire de la star.

— Bren a droit à son joujou, elle aussi ? demanda Freddie avec un mauvais sourire.

Brenda tapota le bras maigre de son compagnon et jeta à Freddie un regard assassin. Le type vaporeux accroché à ses basques se contenta de sourire.

— À plus, Dee, dit froidement la bassiste. Il faut qu'on parle, toutes les deux. Et vite.

— Au sujet du break en *la* majeur ?

— Non. Freddie fait l'andouille, c'est tout. Pour le boulot, ça va. Mais toi ?

— Ça va, conclut Dee.

Brenda et son petit ami sortirent par la porte de communication, direction le pince-fesses sponsorisé par MGA. Dee jeta un regard noir au batteur qui finit par mettre les bouts avec sa blonde.

Les autres se défilèrent sans un mot, juste avec un signe de tête. Je n'étais pas sûre que Dee les connaissait, mais Hal, l'organisateur, si. Il demanda au type aux cheveux en broussaille de rester un instant.

— Comment tu es entré, Hal ? demanda Dee. Ils étaient là avant toi ?

— Freddie est entré parce que tu ne répondais pas. Je me faisais du souci. Je croyais... T'aurais pu être malade. J'ai eu un double à la réception.

— Comment ?

— Suffit de demander.

— Ça c'est de la protection, dis-je.

— Écoute, Hal ! Ne crois pas que je suis dans les pommes chaque fois qu'on frappe et que je ne réponds pas. Je ne bois plus autant qu'avant.

Le manager se mit à examiner ses baskets.

— Beaucoup de types seraient contents si tu consentais à passer à côté, rien que cinq minutes, dix maximum, le temps de serrer quelques mains.

— Merde, lâcha Dee.

Hal prit ça pour un oui franc et massif.

— Jody, dit-il au type sur le canapé, va chercher Travis et Marshall et quelques huiles et fais-les entrer par la porte du couloir. Si je la lâche à côté, elle n'en réchappera pas.

Dee jaugea l'homme aux cheveux emmêlés lorsqu'il quitta la pièce. La trentaine. Mince. Musclé.

— Il travaille pour toi ? demanda-t-elle à Hal.

— Il travaille pour toi, corrigea Hal.

— Une industrie, voilà ce que je suis. Faudrait que je connaisse un peu mieux ceux qui bossent pour moi, hein ? (Elle se tourna vers moi.) Viens, Carlotta. Faut que tu voies ça. Et regarde si tu peux nous dégoter quelque chose à manger. Je crève de faim, ajouta-t-elle à mi-voix.

5

— Comme au bon vieux temps, hein ? me cria Dee en passant la porte.

— Ben dis donc ! J'aurais dû me saper, répondis-je, ahurie.

D'abord, les chandeliers en cristal et métal doré. Puis le papier peint, des scènes de genre tirées d'une France à la Marie-Antoinette, avec des moutons en peluche entourés de bergères potelées en robes à décolleté plongeant. Des ballons argentés traînant des flots de rubans dorés, marqués du logo de l'album de Dee, *Change Up*, étaient plaqués au plafond. C'était la pause apparemment. Un DJ s'occupait du fond sonore et passait du rock trois fois plus bruyant qu'un marteau-piqueur. Les invités étaient obligés de hurler pour s'entendre.

Il y avait une fontaine de champagne. Je le jure sur ma vie. Et on n'avait pas besoin de se précipiter pour laper sa part. Un serveur se matérialisa avec un plateau d'argent et Dee et moi nous retrouvâmes chacune avec une coupe en main. Je n'avais même pas le temps de distinguer un seul visage dans la foule.

Je me tournai pour parler à Dee mais elle était cernée, submergée, engloutie. Je haussai les épaules. La meute me semblait moins dangereuse que celle du square.

Les serveurs allaient et venaient avec des petites parts de ceci ou cela, je définis ma stratégie : prendre tout en double, envelopper mes prises dans des serviettes en papier et les fourrer avec ostentation dans mon sac à main. Adossée à une porte, un verre de champagne dans une main, l'autre malaxée par un défilé de supporters inconnus, Dee n'eut jamais l'occasion d'attraper ne serait-ce qu'un champignon fourré au crabe.

Je ne brille pas dans les cocktails. Je déteste ces machins où il faut porter des talons hauts et jouer les potiches en faisant semblant de s'amuser. À ma gauche, je pouvais entendre le rire de Mimi, raide défoncée, mais ce n'était pas le genre de fille que j'avais envie de mieux connaître. Je cherchai la bassiste du regard, mais ne pus la repérer dans la bousculade générale.

Je reconnus quelques visages vus à la télé, des présentateurs locaux, des dieux du stade, des spécialistes du carnet mondain de Boston et d'ailleurs. D'autres me disaient quelque chose, mais impossible de mettre un nom dessus. Des musiciens peut-être, difficiles à caser sans micro ni instrument.

Il y avait là des hommes transformés en gravures de mode, au bras de somptueuses beautés aux mensurations idéales, apparemment louées pour la circonstance ; puis les excentriques volontaires, dont Mimi dans son soutien-gorge de dentelle noire généreusement garni, et une femme en costume moulant de chatte, avec de gros bracelets argentés aux poignets et aux chevilles. Il y avait même quelques cow-boys d'opérette. En somme, de quoi attirer l'œil.

Sur la piste microscopique, des couples – ou des trios, ou des isolés – dansaient tout ce qui peut se danser, du fox-trot le plus digne aux chorégraphies qui, bien qu'exécutées en station verticale, me paraissaient plutôt pornographiques.

Je balançai mon verre vide sur un plateau qui passait et fus récompensée par une coupe pleine en échange, et par le sourire électrisé d'un serveur qui croyait auditionner pour une pub de pâte dentifrice. Le sourire ne me fit aucun effet mais me donna une idée du nombre de magnats du microsillon au centimètre carré.

Je me surpris à fredonner une chanson de Joni Mitchell où il est question des faiseurs d'étoiles et de l'envers du décor. J'aurais pu la gueuler à plein volume, personne n'en aurait entendu un mot.

Dee avait l'air condamnée à serrer des mains pour l'éternité. Je cherchais un coin où poser mes fesses lorsque je vis une longue table drapée de lin, croulant sous les piles d'assiettes en porcelaine et les fourchettes en argent. La vaisselle me parut propre à contenir quelques provisions supplémentaires pour Dee. Je jouai des coudes en essayant de calculer combien de crevettes roses pouvaient tenir dans un cercle de quinze centimètres de diamètre.

— Belle fête, hein ?

Occupée à pourfendre les crevettes à coups de cure-dents, je ne compris pas tout de suite que le grand type en smoking me parlait à moi.

— Pas mal ! criai-je.

Son air m'était vaguement familier. Grand, massif. Je ne regarde jamais les matches, que ce soit du football ou du catch. Si c'était une célébrité dans un de ces deux domaines, je ne l'avais jamais vu en action, à moins qu'il n'ait été blessé ou dopé, avec sa photo dans le journal.

— Il n'y a pas de coin où s'asseoir, observa-t-il.

Sa facilité à poursuivre la conversation tout seul me poussa à me demander si je le connaissais. Je l'examinai de haut en bas, mine de rien. J'ai traversé une période de ma vie où je sortais avec des cargaisons de types, même des coups d'une nuit. Et à l'époque je n'étais pas regardante.

— Non, répondis-je pour être polie.

Mon assiette débordait. J'avalai le reste de mon Champagne, abandonnai le verre vide et me mis à charger une autre assiette. Le comité autour de Dee louvoyait en direction de la sortie. Tentative d'évasion, apparemment.

— Vous êtes accompagnée ? me demanda le grand type.

— Hein ?

— Vous êtes avec quelqu'un ? Je ne voudrais pas lui laisser croire que je marche sur ses plates-bandes.

— Je suis une amie de la mariée.

Il sourit.

— Et moi, je connais le garçon d'honneur. Nous étions enfants de chœur ensemble. Mickey, vous vous rappelez ?

À côté de moi, un colérique en jean déchiré et T-shirt grisâtre hurla.

— Chérie, ne me parle pas de droits d'auteur. Les droits d'auteur ! Ha, ha !

— Mais au moins, tu as tes mécaniques, répondit une rondouillarde tout en noir.

Qu'est-ce que c'est que ça ? pensai-je. Des « mécaniques », un type que je ne remets pas. À part ça, tout baigne.

Une femme en collant noir, T-shirt fuchsia et maquillage de vampire hurla dans mon oreille droite.

— Aïe ! J'adore ça ! Merde...

Je me retournai d'un bond pour lui faire face ; j'avais rarement entendu de telles marques d'enthousiasme pour de vulgaires crevettes. La femme était avec un maigrichon tout ridé, front dégarni et couronne de cheveux longs. Il me rappelait un type qui était dans un groupe que j'aimais bien, y a mille ans de ça. Il fredonnait un truc à l'oreille de la femme.

— Vous savez qui c'est ? me hurla le footballeur.

— Je ne vois pas...

— Il jouait avec les Uncle Wigglies. Jimmy Ranger. Une vraie machine à tubes. Il a produit le disque de Willis.

On se mit à dégoiser, histoire de se détendre. J'espérais toujours l'entendre mentionner notre première rencontre. S'il me draguait, c'était en douceur.

— Au fait, comment va Sam ? me demanda-t-il pendant une pause entre deux disques.

Je ne connais qu'un Sam. Sam Gianelli, mon employeur à mi-temps et amant à l'occasion. C'est alors que j'identifiai mon bonhomme. Et je me demandai ce que venait fiche un type que j'avais vu pour la dernière fois lors d'un enterrement chez les Gianelli – le genre de cérémonie où le FBI note scrupuleusement toutes les plaques minéralogiques – dans une réception en l'honneur de Dee Willis.

6

Mon butin impressionna Dee, et ça continua quand, en complétant des deux assiettes qui débordaient, je tirai du rab' de ravitaillement de mon sac à main.

La taille de la suite qu'elle occupait me coupa le souffle une fois de plus.

— Tu veux voir la chambre ? Et la salle de bains ? proposa Dee. Baignoire à remous, sauna, jacuzzi, tout le bastringue ! Tout ça pour moi. Allez, viens ! Faut que je fasse le tour, des fois qu'il y aurait quelqu'un. Il y a deux semaines, j'ai trouvé un pisse-copie de ces torchons à scandale en train d'essayer de fourrer un micro sous mon pieu.

— S'il te connaissait mieux, il aurait pu se contenter de le mettre dans le couloir, dis-je. Ou dans un ascenseur.

Dee se redressa, pincée.

— J'ai changé, dit-elle en exagérant son accent sudiste traînant. Je suis du genre silencieux. Et je ne fais ça qu'au lit. Enfin, en général.

La visite valait largement le prix du billet. Dans l'immense chambre à coucher, un lit grand format trônait sur une estrade. Le baldaquin croulait sous la passementerie dorée, assortie aux rideaux des hautes fenêtres qui donnaient sur la banalité bostonienne. Sur une table, une corbeille de fruits posait pour une nature morte. Nous l'emportâmes au salon, sous prétexte d'équilibre diététique. Une carte, glissée entre une orange et une grenade, annonçait un cadeau de MGA-America. Dee s'excusa et fila aux toilettes. Puisque j'étais partie pour fouiner, j'examinai l'arrangement floral : « Avec les compliments de la direction. »

Quand je pense que dans les hôtels où je descends, la direction va jusqu'à se plaindre des gobelets en plastique…

Dee refit surface et empoigna l'assiette de crevettes.

— Sauce cocktail ? demanda-t-elle, pleine d'espoir.

— Quelque part, là-dessous.

— Super !

Je gobai une micro-tarte aux épinards à la pâte mince comme du papier à cigarettes.

— Ça va, ton bras ? voulus-je savoir.

Dee continua de mastiquer, ignorant la question.

— Je parie que je retrouverais la vieille baraque de ta tante Bea les yeux fermés.

— Maintenant, elle est à moi.

— J'ai entendu dire qu'elle était morte.

Dee enleva ses chaussures d'un coup de pied et s'assit sur le divan, face à moi, une jambe repliée sous elle. Les ongles de ses orteils étaient écarlates.

— Tante Bea me manque, je crois.

— Tu charries, dis-je.

— Non, reprit-elle trop vite, et trop gaiement. C'est vrai, je te jure ! Tous, ils me manquent. Le bon vieux temps me manque. Même les gens que je détestais. Tu te rappelles Alice ? Et Denny ? Eh bien, si cette andouille passait cette porte-là, tout de suite, je me mettrais sur le dos comme un bon vieux chien et je le lui lécherais la figure. À part ça, c'est bien le seul endroit qu'il ne me demandait pas de lui lécher.

Elle tira la langue et je souris. Dix ans plus tôt – avant Cal – c'est moi qui aurais pu lécher sa figure à elle.

— Tu sais quelle heure il est ? fis-je, au désespoir.

— Tard, hein ? Je sais. Moi aussi, je suis crevée. On a répété avant la fête. Des trucs de dernière minute. Je suis là pour lancer la tournée. Jimmy – Jimmy Ranger, le producteur de mon dernier disque et, j'espère, du prochain – est venu exprès rien que pour vérifier le mixage, et je suis complètement défoncée. Mais pas à la drogue, Carlotta. C'est fini, cette merde. Rien qu'à l'adrénaline…

Soudain, elle se pencha et claqua des doigts sous mon nez.

— Ça m'est venu d'un coup, quand je t'ai vue dans ton taxi. C'est toi qu'il me faut.

— Peut-être… mais c'est pas sûr, bâillai-je.

— C'est oui ou c'est non ?

— T'es toujours aussi casse-pieds, dis-je en même temps.

Nous nous regardâmes et j'eus l'impression d'être assise par terre dans son ancien appartement de Massachusetts Avenue, pieds nus, à jouer de la guitare et inhaler de l'air saturé de marijuana.

En ce temps-là, c'était de l'herbe ; la coke était au-dessus de nos moyens.

Je n'ai jamais fumé. Mon père était flic, j'allais m'inscrire à l'école de police et tout ça. Je m'en tenais aux clopes, à courtiser un cancer du poumon. Chez Dee, c'était même pas la peine de fumer pour être défoncé. Il suffisait de respirer.

— Tu connaissais beaucoup de monde parmi les invités ? demandai-je.

— Le groupe. Quelques roadies et des machines. Pour ce qui est de MGA-America, mes potes rencontrent les leurs. On a dû me présenter un million de types cette nuit, mais je ne les reconnaîtrais pas demain. J'ai la main en compote. C'est ce qui m'a sauvée. J'ai dit à Hal que si je serrais encore une seule main, je ne pourrais plus jouer une note.

— « Mickey » ou « Gros Mick », ça te dit quelque chose ?

Le nom de famille de celui qui m'avait demandé des nouvelles de Sam Gianelli ne me revenait pas. À moins qu'il ne me l'ait pas dit.

— Mickey Mouse. C'est ça ? Bon ! Parlons affaires maintenant.

Elle se lécha un doigt taché de sauce et croisa ses mains sur ses genoux. Elle avait l'air énervée ;

sa main gauche maintenait la droite, comme pour la faire tenir tranquille.

— Tu pourrais me retrouver Davey ?

— Davey ?

— Davey Dunrobie.

En dix ans, je n'avais pas accordé une seule petite pensée à Dave Dunrobie.

— Hé ! dis-je du tac au tac, j'aimerais bien savoir s'il est toujours aussi mignon.

— Je savais que tu accepterais.

— Dee, c'est comme ça que je gagne ma croûte !

— Je paierai, protesta-t-elle, une main sur le cœur. Je te paierai pour ça ; je ne te demande pas de me faire une fleur.

— Quand l'as-tu vu pour la dernière fois ?

Ma question la prit au dépourvu.

— Ben, euh... c'est que... Il faut vraiment que je te le dise ?

— Non. Seulement si tu veux que je travaille pour toi.

Je me penchai pour piocher une crevette glacée, ferme, sucrée, encore pourvue de sa queue. Je la trempai dans la sauce, qui dégoulina, rouge, sur ma chemise blanche.

— Tu peux engager quelqu'un d'autre.

— Mais, Carlotta, tu le connais ! Personne d'autre ne connaît Dunrobie.

— C'est vrai, j'ai un avantage. Mais il faut que tu me donnes une piste.

— Enfin, merde ! Tu sais qui c'est !

— Ça m'a fait plaisir de te revoir, Dee.

— Reste assise, Carlotta, c'est juste que... Bon Dieu ! c'est dur d'en parler. Davey a été mon premier partenaire.

— Il y a d'abord eu Lorraine, dis-je tranquillement. Le groupe... Tu te rappelles ? J'étais à la guitare, Cal à la basse, Lorraine partageait le vocal avec toi et jouait du tambourin...

— Oui, dit-elle, coupant net le flot de mes souvenirs. Mais Dunrobie fut mon premier partenaire professionnel, disons. Merde ! Ça me rajeunit pas.

— Pas de panique. Tu n'as pas encore l'âge de Tina Turner.

— Ni de Mick Jagger.

— Tu es superbe et tu le sais, alors laisse tomber le mélo. Tu cherchais Dunrobie, cette nuit ? Dans un parc où ne poussent que les seringues ?

Elle ne pouvait plus se dérober ; elle se rapprocha et parla à voix basse, comme si nous étions cernées par des oreilles indiscrètes.

— Je reprends tout au début, annonça-t-elle. Tu sais, après que – euh... après que notre groupe s'est séparé, j'ai continué et j'en ai constitué un autre. Et Dunrobie, eh bien, c'est triste, ce qui lui est arrivé. Tu as déjà entendu une voix plus belle, plus douce que celle de Dunrobie ? Tu connais un type meilleur à la guitare ?

Oui, j'en connaissais, mais pas beaucoup. Et les questions de Dee n'attendaient pas de réponses.

— Dunrobie avait plus de fans que moi. Les femmes étaient à ses pieds. Si on t'avait fait deviner lequel des deux allait réussir, lequel tu aurais choisi ? Dunrobie, pas vrai ? Davey, à tous les coups.

Je restai de marbre. J'aurais choisi Dee à cent pour cent. Elle n'avait rien perdu de ce côté brûlant, affamé. Dunrobie, lui, était dépassé par le moindre succès. Un jour, Cal avait décrit Davey comme « le type aux trois B », le genre de musicos assez bon pour jouer dans n'importe quelle ville et en tirer le plus important, à savoir la bière, la bouffe et la baise.

— C'est comme ça, continua Dee. Dunrobie s'est mis à picoler. Pas comme nous. Je veux dire, il picolait comme s'il était payé pour ça. Et quand il avait vidé tous les verres, il avalait tout ce qu'il pouvait mendier ou se payer de chimique. Et très vite, il n'aurait même pas pu s'embaucher comme terrassier… alors comme guitariste…

— Je ne savais pas.

— Il y a cinq ans de ça, je me suis pointée en ville sans concert en vue, mais pour décrocher des contrats, et je suis tombée sur Davey. C'était devenu un clodo, un vieux débris qui traînait des pieds dans un parc, à un kilomètre de la bibliothèque. En meilleur état que la moyenne. C'est-à-dire, il n'en était pas encore à marmonner tout seul, mais il fixait la pelouse comme si plus rien au monde ne l'intéressait. Dunrobie avait toujours sa démarche bizarre…

— Une blessure au hockey.

— Ou au football. Merde ! Si ça se trouve, il est tombé dans les escaliers et a inventé une craque à la noix. Enfin, en tout cas, je l'ai reconnu à sa démarche. Je suis allée tout droit vers lui et j'ai posé ma main sur son épaule ; il a sursauté comme si j'allais lui piquer son goûter. Carlotta, il *puait* ! Une infection. Je lui ai payé un café ; tu aurais vu la tronche des gens dans le bistrot lorsque je suis entrée avec lui. Vraiment, ils tiraient de ces gueules ! J'ai essayé de le faire manger. Je voulais faire quelque chose, et j'ai fini par le convaincre d'accepter un peu d'argent, une rente. Tu sais, à un certain point, qu'est-ce que c'est deux cents dollars ? Où tu vas avec ça ? C'est le prix d'une robe ou d'une permanente chez le coiffeur ? Et là, je pouvais lui donner une poignée de billets, et il pouvait les déposer en garantie pour avoir un coin à lui, ne serait-ce qu'une petite piaule ; il n'a pas voulu prendre davantage, et il m'a juré que ce n'était qu'un prêt, qu'il me rembourserait, et tout ça.

Dee fixait le plancher, comme embarrassée d'être prise en flagrant délit de bonne action.

— Bon ! reprit-elle puisque je me taisais, je lui ai demandé de rester en contact, mais je n'ai jamais trouvé le nom de la rue où il devait s'installer. Il n'avait pas le téléphone. Puis, il y a quatre ans, un truc comme ça, donc un an après cette fameuse rencontre, il a commencé à m'appeler. Oh ! deux fois par an, et il avait vraiment la poisse, Carlotta. Bon Dieu ! Il lui est tout arrivé, à Dunrobie. On l'a expulsé de sa chambre. Il a perdu son job de vendeur de pompes parce que son patron le draguait. Son logeur voulait qu'il vienne travailler chez lui, à pelleter de la neige, et qu'il arrête de jouer de la guitare toute la nuit. Son chien est mort. Il m'appelait toujours avec un truc triste à raconter, et je lui envoyais toujours un mandat, à l'attention de quelqu'un d'autre, en général une femme, et c'était très bien comme ça. Je veux dire, je lui avais fait comprendre que je ne voulais pas qu'il vive dans la rue, bordel ! Pendant que moi, je déposais de l'argent sur un compte pour mes vieux jours. On peut aussi mourir jeune, après tout.

— Si j'avais su, pour Dunrobie !

— Eh ben, maintenant tu sais, et tu peux me le retrouver. C'est lui que je cherchais ce soir, mais apparemment, c'était une mauvaise idée. Je n'ai pas eu de ses nouvelles depuis plus d'un an, quatorze mois exactement. Peut-être qu'il a cessé de boire et qu'il se débrouille. Je ne veux pas qu'il me rende mon fric, même s'il vit dans un palace. Je m'inquiète pour lui.

— C'est tout ?

— Comment ça, c'est tout ? Ce n'est pas assez ?

— Il faut que je te dise. La recherche d'une personne disparue est soit fastoche, soit coton. Soit tu retrouves la personne tout de suite, si son nom et son adresse sont dans l'armoire, soit tu trouves que dalle. Tu aurais dû remplir un formulaire pendant qu'on était au commissariat.

— Carlotta, avec toutes les drogues qu'il s'envoie, je ne vais pas lui lâcher les flics au derrière. S'il est toujours accro, il n'a pas besoin de ça.

— Je vois. Mais ce que je veux dire, c'est que le prix peut varier, parce que ces histoires de disparus sont risquées. Je prends une avance d'office et je tiens le compte des frais. Si j'obtiens des résultats, je fais casquer le client.

— Carlotta, samedi soir, je joue au Berklee Performance Center. Ce n'est pas un stade géant, comme certains coins où on passe en tournée, mais c'est important pour moi. Le son y est super. Jimmy Ranger sera là pour enregistrer des morceaux du concert pour un nouvel album. Crois-moi, je peux me payer tes services, et je veux que Dunrobie soit là. J'ai besoin de regarder le public, samedi soir, et de voir certains visages. Il me faut Dunrobie.

— Ce samedi ? fis-je, sceptique.

Il ne restait que quatre jours, mais si Dunrobie ne se cachait pas dans un trou, j'étais presque sûre de pouvoir le localiser d'ici là. Néanmoins, les magiciens font toujours quelques tours de passe-passe pour amuser le public avant de tirer un lapin de leur chapeau. Sinon, personne n'applaudit.

— Carlotta, vois ce que tu peux faire.

— Il faudra peut-être que j'envoie des demandes d'informations par la poste. D'ici à samedi, c'est trop juste pour faire un contrôle de véhicules État par État.

— Mais tu peux chercher ici.

Je haussai les épaules.

— S'il est toujours en ville, je peux le trouver. S'il est en ville et conduit un truc qui se conduit, c'est l'affaire de vingt minutes. Il y a de quoi écrire dans cette piaule ?

Elle me désigna un bureau ; j'ouvris le tiroir du haut et en tirai une feuille de papier à en-tête doré. Un mince stylo blanc très fin était posé à côté d'un téléphone de la même couleur. J'écrivis le nom de Dave Dunrobie en haut de la page, puis je m'assis dans le fauteuil, face au bureau, et commençai à poser les questions d'usage. Second prénom de Dunrobie ?

— Comment tu veux que je le sache ? s'étonna Dee. Tu as toujours ta guitare, ta National pourrie ?

— Dernier domicile connu ? Et toi, tu as toujours cette Dobro minable ?

— Ce devrait être le trou que j'habitais sur Massachusetts Avenue, lorsqu'il vivait avec moi. Au 865, je crois.

— Son nom figurait sur le bail ?

— Non.

Notre propre ignorance nous stupéfiait. Nous ne savions pas qui étaient les parents de Dunrobie ; nous ne savions pas s'il avait des frères et des sœurs ; et, bien sûr, nous ne savions pas son numéro de sécurité sociale.

— Merde, Carlotta ! finit par lâcher Dee. Pourquoi tu ne poses pas les bonnes questions ? Ce que je peux te dire, c'est que c'était un bon coup.

Je souris et gobai la dernière crevette.

— Je le savais déjà.

— Toi aussi ? croassa-t-elle. Ben dis donc ! Écoute, j'ai eu une journée de dingue, et je suis HS. Trouve-moi Dunrobie. Je donne toujours de bons concerts le samedi. Trouve-le *avant*.

— Pour quatre cents dollars, tu m'embauches une journée. Je peux faire tous les coins faciles en vingt-quatre heures. Dix contre un que je te le déniche.

Elle parcourut la pièce des yeux, comme si elle cherchait quelque chose.

— Hé ! Je peux te payer plus tard ? proposa-t-elle lorsqu'elle se souvint que son sac avait disparu.

— Je ne travaille pas à crédit. C'est la politique de la maison.

— Un chèque, ça te va ?

J'hésitai.

— Si tu veux vendre ta National pourrie, tu m'appelles, offrit-elle. Voilà quelques billets gratuits pour le concert. Six, ça ira ?

— J'accepte les chèques des vieilles copines.

— D'accord ! fit-elle en claquant des mains.

— Tu ne tiens pas à me donner la vraie raison, pour Dunrobie ?

— Hein ?

— Tout à coup, cinq ans après, tu es si pressée de le retrouver que tu plaques une soirée organisée en ton honneur…

— Je hais ce genre de pince-fesses. Et je veux que Dunrobie soit au concert samedi.

— Bien sûr. Mais le Berklee Performance Center est grand. Tu auras du mal à le regarder dans les yeux pour y puiser ton inspiration.

Elle baissa la tête en signant un chèque et ne dit plus un mot.

7

Je déposai le chèque dans la boîte aux lettres de la Baybank, près de Central Square Y, après mon match de volley-ball habituel. Je ne tenais pas à attendre l'ouverture des bureaux.

À 9 heures, je me retrouvai scotchée au téléphone, à appeler des relations cultivées au fil des années, la plupart lorsque j'étais encore dans la police. Un officier des immatriculations qui recevait fidèlement une bouteille de Johnny Walker label rouge pour Noël me déçut. Il ne put trouver aucune voiture enregistrée au nom de Dunrobie. Je bus une gorgée de café au lait sucré et soupirai. Moi qui avais cru que j'aurais toutes mes chances avec le bureau des cartes grises.

Je composai un deuxième numéro, discutai pendant quelques minutes avec une vieille connaissance qui travaille au service des mineurs. Pour Noël, Patsy Alvarez préfère les chocolats suisses au label rouge. J'appris que Dunrobie avait un casier judiciaire rigoureusement vierge. Même pas une « conduite en état d'ivresse », ça collait avec le fait qu'il n'avait pas le permis.

Je pariais pour un « désordre sur la voie publique » récent. J'espérais trouver sa trace rapidement et, je devais l'admettre, j'aurais bien voulu épater Dee.

Troisième appel : l'université. Le bureau des inscriptions refusait de donner l'adresse des étudiants, comme toutes les amicales d'anciens élèves, mais dans le cas de Dunrobie, personne n'avait rien à protéger. Il n'avait pas de diplômes.

La plupart des gens de notre groupe étaient de la fac du Massachusetts, mais Dee avait fait un petit séjour à Berklee ; j'appelai donc l'école de musique de Berklee et attendis un bon moment, avec une bonne station FM classique en fond musical. Dunrobie n'était jamais passé par Berklee.

Même chose pour le Conservatoire musical de Nouvelle-Angleterre.

Dans les Pages Jaunes, à la rubrique « syndicats », je trouvai une Guilde des artistes et musiciens américains. Ils ne comptaient pas de Dunrobie parmi leurs adhérents. J'hésitai une longue minute avant de raccrocher.

Je finis mon café. Apparemment, Davey était allé se faire pendre ailleurs. Pas de permis de conduire, pas de carte syndicale. Je me demandais si Dee était sérieuse lorsqu'elle disait qu'il avait essayé le bâtiment. J'appelai deux syndicats de charpentiers du coin. Pas de Dunrobie.

J'enlevai mon survêtement et passai un pantalon kaki, une chemise imprimée et un blazer bleu marine, histoire de prendre le look professionnel de la fille digne de confiance. Sac en bandoulière, j'entrai dans les bureaux de l'état civil à l'Hôtel de Ville et me mis en quête du certificat de naissance de Davey, qui devait contenir toutes sortes de renseignements utiles, tels que le nom de jeune fille et la date de naissance de sa mère. Dee et moi étions d'accord sur le fait qu'il était plus vieux que nous, mais nous ne savions pas si c'était de deux ans, de quatre ans, ou davantage.

J'allai à pied de l'Hôtel de Ville à la bibliothèque municipale, regrettant une paire de chaussures plus confortables, mais néanmoins soulagée à l'idée que le métro serait encore plus torride que les voies en surface. On pourrait croire que le métro, étant souterrain, reste frais, mais en août, les couloirs ont absorbé depuis belle lurette toute la chaleur et la puanteur de la ville. Certaines rames sont climatisées, bien sûr, mais on n'est jamais sûre de tomber sur la bonne. Je ralentis en arrivant au Copley Square et scrutai le visage des sans-abri assis comme des statues de pierre sur les bancs publics. Reconnaîtrais-je Davey Dunrobie, avec dix ans de plus, et peut-être sous une barbe négligée et une couche de crasse ?

À la bibliothèque, je vérifiai les annuaires téléphoniques de ces douze dernières années. Toujours pas de Dunrobie, c'était décourageant. Je ne m'attendais pas à tomber sur son nom, mais j'espérais malgré tout trouver au moins un frère ou un cousin.

Je ne pus m'empêcher de regarder dans l'annuaire de 1979. Therieux, Calvin et Carlotta.

Ils s'étaient trompés : je n'avais jamais porté son nom. En revanche, l'adresse était retranscrite correctement ; la moitié d'un duplex bon marché à Cambridgeport.

Cal n'avait pas de numéro en cours.

Un soupir de soulagement m'échappa. Dunrobie et lui étaient bons copains. Si j'avais trouvé une adresse au nom de Cal, je me serais sentie obligée de l'appeler pour lui demander où je pouvais trouver Davey. Aurais-je déguisé ma voix ? Bonne question.

J'entrepris deux bibliothécaires amicales. Ça leur disait quelque chose, un type du genre de Dunrobie, revenu de tout et qui – signe particulier – écoutait beaucoup de musique ? La pensée de mon tiroir fourre-tout m'assaillit ; il serait très utile de montrer une photo de Dunrobie, même pas très ressemblante.

— On voit des centaines de types comme ça, répondirent les bibliothécaires. Surtout en hiver. Vous connaissez quelqu'un qui préférerait se geler dehors au lieu de venir écouter de la musique dans un immeuble chauffé ?

Avec ça, j'étais bien avancée.

Je visitai l'auberge de Pine Street, un refuge pour les SDF, et m'attirai pas mal de regards plus ou moins dénués d'expression. Je fourrai quelques billets dans le tronc, espérant qu'aucun de mes vieux copains ne dormait sur une de ces paillasses charitables. Je fis un saut à l'Armée du Salut. Je n'essayai même pas les Alcooliques Anonymes. Anonymes, tu parles…

Le South End et Copley Square, avec l'ancien appart' de Dee à Cambridge, étaient les seuls points de chute de Dunrobie à ma disposition. Je fis la tournée des bureaux de poste locaux, coinçai des employés à presses pour les obliger à chercher dans des registres de changement d'adresses – en vain.

Je gardai la poste de Central Square pour la bonne bouche parce qu'elle était plus près de chez moi. Je commençai à envisager de faire le tour du quartier, de frapper aux portes et de demander à tout le monde si on connaissait un type qui picolait et jouait de la guitare. Sans photo, j'avais autant de chances que Dee avec sa distribution de billets de dix dans un parc de South End.

Je rentrai donc à pied chez moi, ouvris mon tiroir fourre-tout et, telle Pandore, laissai échapper une flopée de démons.

8

Lorsque ma tante Bea mourut, elle laissa vingt-deux grosses boîtes de carton dûment ficelées dans les combles. « Mes mémentos », disait-elle. Je ne les ai jamais ouverts ; j'essaie d'éviter d'y penser.

Les souvenirs ne sont pas mon truc, et je n'aime pas collectionner les objets. L'examen des lieux du crime, lorsque j'étais flic, m'a guérie de cette manie. Je compatissais doublement avec les victimes ; non seulement elles avaient été violées, cambriolées ou assassinées, mais en plus, un bataillon d'étrangers fouinait dans leur petit linge pas toujours très net.

Après ma première fouille, j'étais rentrée chez moi à la vitesse grand V et j'avais balancé des sacs entiers de trucs inutiles – de la pommade achetée par correspondance pour « augmenter-votre-tour-de-poitrine-en-un-mois-satisfaite-ou-remboursée », aux épanchements poétiques de mon petit ami du cours élémentaire.

Mal à l'aise, je fixai ma table de nuit, le tiroir du bas à droite, le plus loin de la porte, là où étaient planquées, entre autres choses, mes photos de mariage.

Je n'ai pas d'appareil. Roz, ma soi-disant femme de ménage, artiste pop-punk résidente et assistante occasionnelle, se charge d'effectuer mes travaux photographiques professionnels moyennant finances. Personnellement, je n'aime pas prendre des photos, mais les gens ont tendance à vous en offrir et je trouve injuste, d'une certaine façon, de me débarrasser de tous ces visages souriants figés pour l'éternité. C'est comme ça qu'ils atterrissent dans mon tiroir fourre-tout.

Je fais une exception pour les photos scolaires de Paolina. C'est ma petite sœur de l'Organisation des Grandes Sœurs, et je garde ses clichés les plus récents sur la cheminée du salon, dans un cadre en argent.

Paolina et moi sommes temporairement séparées. Sa mère refuse que je la voie, suite aux complications résultant d'une affaire dont je me suis occupée. Il est possible que j'aie un peu déconné, je l'admets – et la vie de Paolina a été menacée. Mais ce qui coince, c'est que ce ne sont pas tant les complications en question qui ont mis en boule la mère de Paolina. C'est que Paolina ait appris certaines petites choses sur elle-même, des choses que maman ne tenait pas à lui raconter.

J'ai mis une assistante sociale sur le coup ; elle essaie de nous rabibocher, et j'écris à Paolina trois fois par semaine. J'espère juste que Marta, sa mère, lui transmet mes lettres. Elle ne veut même pas me la passer au téléphone, et cette foutue assistante sociale n'arrête pas de répéter qu'il faut laisser faire le temps. Laisser faire le temps…

Je m'assis en tailleur sur le plancher et ouvris le tiroir d'un coup sec. Un relent parfumé me fit tousser; il venait d'une boîte de poudre pailletée éventée – un truc bon marché que j'avais découvert par un bel été de mon adolescence, et jugé irrésistible sinon super-sexy. « Nuance d'émeraude » ou quelque chose dans ce goût-là. L'image d'un gamin du lycée se forma. Un certain Doug avec les cheveux gras. J'étais sortie avec lui deux fois. Une balade en bateau interdite, à minuit.

Voilà des années que je ne fais plus partie de la police, et je pense que ma phobie des « lieux-du-crime » commence à s'estomper. Incroyable, toutes les saletés que j'ai pu fourrer dans ce tiroir! Échantillons gratuits divers et variés, de la crème pour le visage aux céréales pour le petit déjeuner; épaulettes arrachées à des vestes qui vous donnaient l'allure d'un footballeur américain; tubes à moitié aplatis de gel contraceptif; et toute une collection de cartes d'anniversaire très personnelles émanant de Sam Gianelli.

Tout ce que j'adorerais voir examiné de près par les flics. Je descendis l'escalier et dénichai un grand sac en plastique vide. Je jetai d'abord les échantillons de céréales, en me demandant pourquoi je ne les avais pas au moins gardés dans la cuisine. Une chance qu'ils n'aient pas encore attiré les cafards. Sous une microscopique boîte de Corn-Flakes aux raisins secs, je découvris un bikini rose vif encore plus microscopique que le paquet. Pourquoi, grands dieux? Ah, oui!

L'élastique avait pris du mou sous prétexte que j'avais ignoré les conseils de lavage à la main sur l'étiquette. Avais-je vraiment projeté de remplacer l'élastique ? Je balançai le slip dans le sac poubelle. Je suis aussi douée comme couturière que Roz comme femme de ménage.

Je trouvai mes photos de mariage planquées sous un vieux numéro de *Mother Jones* que j'avais gardé, Dieu sait pourquoi. Elles étaient collées dans un petit album blanc. La mariée souriait à l'objectif mais j'étais incapable d'établir un lien entre son visage flou et le mien. Je me forçai à regarder avec attention, mais le photographe – un cousin de ma mère, cet imbécile de Lou, frais débarqué de Kansas City – inaugurait sa troisième profession en trois mois et avait salopé tous les gros plans de la fête. Pas un n'était utilisable.

Davey avait été invité en catastrophe à se joindre à notre groupe super chic. Il avait dû tenir le rôle du garçon d'honneur à la place du père alcoolique de Cal, lequel brillait par son absence.

Comme je me suis mariée dans ma ville natale – à Détroit –, mes amis de Boston n'encombraient pas les clichés. Je tournai une page. Sur une photo de groupe étonnamment nette, un plan d'ensemble montrait Davey Dunrobie gros comme une chiure de mouche dans un coin, rien qui vaille la peine d'être montré à quiconque.

Je mis le cliché de côté. Peut-être que Roz pourrait l'agrandir. Ça ne coûtait rien de croire aux miracles.

La photo de Lorraine avait dû se coller au dos de l'album. Elle voleta jusqu'à terre et je la regardai, figée sur place par le sourire candide.

« Après la première mort, il n'y en a pas d'autre », dit Dylan Thomas dans l'un de ses rares vers qui me sont restés en mémoire. Lorraine fut ma première. Une amie qui se suicida à vingt-deux ans.

Je récupérai le cliché avec précaution et le tins à contre-jour pour supprimer les reflets. Lorraine n'était pas jolie mais sans la drogue, elle aurait pu finir par le devenir au fil des ans. Elle avait l'air incroyablement jeune. Pas encore de formes, pas encore de ligne, pas encore de look.

On avait dû prendre la photo pendant un pique-nique. Dans un coin, on voyait une nappe en papier retenue par des paquets de chips, des bouteilles de Coca et des canettes de bière. Une paire de fesses dans un jean était nettement visible, au fond à gauche. Je n'aurais su dire si elles appartenaient à un homme ou à une femme.

Il y eut un temps où je croyais que je pleurerais Lorraine tous les jours de ma vie. En fait, cela faisait des mois, des années même, que je n'avais pas pensé à elle. Peut-être un éclair, pour l'anniversaire de sa mort, vers Halloween et les premiers frissons de l'automne.

Je me posais toujours la même vieille question : pourquoi ? Le jour de la cérémonie, sa mère nous avait confié que Lorraine voyait un psy – ce qui n'était alors pas aussi banal qu'aujourd'hui. Le temps que j'arrive à l'appartement de Lorraine, ses parents avaient fait le vide. Ses carnets de note, ses papiers, tout avait été emballé et expédié à Norfolk, en Virginie. Sa mère m'avait donné un album de Jesse Collin Young et la mandoline de Lorraine en souvenir. Quelques paroles me revinrent de ce disque.

Quatre heures du matin
et la pluie tombe à torrents

J'ai dû passer ce morceau cent fois. Puis j'ai fourré le disque quelque part au grenier, avec la mandoline et les mémentos de tante Bea.

La première question : pourquoi ? fut immédiatement suivie d'une autre : comment avais-je pu ne pas savoir ? Comment avais-je pu faire la fête et chanter et plaisanter avec Lorraine, et ne jamais deviner sa tristesse, son désespoir ? Comment avais-je pu boire un petit café, comme d'habitude, avec mon amie le vendredi, et apprendre son suicide le samedi soir ?

Oh ! Lorraine. Pointe de colère. Culpabilité. Je posai la photo sur mon lit puis la fourrai de nouveau en vitesse dans l'album. Je pouvais dévisager Lorraine à jamais sans rien en tirer, sinon un coup de blues de 3 heures du matin, quand on se demande ce qui serait arrivé si…

Je plongeai ma main tout au fond du tiroir, où étaient mes petits carnets noirs.

Je n'ai jamais eu la tentation de tenir un journal mais je note mes rendez-vous d'affaires et autres trucs strictement professionnels, kilomètres parcourus, tickets de parking, où j'étais le tant, etc. Des pense-bête pour les dates d'anniversaires et les déjeuners. Je m'y astreins pour des raisons fiscales plus que sentimentales.

Est-ce que je tenais déjà mes carnets noirs à ce moment-là ? Ils devaient remonter à ma première carte de crédit, avec un compte à la Harvard Coop. De quoi se sentir adulte et importante. La Coop, ou Coopérative, envoie à tous ses membres un calendrier de l'année scolaire. Un petit truc pas plus grand qu'un agenda, noir, avec des pages en papier bible. Un nouveau carnet arrive à chaque mois de juillet, et j'expédie l'ancien dans le tiroir.

J'inspectai la pile pour trouver la bonne année. 82-83, 78-79, 81-82, classées par ordre chronologique... Rien de plus ancien que 1978. Les premières pages de chaque carnet consistaient en tableaux de poids et mesures et de récapitulation des dates de vacances. Puis venaient quelques pages blanches pour noter les numéros de téléphone et adresses des amis. Je vérifiai si les coordonnées de Dunrobie y figuraient.

Je trouvai celles de Dee, soulignées de plusieurs traits, au 555-8765, un numéro de Cambridge, sans doute l'appartement de Massachusetts Avenue. Je déchiffrai les autres numéros, la plupart griffonnés à la hâte, avec juste un prénom en guise de point de repère. Gary au 734. Avais-je connu un Gary ? Un Ken ? Une Alice ? Ce devait être Alice Jackson. Ne s'était-elle pas mariée ? Et comment s'appelait-elle à présent ? Peut-être se souvenait-elle de Dunrobie.

Je composai le numéro griffonné en face d'Alice. L'homme qui répondit était bougon, d'âge mûr, et formel : il n'y avait aucun lien entre ses coordonnées téléphoniques et une Alice quelconque. D'ailleurs il avait le même numéro depuis cinq ans, à savoir depuis qu'il avait quitté Memphis, Tennessee ; on ne l'appelait pas souvent, et sûrement pas pour demander Alice. C'était le prénom de sa première femme. Mary Alice... Il s'en serait tout de même souvenu.

Je m'acharnai sur le carnet et découvris une autre possibilité. Angela, une blonde aux cils presque blancs et au long nez. Je composai son numéro et obtins une voix masculine sur un répondeur. J'ai moi-même un répondeur mais je déteste leur faire des confidences. Je raccrochai.

Il me restait encore les numéros de téléphone d'un Jeff et d'une Susan, comme si les gens que j'avais rencontrés à vingt ans n'avaient pas de noms de famille. Comme si j'avais cru me les rappeler pour l'éternité. À l'époque, questionner les gens sur leur vie passait pour de l'indiscrétion. Si quelqu'un parlait avec un accent, on pouvait à la rigueur lui demander d'où il venait. Peut-être que j'évitais ce genre de conversations parce que je ne voulais pas avouer que mon père était flic. Mais les autres faisaient pareil. Un nom de famille ? À quoi bon ?

Pas de réponse chez Jeff.

Je trouvai deux autres numéros de téléphone griffonnés sur la dernière page. L'un des deux devait être celui de Cal. Si aucun nom n'était mentionné, ce devait être des gens que j'appelais souvent, ou que je ne comptais pas rappeler. Je haussai les épaules et essayai le premier. Trois bips et un enregistrement : « Il n'y a plus d'abonné au numéro que vous avez demandé. »

Le second décrocha après six sonneries, avec un message enregistré par une voix masculine. « Salut ! Vous êtes bien au 545-4647. Dites-moi ce que vous pensez que je devrais savoir. »

C'était une belle voix profonde, calme, détendue. Si je l'avais déjà entendue, je me le rappellerais.

Je raccrochai, puis recomposai les deux numéros à répondeur. En guise de message, je laissai le minimum vital : mon nom, mon téléphone, et demandai qu'on me rappelle dès que possible pour une affaire urgente. La curiosité est un vilain défaut, mais on gagne toujours.

Je parcourus le reste du carnet et n'en tirai plus rien, que des numéros périmés.

J'appelai Dee à son hôtel.

Je devinai qu'elle avait de la visite, vu les précautions oratoires et les voix en bruit de fond.

— C'est fait ? me demanda-t-elle.

— Je peux juste te dire où il n'est pas. Désolée.

— Faut que je te voie, dit-elle avec une cordialité forcée. Ce soir, on est au Berklee Performance Center, pour une répèt', peut-être même qu'on va enregistrer quelques morceaux pour l'album. Ça commence à 7 heures et on restera le temps qu'il faudra. Tu viendras ?

J'hésitai.

— Allez, insista-t-elle. Peut-être que je te laisserai toucher miss Gibson.

Je ne connais pas un seul guitariste de blues digne de ce nom qui aurait hésité à aller au coin de Massachusetts Avenue et de Boylston Street pour avoir l'occasion de plaquer trois accords sur la vieille gratte du révérend.

9

Je me retrouvai comme par hasard à côté du Berklee Performance Center et jouai à pile ou face avec une pièce imaginaire pour choisir entre l'entrée principale et l'entrée des artistes. Simple question d'étiquette. C'est à ce moment-là que Mimi, la blonde bouclée, tourna le coin de la rue et faillit me rentrer dedans.

Je lui emboîtai le pas.

— Tu te souviens de moi ? L'amie de Dee.

— Oh ! bien sûr, fit-elle, un sourire jusqu'aux oreilles.

Elle marchait main dans la main avec un jeune pirate à boucle d'oreille dorée. Elle était en collant et bustier tigré, un bandeau assorti autour du front, et des bottes noires à lacets. Roz, mon arbitre personnelle des modes et de l'élégance, l'aurait trouvée un tantinet dépassée.

Elle s'engouffra par l'entrée principale, et je suivis le mouvement. Elle devait être avec un familier du groupe – pas de Freddie le batteur ce soir, mais quelqu'un qui connaissait quelqu'un d'à moitié célèbre.

J'avais toujours cru que les répétitions précédant les grands concerts étaient confidentielles. Comme les places coûtent dans les cent cinquante balles, pas question de vendre la mèche. Mais comme je traversais le hall dans le sillage odorant de Mimi, personne ne fit mine de m'arrêter.

Elle disparut avec son pirate derrière une double porte battante. Je fis de même. À l'intérieur de l'auditorium, un bourdonnement aigu s'enflait et s'atténuait. Les lumières clignotaient. Une voix désincarnée coulait d'un haut-parleur, réclamant l'unité 12 et susurrant « Holly, bon Dieu ! Tu vas regarder l'ampli 7 à gauche, oui ou... »

Du temps où j'accompagnais Dee dans le groupe Cambridge Commons, à la carrière météorique et peu regrettée, nous avions des guitares sèches. Les répétitions se limitaient à accorder nos instruments.

Une armée d'électriciens et de techniciens allaient et venaient sur scène. Un androgyne maigrichon en jean unisexe et chemise installa sur des pieds métalliques la Dobro de Dee, une douze-cordes de millésime plus récent et une Stratocaster bleu vif. Un jeune type en jean rampait sur le plancher, vérifiant les raccords de câbles tout en murmurant dans le micro d'un casque.

Dee était une industrie, pas de doute.

De chaque côté du manteau d'Arlequin se dressaient des pyramides d'amplis rectangulaires : des Fender, des Voc AC-30, des Bandmaster. Des câbles sillonnaient le plancher. La scène était coupée par des plates-formes et des élévateurs. Freddie le batteur, son pote au clavier et Brenda la bassiste étaient perchés derrière Dee et sa guitare.

Ron. Le type avec lequel Dee entretenait une relation non exclusive. Je me demandai si Dee avait jamais eu une relation exclusive avec qui que ce soit.

Elle discutait avec le batteur, ignorant l'agitation autour d'elle. Freddie y alla d'un rythme syncopé à l'aide d'une baguette à tampon et d'un balai sur une impressionnante batterie de scène composée de tambours de toutes tailles. Il en avait en face de lui, sur les côtés, tous cerclés de bronze, avec une paire de cymbales Hi-Hatt et deux fixes, sans compter une rangée de cloches et de carillons.

À l'autre extrémité de la scène, Brenda frappa quelques notes graves sur sa basse Fender et fit la grimace en entendant une vague d'échos. Elle cria quelque chose en direction des coulisses. Quelqu'un tripota un ampli. Le bourdonnement s'éteignit d'un coup.

Dee s'avança au bord de la scène, se pencha et parla dans un micro.

— C'est bon, là, dehors ? demanda-t-elle d'une voix grave et voilée. Jimmy, les retours sont prêts ?

— Prêts.

— Qui s'occupe de la bécane ?

— C'est moi, ma grande, fit une autre voix. Je t'entends, haut et clair, tu es magnifique.

Dee épaula sa six-cordes, brancha son retour et se dirigea vers Brenda. Ensemble, elles plaquèrent un accord. Dee pinça quelques notes, en fit vibrer certaines. Un bottleneck était passé au petit doigt de sa main gauche. La bandoulière de sa guitare était en imitation peau de serpent, avec une méga boucle dorée.

— Attention, les enfants, on enregistre ! prévint la voix amplifiée, et tous les roadies disparurent.

Dee retourna au centre de la scène tout en continuant de parler à la bassiste par-dessus son épaule. Elle tapota son micro du bout de l'ongle, ajusta celui de son instrument, frappa huit fois du talon dans le silence subit. Place à la musique.

Les claviers attaquèrent en premier, mais le son qu'ils produisirent était plutôt sinistre. Brenda enchaîna sur sa basse. Le batteur entra dans la danse. La guitare attaqua le thème d'ouverture. Il avait beaucoup changé mais je reconnus la chanson que Dee avait un jour décrite comme son hymne fétiche : *For Tonight.* Pour ce soir. Elle entama la chanson d'une voix éraillée à vous donner le frisson.

Je n'ai besoin de personne pour crier mon nom.
Besoin de personne pour s'occuper de moi.
Besoin de personne accroché à mes basques.
Besoin de personne pour partager.

Ce soir, rien qu'un moment, c'est toi que je veux.

C'était un bon vieux rock bien bluesy, avec des parties de guitare bien balèzes. Dee l'avait écrit dans une période où neuf tubes sur dix étaient des chansons d'amour sentimentales. Interprété et enregistré par des chanteurs plus populaires, il l'avait maintenue à flots pendant ses années de galère.

Elle entamait la deuxième strophe lorsque la voix suramplifiée l'interrompit.

— Une minute, d'accord ? Brenda, il y a un max de reverb'.

Le batteur massacra une malheureuse cymbale, et Dee marmonna :

— Oh ! Brenda, tu nous gonfles.

Peut-être voulait-elle le dire en aparté, mais elle oubliait le micro.

Brenda lui jeta un regard noir. Dans la salle, quelqu'un rigola. Je soupçonnai cette brave petite Mimi.

— On peut reprendre à vingt-quatre ? demanda Dee.

— Recommence tout. Je peux avoir besoin de quelques pistes supplémentaires pour le live.

Cette fois-ci, les éclairagistes se mirent de la partie. Ils commencèrent par se mélanger les gélatines mais ne tardèrent pas à comprendre sur qui braquer quoi et à quel moment. Sans doute avaient-ils une roadie en cabine, qui leur soufflait les instructions.

Les projecteurs s'éteignirent progressivement, jusqu'au noir total.

Je cessai de me concentrer sur les questions techniques, fermai les yeux et écoutai. Tout le whisky qu'elle avait éclusé n'avait pas cassé la voix de Dee.

La période de vaches maigres où elle jouait dans les bars avait affiné son timbre, l'avait purgé de ses trilles et de ses fioritures. L'abus de tabac avait rajouté un fond rauque aux basses et comme une plainte dans les aigus. Son style n'avait pas changé ; elle semblait même s'y être épanouie pour devenir enfin la chanteuse de blues blasée mais provocante qu'elle avait toujours essayé d'être.

La lanière de mon sac me sciait l'épaule. Je le posai à côté de moi, sur un siège vide au velours fatigué.

Dee passa à un vieux Billie Holiday, puis réveilla l'assistance avec un blues du Delta, peut-être de John Lee Hooker. Elle bougeait en phase avec la musique, elle dansait presque, mais il n'y avait là rien de forcé ni de déplacé, ni même de prémédité. Ça faisait simplement partie de la chanson, ça se mariait à la musique.

On ne peut pas dire que je sois du genre collet-monté avec ma tignasse rousse. Mais quand vous regardez Dee, eh bien, c'est le mot « sensuel » qui vous vient tout de suite à l'esprit. Lorsqu'elle joue de la guitare, on dirait que Dee ne pense qu'à ça. Voilà. Je ne sais pas si c'est de naissance – lèvres entrouvertes, yeux voilés d'émotion – ou si c'est la conséquence de tous ces blues bien rauques et bien salés.

Je suis capable de répéter une chanson des milliers de fois et lorsque j'y arrive, avec les notes justes, le bon tempo, un jeu de doigts correct, c'est fini. Je perds tout intérêt pour la chose et je passe à un autre morceau. Je peux me jeter corps et âme dans l'apprentissage, mais une fois que je possède la chanson, la magie s'est dissipée.

Dee reprend une chanson qu'elle a répétée et sa magie opère. Elle chante ça comme si elle l'improvisait, comme si elle avait quelque chose à dire d'urgence, et ce n'est pas très gentil pour son groupe. Elle chante comme si elle avait un secret, et elle vous suggère que si vous l'écoutez assez longtemps, elle vous le confiera – rien qu'à vous.

Mes yeux s'accoutumaient à l'obscurité et je vis un type planté au milieu de l'allée, deux rangées de sièges plus haut. Il avait l'air d'avoir oublié de respirer.

Dee portait une veste de smoking blanche et un pantalon assorti. La veste était boutonnée mais comme elle ne portait rien dessous, l'effet était encore plus sexy. Les lumières la transformaient en arc-en-ciel. Et elle bougeait, chantait et grattait comme si la musique coulait d'elle, comme si elle n'aurait jamais assez de temps pour nous dire à tous ce qu'elle avait besoin de nous raconter.

Pendant que Dee s'illuminait sous la danse des projecteurs, son groupe jouait dans l'ombre, n'en sortant que le temps d'un solo occasionnel. Son guitariste était grand et mince. Le batteur se cachait derrière des verres teintés et une mine renfrognée. Aujourd'hui, ses poignets et son bandeau étaient vert fluo. Le clavier, un jeune type débraillé avec une barbe de deux jours, gardait la tête en arrière, sans jamais regarder ses touches, les yeux fermés, en extase. Brenda était la moins enthousiaste et restait en retrait, comme si elle était la seule à considérer tout ça comme une répétition de plus, et rien d'autre. Dee se donnait à fond.

Au milieu du sixième morceau, elle sortit une note volontairement discordante et s'écarta du micro. Ses yeux lançaient des éclairs.

— Jimmy, hurla-t-elle, t'écoutes cette merde ou quoi ?

— Oui, chérie, qu'est-ce qui se passe ?

— Tu entends la ligne de basse ?

— Je l'entends.

— Alors ?

— Alors quoi ?

— Alors, ce n'est pas ce qu'on a préparé ! Ce n'est pas ce que je veux.

— Je voulais juste voir ce que ça donnait, s'excusa Brenda.

— La prochaine fois, tu m'en parles avant.

— Merde ! Ça fait deux jours que j'essaie de te parler. Mais t'es si occupée que personne ne peut te mettre la main dessus. Je pensais que tu aimerais.

— C'est nul, Bren. On dirait un connard de clébard en train de hurler à la mort.

— Pourquoi pas une chienne ? fit Brenda, la voix mauvaise.

Je décidai de lui accorder le bénéfice du doute, comme pour Dee ; peut-être avait-elle cru parler en aparté, mais son micro fit résonner les mots haut et clair jusqu'aux balcons.

— Qu'est-ce que tu as dit ? demanda Dee.

La voix suramplifiée l'interrompit.

— Brenda, tu pourrais juste jouer la ligne de basse que veut Dee ?

— Non, Jimmy, je pourrais pas. C'est trop chiant. Je m'endors dessus.

— Eh bien, rétorqua Dee, je peux trouver cinquante bassistes qui seront heureux de jouer mieux que toi.

— Ah, ouais ?

Brenda débrancha son instrument, fit passer la courroie au-dessus de sa tête et le déposa avec soin sur le sol. Puis elle quitta la scène sur un bras d'honneur à Dee.

— Bren, reviens tout de suite ! brailla le batteur dans son micro.

Le volume de sa voix dut surcharger un circuit quelconque ; l'ensemble se mit à siffler, ce qui m'obligea à me boucher les oreilles.

— Jimmy, continuait Dee, ça fait cent fois que je lui parle de ce break. Faut le jouer blues, pas rock. Je veux un truc bluesy, qui coule. Et elle, elle en rajoute dans le trémolo.

— Dixième prise, fit la voix lasse de Jimmy.

Les lumières se rallumèrent ; techniciens du son et éclairagistes envahirent la scène.

Dee mit sa main en visière et parcourut le public des yeux. Je lui fis un signe de la main. Elle cria « Salut ! » et me fit signe de la rejoindre sur scène.

D'un geste machinal, je tendis le bras pour saisir mon sac. Le coussin rouge fatigué était vide à côté de moi. Je relevai le siège pour regarder dessous, palpai le sol et fouillai les alentours. Mon sac avait disparu.

— Tu viens, Carlotta ?

— Merde ! J'arrive ! hurlai-je.

Je jetai un coup d'œil à l'auditorium : une cinquantaine de personnes en tout. Un mouvement dans la dernière rangée attira mon attention. La vision fugitive d'un pied, l'éclair d'une porte qui se referme.

— Je reviens ! criai-je à Dee – et je fonçai.

10

Je franchis les doubles portes, jetai un coup d'œil à gauche puis à droite, perçus un mouvement en direction du hall. Je pris à gauche et me lançai à la poursuite de mon voleur, comme si j'étais encore en uniforme.

Le gnome que j'avais croisé à la soirée impromptue dans la suite de Dee surgit de nulle part. Je faillis l'emboutir. Il cria quelque chose mais j'étais déjà loin.

Une fois dehors, je pus à peine voir mon artiste-détrousseur. S'il avait ralenti l'allure et s'était mêlé aux passants, j'aurais abandonné. Mais il continua de courir.

Un novice.

C'était un jeune type bronzé portant les couleurs d'un gang et une casquette molletonnée en dépit de la chaleur. Pas très costaud. Un mètre soixante-dix. Je tentais de noter son signalement détaillé tout en courant, mais il faisait sombre et j'étais furax d'avoir paumé mon sac. En général, j'y fais attention. Je ne le lâche jamais. Je passe la bandoulière en travers de ma poitrine, façon bandolero, histoire de frustrer les voleurs à l'arraché.

Bercée par les chansons de Dee, je l'avais abandonné sur un fauteuil, j'avais oublié jusqu'à son existence.

Ce n'était pas pour l'argent. Ce n'était pas pour les cartes de crédit. C'était pour l'affront et les emmerdements que me causerait cette perte ; c'était pour la disparition de la photo de mon père et ma mère – ensemble, et avec le sourire, pour une fois ; c'était pour ma fierté outragée.

— Stop ! criai-je au premier carrefour.

Les bruits de la rue couvrirent ma voix. Des voitures klaxonnèrent.

Mon voleur continua de cavaler le long de Massachusetts Avenue en direction du Centre des sciences chrétiennes et de l'Église Mère. Je maudis mes baskets pourries à semelles de cuir. Vive le caoutchouc ! Je glissais à chaque pas. Trois pâtés de maisons après, je constatai que je gagnais des centimètres et non pas des mètres, et je me mis à chercher des yeux une voiture de police, tout en sachant que je n'aurais pas deux fois la même chance. Je pouvais entendre l'écho de ses pas précipités, loin devant moi.

Le gosse avait trop d'avance.

Il s'en serait sorti sans problème s'il n'avait pas dérapé. Il buta dans le trottoir, à côté d'une Chevrolet en panne. Il resta là une seconde le souffle court, puis s'appuya au pare-chocs pour se relever.

— Lâche le sac ! criai-je.

Au même instant, mes doigts se refermèrent sur son poignet. Il tenait mon sac de l'autre main, mais glissa son bras sous la lanière, visant sa poche d'où il tira un couteau.

— Petit con, soufflai-je.

— Hé ! faites gaffe, m'dame.

L'avertissement provenait de derrière moi. Il me sortit de mon étourdissement ; je lâchai le poignet du gamin haletant et restai là, immobile, pendant qu'il battait en retraite. Je mémorisai le visage étroit aux pommettes hautes, l'acné marquant le nez et le front. Je ne pus distinguer la couleur des yeux, ce qui me mit en boule. Au procès, je voulais être un bon témoin.

Quel procès, grands dieux ? On se fout pas mal d'un voleur de sac à main !

Le môme tourna les talons et détala.

Hal, l'organisateur de la tournée de Dee, apparut à mes côtés.

— Je vous ai vue tracer hors du hall comme si vous aviez le diable aux trousses. Qu'est-ce que c'est que tout ce tintouin ? Z'avez failli me renverser.

— Laissez tomber, lui dis-je en passant ma main sur mon front en sueur, tout en essayant de contrôler ma respiration et ma colère. Il avait un couteau.

— J'ai vu ! Faut, pas se frotter à un type qui a un couteau ! Vous pratiquez les arts martiaux ou quoi ? Vachement utile face à un couteau ou à un revolver. J'ai une fille. Si elle se mettait à courir après un type avec un couteau, je… Merde ! Je sais pas ce que je ferais.

Je regardai disparaître le gamin à travers Massachusetts Avenue et le labyrinthe des rues, derrière Symphony Hall.

— Qu'est-ce qui s'est passé ? demanda Hal.

— Il m'a piqué mon sac.

Je retournai à la salle de concerts d'un bon pas, pour évacuer la colère et l'adrénaline.

— Vous retournez à la salle ? Vous ne voulez pas appeler les flics ?

— Ils ne se donneront même pas la peine de remplir un formulaire, dis-je, ce qui était faux.

Ils remplissent un formulaire bien sûr, mais ils ne font pas grand-chose de plus. Le vol à l'arraché est un délit tellement banal que les policiers traitent les victimes comme des crétins, ou plutôt, des crétines. « Eh bien, miss, à quoi vous attendiez-vous ? Quelle idée de prendre un sac à main, la nuit, dans ce quartier ! »

Je n'étais pas d'humeur à entendre ce genre de prose.

— Désolé de ne pas avoir pu faire quelque chose, s'excusa Hal, essoufflé. Faut dire que je ne tiens plus la forme olympique. Croyez-le ou non, j'ai été assez bon à la course dans ma jeunesse.

On aurait plutôt dit un Père Noël de grands magasins à la retraite, mais je ne le lui dis pas. Il y avait plus de risques de le voir foudroyé par une crise cardiaque en me courant derrière que je n'avais de chance de coincer mon voleur. Mais ça aussi, je le gardai pour moi.

Il en était encore à essayer de reprendre son souffle. Je le remerciai d'avoir volé à mon secours, et il se força à sourire. Son visage était rond, son menton pointu, ses tempes dégarnies. Comme ce qui lui restait de cheveux, ses sourcils étaient broussailleux et grisonnants. Ainsi hors d'haleine, il semblait plus vieux que la nuit précédente.

— Je n'ai jamais beaucoup de liquide sur moi, dis-je, autant pour moi-même que pour Hal. C'est le reste qui m'ennuie. Le permis de conduire, les cartes de crédit, les clés.

— Les clés de votre voiture ? Vous pourrez rentrer chez vous ?

— Je prendrai un taxi. Pas de problèmes.

— Et avec quoi vous le paierez ? Je peux vous prêter vingt dollars.

— Merci, mais ce n'est pas la peine, je m'en sortirai.

Comme la plupart des flics, je garde un billet dans une de mes chaussures. Et de la monnaie dans mes poches.

— Comme ça, vous profitiez du spectacle ? fit Hal au carrefour suivant.

— Dee m'a invitée.

— Hé ! pas de lézard. Si Dee l'a dit, c'est tout bon. C'est quelqu'un, pas vrai ? Ce nouveau disque, avec les passages live, va envoyer tous les autres se rhabiller.

Encore un pâté de maisons en silence.

— Elle a quel âge, votre fille ? demandai-je pour dire quelque chose.

— Quinze ans, soupira-t-il. À quinze ans, elles veulent toutes être des vedettes de la chanson.

Je pensai à ma petite sœur, Paolina. À peine onze ans, à l'orée de l'âge dangereux. Voudrait-elle devenir une rock star, elle aussi ?

— Vous êtes une vieille amie de Dee, c'est ça ? continua-t-il.

Sa respiration était toujours sifflante, mais il ne voulait pas être en reste.

— Et vous ? Vous la connaissez depuis longtemps ?

— Eh bien, j'ai commencé par être son roadie, dans les années 70. Depuis, j'ai travaillé pour elle par-ci, par-là. J'ai porté sa guitare à travers cinquante États et une bonne partie de l'Europe. Elle a toujours été réglo avec moi. Et en ce qui me concerne, vu les connards pour qui j'ai bossé, elle a une auréole.

— C'est vous qui organisez la tournée ?

— Ouais.

— Et qu'est-ce que vous faites exactement ?

— Tout.

— Vous avez un bureau avec un téléphone ?

— Vous voulez appeler les flics ?

— Juste faire opposition sur mes cartes de crédit. Je n'en ai pas pour longtemps.

Tout ce que j'ai, c'est ma carte de la Harvard Coop et une Visa, et je n'aurais même pas de carte bleue si ce n'était pour les locations de bagnoles. Essayez de louer une voiture sans carte de crédit, je vous souhaite bien du plaisir !

— La salle me laisse occuper un cagibi pour la semaine. Ce n'est pas le Pérou mais il y a le téléphone. Vous ne pourriez pas ralentir un peu ?

— Excusez-moi.

Avec son mètre soixante-cinq et son torse en forme de tonneau, il devait pédaler deux fois plus que moi.

— Dee voulait me voir à la pause.

— Vous jouez de la basse ? dit Hal, plein d'espoir.

— J'ai l'air d'une bassiste ?

— Vous avez l'air d'une fille qui répond à mes questions par d'autres questions.

— Désolée, dis-je – ce qui n'était pas une question, mais pas non plus une réponse.

— Dee va me réclamer, moi aussi, dit-il piteusement, après un silence. Elle voudra la peau de Brenda sur un plateau, et un bon bout de la mienne comme accompagnement. Vous verrez.

— C'est dur de bosser avec elle ?

— Avec Dee ? En comparaison des rigolos qui fleurissent dans ce métier, non. Mais c'est une peau de vache, question boulot.

Il me conduisit vers un escalier étroit, séparé du hall par des rideaux, jusqu'à une pièce si exiguë qu'on pouvait à peine y tenir à deux. Un bureau et un classeur mural occupaient tout l'espace disponible. Je passai mon coup de fil, qui prit deux fois plus de temps qu'il n'aurait dû. Hal fourra quelques feuilles de papier dans un tiroir ouvert, le referma, tout en faisant semblant de ne pas écouter.

— Comment je peux passer en coulisses ? demandai-je.

— S'ils jouent, ne les interrompez pas, d'accord ? Vous savez, je blaguais en vous demandant si vous jouez de la basse. Ce qui s'est passé avec Brenda est déjà arrivé. Croyez-moi, elles s'aiment comme des sœurs.

— Les coulisses, dis-je. Vous alliez me montrer le chemin.

— Ah, oui ! (Il me donna un itinéraire plutôt tortueux.) Écoutez, si vous étiez ma fille, j'ajouterais une ou deux recommandations.

— Lesquelles ?

— Ne courez pas après les voleurs. La police est là pour ça.

— Je sais. Merci de m'avoir donné un coup de main.

— Je n'ai pas fait grand-chose ! protesta-t-il avec un sourire.

— Merci quand même. Vous êtes qualifié pour le Prix du Bon Samaritain de la semaine. Et pour l'instant, il n'y a pas beaucoup de concurrence.

11

Je suivis les indications de Hal et retournai à l'auditorium. Des techniciens s'affairaient sur scène et Dee avait disparu. Je soulevai une tenture masquant une porte, montai un petit escalier bien raide et me trouvai cernée par les amplis et les roadies. Un couloir s'ouvrait devant moi. Il devait y avoir des loges, quelque part.

Je repérai Dee à la voix et poussai la porte après avoir brièvement frappé. Elle se déchaînait contre un petit bout de femme qui se défendait en brandissant une aiguille et du fil.

— Je veux des pantalons serrés, criait Dee à la costumière. S'ils doivent craquer, eh bien qu'ils craquent !

— Mets une culotte propre, suggérai-je machinalement. Ma mère me disait toujours ça : mets une culotte propre, au cas où une voiture te renverserait sur le chemin de l'école. Pense à la honte que tu aurais si on t'amenait à l'hôpital avec une culotte sale, ou pire, la bretelle de ton soutien-gorge retenue par une épingle.

Ça me barbe de sortir les mêmes poncifs que ma mère.

— Mais où est-ce que tu étais passée ? Ça fait une demi-heure que je t'attends ! (Dee me prenant à partie, la petite couturière en profita pour s'esquiver.) Je comptais sur toi pour trouver Davey, et vite ! continua Dee en colère, sans attendre de réponse.

Elle expédia ses talons hauts d'un coup de pied, et dix centimètres de pantalon blanc essuyèrent le parquet.

— Tu connais des gens qui travaillent avec toi et que ça branche de piquer les sacs à main ? demandai-je.

— Hein ?

— On vient de me faucher le mien.

— Tu veux appeler la police ?

— Il y a des gardiens dans l'immeuble ?

— Bien sûr ! fit-elle sarcastique. On est vachement en sécurité, ici. Faudrait que quelqu'un essaie de piquer l'immeuble pour que cette bande de vieux schnoques remarquent quelque chose.

— À ce point ?

— Je ne laisserais pas un centime dans cette loge. On en est là. Moi, je donne tout à un des hommes de Hal. Un beau mec, Jody, mais encore faut-il que je mette la main dessus. Bon, alors, tu appelles la police, oui ou non ?

Je soupirai en pensant à tous les chantiers, à tous les terrains vagues autour de Symphony Hall.

— Je m'en occuperai plus tard.

— Et Dunrobie ?

— Il me faut encore un peu de temps...

— Je peux te faire confiance ? lâcha-t-elle sans crier gare.

Ça ressemblait davantage à une accusation qu'à une question. Je haussai un sourcil.

— Ça dépend pour quoi.

Elle fouilla dans son blouson et tira une enveloppe de sa poche intérieure ; elle la fit tourner lentement entre ses doigts, mordit sa lèvre inférieure et me regarda comme pour me faire baisser les yeux.

— Y a un truc qui m'échappe ? voulus-je savoir. Avant de jouer, j'aime bien avoir toutes les cartes en main.

Elle allait dire quelque chose mais se retint et ferma les yeux. Elle semblait épuisée, vidée, une femme bien différente de la merveille électrique qu'elle était sur scène un instant plus tôt.

— Quoi qu'il en soit, Dee, et quoi qui puisse se passer, la musique est super. Géniale, même.

Elle ne rouvrit pas les yeux mais s'appuya contre la porte close, et commença son histoire. On aurait pu croire qu'elle se parlait à elle-même, mais elle devait être consciente de ma présence car elle bloquait la seule issue.

— J'ai bossé comme une dingue pour en arriver là où j'en suis, et ça m'énerve que Dunrobie croie qu'il puisse m'emmerder de cette façon.

Elle me tendit l'enveloppe comme si elle était contente de s'en débarrasser.

Taille standard, avec l'adresse de l'expéditeur, un certain Stuart W. Lockwood, imprimée au dos.

À l'attention de miss Dee Willis, aux bons soins de l'hôtel Four Seasons, 100, Boylston Street, Boston. Au bas de la missive était écrit : « Urgent et confidentiel. » Le rabat avait été proprement découpé au coupe-papier.

Je dépliai une feuille de papier épais. Le nom de l'avocat, son adresse, son numéro de téléphone et de fax étaient gravés en en-tête. La lettre était datée du 12 août. Trois jours plus tôt.

Chère miss Willis,

Je représente Mr David Dunrobie. Vos enregistrements de *For Tonight, Little bit of Love* et *Jenny hou* sont basés sur ses propres compositions *Sweet Lorraine, Duet* et *Missing Notes.*

Vous avez négligé non seulement de mentionner Mr Dunrobie comme compositeur associé de ces morceaux, mais encore de leur donner leurs titres originaux. Vos activités ont spolié mon client de ses droits d'auteur et d'exclusivité et constituent un détournement de ces morceaux pour votre bénéfice.

En outre, *Sweet Lorraine*, interprété sous le titre *For Tonight*, vous a procuré de substantiels revenus grâce à sa diffusion par d'autres chanteurs que vous-même.

Mon client a subi un dommage financier et personnel considérable à la suite du détournement que vous avez fait de ses œuvres. Je vous prie d'accorder sans délai toute votre attention à cette question, et de me contacter dans le courant de la semaine pour m'exposer la façon dont vous comptez remédier à cet état de fait. Sans réponse de votre part le 19 août 1991, à l'heure de fermeture de nos bureaux, j'ai ordre d'exécuter les instructions suivantes pour mon client : entamer des poursuites judiciaires dans le but de recouvrer ses droits, avec possibilité de faire obstacle à la vente comme à l'interprétation en direct de ces morceaux jusqu'à clôture du litige. Le règlement de cette affaire nécessiterait alors l'implication d'autres parties telles que MGA-America, producteur et distributeur de *Change Up*.

Dans l'attente de votre réponse,

Cordialement,
Stuart W. Lockwood.

Je tournai la page. Le verso était vierge.

— Pourquoi ai-je dû courir toute la journée ? fis-je, cassante. L'avocat de Dunrobie doit savoir où il crèche !

— Non, mais, tu t'imagines, une merde pareille ? Dee se saisit de la lettre et lui fit fendre l'air avant de la jeter par terre. Elle se dépêcha de la ramasser.

— C'est des choses qui arrivent tout le temps, dis-je. Tu lis ça dans les journaux. George Harrison a piqué My Sweet Lord à untel. Michael Jackson et tout ça… Peut-être que sur le moment, tu n'as même pas eu conscience de ce que tu faisais, tu as juste piqué un accord ici ou là, et crac !

Dee me fusilla du regard, la colère vibra dans sa voix qui n'était plus qu'un murmure. Elle vérifia plusieurs fois que la porte était bien fermée.

— Si toi, tu ne me crois pas, personne ne me croira. C'est comme le fameux « Mythe Américain ». Si on est riche, c'est qu'on vole les pauvres, c'est ça ? (Elle serra les poings, puis, ne sachant qu'en faire, les laissa retomber.) Pas question que je me laisse gâcher la vie. Pas question que je laisse Dunrobie me faire ça.

— Il est trop tard pour imprimer son nom sur la pochette.

— Davey Dunrobie n'a jamais écrit un mot, une note, d'une seule de mes chansons !

— Dans ce cas, ignore-le. Jette la lettre. Qu'il te fasse un procès, si ça l'amuse !

Elle tira une chaise de bois rivetée, la retourna et s'assit dessus à califourchon.

— Attends, que je t'explique une ou deux petites choses de la vie courante, Carlotta. Cette histoire peut me descendre en flammes. Pas moins. Tu sais que, pendant quatre ans, pas un studio n'a voulu me soutenir pour un album ? Pendant quatre ans, pour eux j'étais du passé, morte et enterrée. Et ceux qui disaient ça étaient encore parmi les plus aimables. J'ai investi *mon* fric, jusqu'au moindre centime ou presque, pour faire *Change Up*, et Jimmy Ranger a accepté de le mixer à ses risques et périls. Maintenant que c'est un disque de platine à l'actif de MGA/America, ils veulent un contrat à long terme. Mais avec une merde pareille, je ne sais pas ce qui pourrait se passer. C'est MGA qui tient les cordons de la bourse, dans l'histoire. Ils n'ont pas besoin d'un procès.

— Qu'est-ce que ça va leur coûter ? Dee, tu sais que tu leur rapportes gros.

— Écoute-moi ! Je ne veux pas prendre de risque. Je ne veux même pas qu'ils entendent parler de ça. Ça fait dix ans que j'attends de signer avec une grosse boîte, que je joue dans les bars au milieu des sifflets, que je me bouge le cul à travers le pays, et tout ça pour gagner à peine de quoi bouffer. Je veux que ça me rapporte autre chose qu'un livre de souvenirs.

» Il y a cinquante minettes prêtes à prendre ma place toute chaude chez MGA, et chacune d'entre elles, avec une bonne promo, peut devenir une star. Je te jure, les patrons des compagnies de disques dévorent leurs enfants, Dans le temps, je n'aurais jamais pensé à me faire un nom. Mes chansons ne sont pas vraiment des tubes de hit-parades. Je suis née pauvre, et je me dis que je crèverai pauvre. Je voulais juste gagner assez de fric pour faire ce que je fais, de la musique. Mais maintenant, j'aime bien ma suite au Four Seasons. J'aime bien rouler en limousine. Et j'arrête de penser à ces vieux Noirs, à ces vieux *bluesmen* qui m'ont tout appris et qui ont fini dans des costards en sapin, sans un rond.

— Ils étaient Noirs, eux, dis-je. Ça fait une sacrée différence.

— Ouais ! Mais moi, je suis une femme dans un métier où il n'y en a pas beaucoup qui dirigent un groupe ou qui écrivent des chansons, qui choisissent leurs arrangements et qui jouent de la guitare.

— Et ton mélo sur ce pauvre Dunrobie qui a fini clodo ? Il y a du vrai là-dedans ?

— Tout est vrai.

— Tu as parlé à l'avocat ?

— Je l'ai vu, marmonna Dee. Davey réclame trois cent mille dollars.

Je sifflai.

— T'as besoin d'un avocat, dis-je. Les avocats aiment bien se faire la guéguerre. MGA a des hommes de loi qui gagnent en une heure plus que moi en un mois.

— Ouais ! Ben, moi, j'ai horreur des avocats. Et ceux de MGA ne risquent pas de se décarcasser pour ma pomme. C'est toi qu'il me faut. Les autres, ceux qui me font de la lèche et me donnent du « miss Willis » grand comme le bras, je ne leur fais pas confiance. Ils lisent même mon courrier.

— T'es sûre ?

— Le *National Enquirer* n'a pas encore fait de colonne sur Dee Willis, plagiaire. Pas encore mais...

— Si tu sais ce que veut Dunrobie, et si tu sais comment entrer en contact avec son avocat, tu n'as pas besoin de mes services. Pourquoi veux-tu que je trouve Davey ?

— Parce que ce salopard d'avocat ne veut pas me laisser lui parler, il dit que... – comment est-ce qu'il dit ? – ... que ça équivaudrait à exercer des pressions sur son client.

— Je ne connais pas tous les détails, mais légalement, il est possible qu'il ait raison. Une fois que la plainte est déposée…

Elle martela la lettre de l'ongle.

— Tu vois une allusion à une plainte, là-dedans ? Il faut que je voie Davey avant que cette affaire à la con n'aille plus loin.

— Et tu crois qu'en lui parlant, Davey va abandonner ses trois cent mille dollars comme ça ?

Dee fit oui de la tête, sûre d'elle. Si elle parle à une pierre, elle la fera céder. Elle y croit.

Peut-être qu'elle a raison. Elle m'avait convaincue de lui consacrer une autre journée de travail.

12

— Inspecteur Triola ? demandai-je.

— Ne quittez pas.

Le standard de la police ne s'amuse pas à vous bercer avec de la musique en sourdine pendant qu'on vous fait poireauter. J'aime encore mieux ça. La musique de fond me fait grincer des dents.

Joanne Triola et moi avons fait l'école de police ensemble. Elle est toujours flic et je l'admire pour sa ténacité. Si vous la rencontriez dans la rue, à voir son visage rond et doux, et son nuage de cheveux permanentés, vous la prendriez pour une bibliothécaire ou une assistante sociale. Mais si vous cherchiez à jouer du revolver, je ne donnerais pas cher de votre peau.

— Ici Joanne Triola, dit-elle d'un ton bourru.

— Je cherche un petit travail pénard de fonctionnaire, avec peu d'heures de travail et une bonne paye. Peut-être quelques pots-de-vin, à l'occasion. Est-ce que je suis au bon numéro ?

— Qu'est-ce que tu veux, Carlyle ? Et grouille-toi.

Elle est imbattable pour reconnaître les voix.

— Si tu te faisais piquer ton sac entre Massachusetts Avenue et Boylston Street, le gosse ayant filé vers Symphony Hall, où est-ce que tu irais le chercher ?

— On t'a...

— T'emballe pas, Jo. C'est un problème abstrait. Où sont les poubelles qui servent à larguer les sacs à main dans le coin ?

Tout bien réfléchi, les piqueurs de sacs ne sont pas des fétichistes du cuir, plutôt des habitués. Ils ne collectionnent ni les sacs ni les portefeuilles ; ils cherchent du fric et des cartes de crédit. Et une fois qu'ils ont fait main basse sur le contenu, ils balancent le contenant vite fait, de préférence dans une ruelle sans lumière ou une poubelle bien pratique.

— Attends, dit Jo, je demande à Rudy.

Elle s'absenta assez longtemps pour que je sois obligée de remettre deux pièces dans le téléphone public.

— Bon ! Prends ton stylo, dit-elle à son retour. La ruelle derrière l'Amalfi. Il y a un terrain vague. J'espère qu'il y sera.

Je n'aimais pas la façon dont elle dit cela.

— Pourquoi ?

— Parce que l'autre poubelle, c'est la mare derrière l'Église Mère.

— Arrête !

— N'oublie pas de mettre tes bottes.

— Je n'ai pas l'intention d'aller patauger ce soir.

— Parfait ! Je ne te le conseille pas. Je vais passer le mot, et si quelqu'un le trouve, je t'appelle. Il y avait beaucoup d'argent ?

— Ce connard n'a même pas récolté dix dollars.

— Cartes de crédit ?

— Harvard Coop et Visa. C'est tout.

— Pauvre voleur ! Doit pas être content d'être tombé sur toi.

— J'aurai le temps de pleurer sur son sort pendant que je serai coincée dans une queue de cinq kilomètres de long au bureau des duplicatas des permis de conduire. Ou quand je ferai refaire mes clés.

— Ouais, c'est une vraie vacherie.

— Et encore un truc...

— Oui ?

La voix de Jo était fatiguée. Je devais avoir l'air un peu trop désinvolte.

— Il y a un type qui fricote avec les Gianelli. Mickey. Gros Mickey quelque chose. Je ne me rappelle pas son nom de famille. Cou de taureau, genre ex-footballeur. Tu vois qui je veux dire ?

— Un vague souvenir.

— Tu sais quel est son terrain de jeu ?

— Drogue, prostitution, jeu et tout ça ?

— Par exemple.

— Je t'aurais crue mieux placée que moi pour ces tuyaux-là.

— Jo, tu as déjà essayé d'appeler ton mec pour lui demander lequel des nervis de son père fait le maquereau ? C'est un peu délicat.

— Je vais voir ce que je peux trouver, fit Jo avec un soupir. Et ne quitte plus ton sac des yeux.

— Euh, Jo, tu peux me faire une fleur ?

— J'étais en train. Ça en fera deux.

— À propos de Gianelli ?

— Oui ?

— Ne demande pas à Mooney.

13

Les locaux de Stuart Lockwood ne ressemblaient pas à son papier à en-tête grand luxe. Ils pleuraient misère. Un bureau merdique dans un quartier merdique de Sommerville, partagé avec un expert-comptable. L'orthodontiste, au bout du couloir, était visiblement le seul à pouvoir s'offrir son nom en lettres dorées sur la porte.

D'habitude, je me pointe chez les avocats sur rendez-vous. Je porte ce que j'ai qui ressemble le plus à un costume de décideuse, un truc bleu marine acheté l'an dernier en soldes (« Tout doit disparaître »), au Filene's Basement. Après tout, mes clients les plus rentables sont des avocats qui veulent que je prouve qu'un quidam n'était pas là où les policiers pensent qu'il était dans la nuit de samedi à dimanche.

Je m'étais mise en bleu marine pour Lockwood, bien que je n'aie pas rendez-vous ; il faisait chaud et l'avocat constituait une inconnue pour moi. J'avais appelé quelques amis, et personne ne pouvait le situer. L'association du Barreau m'apprit qu'il avait été diplômé dans le Dakota du Nord deux ans plus tôt, et dans le Massachusetts en mai dernier. Un nouveau dans le quartier.

Depuis 11 heures, j'attendais devant la porte de son bureau. Personne n'était entré ni sorti. À 11 h 45, je poussai la porte.

Son secrétaire, assistant ou je ne sais quoi, un blondinet mince entre vingt-cinq et trente ans, leva les yeux d'un numéro spécial maillots de bain de *Sports Illustrated.*

— Salut, dis-je, Mr Lockwood est là ?

Les deux portes intérieures étaient fermées. Derrière l'une d'elles, j'entendais parler quelqu'un. La voix était monotone ; peut-être une cassette ou un répondeur enregistreur.

Le secrétariat faisait deux mètres sur trois et était encombré par un bureau, une chaise et un canapé bas qui venait tout droit des surplus de l'Armée du Salut. Aux murs, des photos encadrées de chiens de chasse masquaient les fissures du plâtre.

Le jeune type posa son magazine en toute hâte, comme si je l'avais pris la main dans le sac.

— Vous avez rendez-vous ? demanda-t-il en farfouillant à la recherche d'un agenda.

— Non. Mr Lockwood m'a été recommandé par un ami chez Palmer et Dodge.

— Oh ! fit le jeune, impressionné par la mention d'une des boîtes les plus prospères de la ville. Et vous êtes... ?

Palmer et Dodge ont tant de partenaires que j'aurais pu choisir n'importe quel nom au hasard dans l'annuaire.

— Laura Breen, dis-je rapidement.

J'étais sûre qu'il ne pourrait dire si j'avais prononcé Laura ou Laurel, Breen ou Green.

— Oh ! répéta-t-il. Je vais voir si Mr Lockwood peut vous recevoir. Il vous faudra peut-être attendre un peu.

— Parfait ! Merci.

Pas un seul magazine à part le *Sports Illustrated*, qui ne me fut pas proposé.

Le jeune homme disparut par la porte de droite et revint avec un homme plus âgé que je ne l'aurais cru, et qui devait avoir embrassé la carrière juridique plus tard que l'étudiant moyen. Il était mince comme un coureur de fond, grisonnant. À y regarder de plus près, il devait être plus jeune que moi. Les cheveux gris le vieillissaient.

Sa poignée de main était trop chaleureuse, son sourire trop épanoui. Il portait une chemise bleu Oxford usée aux coudes et un pantalon de costume trop grand. Il me fit entrer dans un cube sans air. Sa veste et sa cravate étaient suspendues à un porte-manteau, à côté d'une étroite fenêtre. Elle était ouverte, mais il n'y avait même pas assez d'air pour soulever la cravate.

Nous déclinâmes nos noms respectifs. Le secrétaire s'adossa au chambranle jusqu'à ce qu'on le renvoie.

Lockwood consulta sa montre. Diablement incorrect, de débarquer juste avant l'heure du déjeuner. Je dissimulai un sourire à la vue de son irritation.

— D'après ce que je sais, vous représentez David Dunrobie ? attaquai-je.

— D'où tirez-vous vos informations ?

Bien d'un avocat. Répondre à une question par une autre question.

— De ma boule de cristal. Je voudrais que vous me donniez l'adresse de Dunrobie.

— Etes-vous envoyée par une agence de recouvrement ?

J'ai entendu pire, comme insulte. Je lui tendis ma carte. Certains pensent qu'une carte de visite prouve votre identité. Je peux vous dire que lorsque je passe commande, l'imprimeur ne me demande jamais ma licence.

Lockwood la prit entre le pouce et l'index et en tapota son bureau.

— Etes-vous actuellement en fonction auprès d'un procureur ?

— Si je réponds à cette question, pourrai-je vous en poser une à mon tour ?

— Asseyez-vous, miss… euh… Carlyle.

— Merci.

Il n'y avait que deux sièges dans la pièce ; un fauteuil râpé derrière le bureau et une chaise réservée aux clients, et qui n'aurait pas déparé le mobilier d'un restaurant branché.

Nous nous étudiâmes un moment.

— Vous voulez que je divulgue l'adresse d'un client.

— J'aimerais que vous me l'écriviez sur une feuille de papier, répondis-je. Mais je la recopierai s'il le faut.

— Désolé. Vous me faites perdre mon temps.

Il parlait comme si une foule de clients attendait sur son canapé à ressorts minable et ses chaises fauchées. Peut-être que son cabinet valait de l'or en barres, avec des honoraires exorbitants et sans décorum. Difficile de juger.

— Mr Dunrobie est un vieil ami à moi, ajoutai-je. Peut-être que si vous lui donnez ma carte, il me contactera. Il pourrait être heureux de me revoir.

— Je la lui donnerai.

Je ne m'attendais pas à ce qu'il prolonge l'entrevue, pas plus que je n'espérais voir Davey débarquer chez moi le lendemain,

Nous ne nous serrâmes pas la main.

Mes coups de fil du matin m'avaient appris une chose : Mr Lockwood serait occupé ce jour-là à partir de midi.

Il sortit de son bureau peu après moi, ajustant sa cravate. Planquée dans un coin, je le vis entrer dans l'ascenseur. J'attendis que la cabine soit au rez-de-chaussée, puis je traversai le couloir et ouvris la porte.

Le secrétaire était retourné à ses maillots de bain. Il ne bavait pas mais presque.

— Oh ! Vous avez oublié quelque chose ?

— David Dunrobie. Il vit à Winchester ou à Woburn ? (Je lui montrai un petit carnet à spirale.) J'ai noté W, et je suis presque sûre que c'est Winchester, mais je ne voudrais pas faire tout ce chemin pour m'apercevoir que c'est Woburn, finalement.

— Pas de problème, dit. le jeune homme, généreux.

Il disparut dans le bureau de Lockwood ; je l'entendis parcourir les fiches. Lorsqu'il revint, il portait un classeur, mais son visage était fermé et soupçonneux. Bah ! Autour de Boston, beaucoup de noms de villes commencent par W. Ça aurait pu marcher.

— Ni l'un ni l'autre, dit-il. Qu'est-ce que c'est que ce cirque ? Vous êtes de la police ?

Il était plus finaud que je ne le croyais. Lockwood faisait peut-être affaire avec des clients qui cherchent à éviter à tout prix de comparaître.

— Vous aimez la musique ? Ou le sport ? fis-je en désignant son magazine.

J'obtins l'adresse en échange de deux tickets pour le concert de Dee. Ce que l'argent ne peut pas acheter…

— Vous en êtes sûr ? demandai-je en écrivant.

— 825, Winter Street. À Boston. Suite 505D.

— Pas très résidentiel, on dirait.

— C'est tout ce qu'il a. Même pas un téléphone.

Ça, je le savais déjà.

— Pourriez-vous me dire s'il y a quelque chose d'autre dans le dossier ?

— Non.

— Il n'y a rien d'autre, ou vous ne voulez pas me le dire ?

— Vous avez encore des tickets ?

— Encore un, c'est tout.

— Une enveloppe, scellée.

— Grande ? Petite ?
— 17 × 24.
— Cachetée ?
— C'est trop dingue, votre histoire, dit-il en refermant le dossier pour le glisser sous son magazine. Je ne vous en dis pas plus.
— Pas la peine.

14

Le temps de me débarrasser de la voiture – il faut en tenir une sacrée couche pour venir en bagnole dans le centre-ville – je n'arrivai au 825, Winter Street qu'un peu après 2 heures de l'après-midi.

Le 825 était un immeuble de bureaux comme les autres. Au second étage, un placard publicitaire sur une fenêtre annonçait un agent immobilier, et un pédiatre au quatrième. Je regardai surtout le cinquième, jugeant que la suite 505D devait s'y trouver, mais il gardait ses secrets derrière des rideaux vaporeux.

Le vestibule était frais et sombre, le sol de marbre. Il n'y avait pas de nom ou de boîte aux lettres, du moins pas pour la suite 505D. Néanmoins, il existait un n° 500 pourvu d'une sonnette. J'appuyai sur le bouton, obtins un bourdonnement en réponse, et entrai. J'ignorai la vieille cage d'ascenseur et empruntai vertueusement l'escalier.

Je ne suis pas une maniaque de la forme, mais je joue au volley – le vrai –, trois fois par semaine. Ensuite, je nage. Le match d'aujourd'hui avait duré plus longtemps que prévu et je n'avais fait que dix longueurs au lieu des vingt de rigueur. Gravir les marches compenserait. La culpabilité est une de mes motivations principales.

Des bavardages aigus filtraient de la suite 500. Je vérifiai toutes les portes du cinquième ; pas de 505D. Sur le verre dépoli de la porte 500, je pus lire : « Services de secrétariat Hemstead ». Je tournai la poignée et entrai.

La pièce ne devait pas faire plus de vingt-quatre mètres carrés, mais il y avait au moins huit femmes, une à chaque petit bureau beigeasse encombré de vingt lignes téléphoniques connectées au standard. Un mur entier était tapissé de petites cases remplies de courrier : paquets de papier brun, lettres, brochures, etc.

Chaque casier était numéroté. 501A, B, C, 502A, B, C, etc. Pas de noms.

Quelques femmes me dévisagèrent, mais je ne repérai pas de chef. Ni de réceptionniste, ni de pièce adjacente. Hemstead, comme Lockwood l'avocat, ne se souciait guère de paraître. Un téléphone sonna.

Je portais toujours mon costume bleu marine. Trop habillé pour visiter une vulgaire boîte postale.

« Boîte postale », ça fait crade ; c'est moins chic que « services de secrétariat ». Les clients de ce genre de boîtes les utilisent en général à des fins parfaitement légitimes. Imaginons par exemple que votre ex-mari vous menace de façon répétée de venir vérifier votre bonne moralité ; vous pourriez préférer qu'il ne tombe pas sur votre adresse actuelle, surtout s'il fait cinquante kilos de plus que votre prétendant du moment et s'il a la réputation de jouer des poings. Bien que vous souhaitiez vous abstenir de publier votre véritable adresse dans l'annuaire, vous pouvez néanmoins avoir envie de communiquer avec le monde extérieur. Dans ce cas, vous faites adresser votre courrier au 825, Winter Street, suite 500 et quelque. Pour tout logement à cette adresse, vous avez un petit casier au mur. Et lorsque votre ex-mari vient voir avec qui vous couchez, il est plutôt déçu.

Bien sûr, les vendeurs par correspondance sous pli discret utilisent le même système. Je parie que vous préférez envoyer vos commandes à une adresse qui sonne bien, avec une rue dans un beau quartier et une suite numéro tant. Suite 805D, voilà une image rassurante ! Suite d'hôtel. Suite royale, et j'en passe...

Tandis qu'une boîte postale... Drapeau rouge ! Des clous...

Une femme – la cinquantaine, cheveux bruns frisottés, qui surveillait son monde de haut – marcha finalement vers moi.

— Puis-je vous aider ? s'enquit-elle avec un soupir à fendre l'âme.

— Euh, je cherche Dolorès Fox, dis-je avec mon air le plus stupide. Elle travaille toujours ici ?

— Dolorès ? (La femme se concentra, front plissé.) Je ne pense pas qu'on ait employé de Dolorès. Pas ces trois dernières années, en tout cas.

— Flûte ! J'étais sûre qu'elle m'avait dit « au cinquième », marmonnai-je. J'sais pas. Peut-être que j'ai mal pris l'adresse.

— Nous sommes au 825, dit la femme pour m'aider.

Je farfouillai dans mon sac de remplacement, un vieux machin en cuir que j'ai toujours détesté.

— Je sais que j'ai l'adresse quelque part là-dedans. Je ne la trouve pas, je croyais me rappeler…

— Bien, je dois retourner au…

— Bien sûr ! Désolée de vous avoir dérangée. Merci. Je vais vérifier…

Je marmonnai tout en battant en retraite et refermai la porte sur un sourire.

J'aurais pu poser une foule de questions mais les employés sont entraînés à ne rien divulguer sur leurs clients. Je préférai marcher le long de Winter Street vers les Common, résistant à l'envie de passer au Filene's Basement pour m'acheter des godasses. Je trouve rarement chaussure à mon pied, mais lorsque c'est le cas, je fais le plein.

Le temps d'arriver à la porte du jardin public, je remarquai les pique-niqueurs lézardant à côté des panneaux « pelouses interdites », les vendeurs de pop-corn, les marchands de ballons. Je m'arrêtai pour acheter un hot dog nappé de moutarde et le dévorai sur un banc public.

Je jetai un petit morceau de pain de mie à un écureuil à la queue ébouriffée, me levai et brossai mon costume pour faire tomber les miettes. L'écureuil couleur de feu fonça droit dessus.

Pourquoi diable Dunrobie utilisait-il une boîte postale ? Était-il à la rue ? En ce cas, comment pouvait-il se payer une « suite » ? Lockwood l'avait-il louée à son nom, afin qu'ils puissent rester en contact ?

Je me baladai en direction du centre.

Sur Washington Street, devant chez Filene, la municipalité permet aux mendiants d'installer leurs poussettes et de fourguer des bijoux faits main, des T-shirts, des mobiles et autres bibelots en verre filé. Un des caddies contenait une cargaison de cerfs-volants. Un grand jaune me rappela ma petite sœur, Paolina. Le jaune est sa couleur préférée. J'achetai le cerf-volant sur-le-champ. La vendeuse en fit un paquet long et mince et me demanda si je voulais un tube postal. Elle en avait tout un stock, de toutes les couleurs de l'arc-en-ciel. Je les inspectai avec un enthousiasme croissant, et finis par en choisir un jaune assorti au cerf-volant. Je la laissai y glisser l'objet. Puis je choisis un autre tube, un rouge, encore plus grand.

Je postai le tube jaune au bureau d'Arch Street en espérant que la mère de Paolina lui permettrait de conserver mon cadeau. Puis j'adressai le rouge à Mr David Dunrobie, 825, Winter Street, suite 505D, etc., en mentionnant l'adresse du bureau de Lockwood à Somerville comme expéditeur. Je fis la queue pour l'expédier.

L'employé derrière le guichet n'approuva pas ma décision d'envoyer le tube rouge en urgence.

— C'est à côté, m'expliqua-t-il. Vous l'envoyez au tarif normal et il arrivera au plus tard après-demain.

— Et si je l'envoie en urgence, il arrivera avec le courrier de demain ?

— Oui, mais il vous en coûtera deux dollars quarante au lieu de quatre-vingt-cinq *cents*.

Je lui passai les deux dollars et quelque. J'avais confiance dans mes chances de trouver Davey. Je gardai la foi, le temps de dévaliser Filene's Basement – deux paires de chaussures, une belle prise – et de marcher jusqu'à la station de métro de Copley Square, non sans de fréquents arrêts pour dévisager les sans-abri. À Harvard Square, toujours convaincue que l'affaire Dunrobie était dans le sac, je regardai le programme du vieux cinéma le Braittle et, sur un coup de tête, décidai de m'offrir leur version d'*En avoir ou pas*.

Je ne touchai terre qu'une fois chez moi ; je déverrouillai à la hâte mes trois serrures et fonçai au salon, juste à temps pour décrocher le téléphone qui sonnait encore.

La voix n'était qu'un murmure.

— Dee ? C'est toi ? demandai-je.

— Oh ! mon Dieu ! oh ! mon Dieu ! Oh ! mon Dieu ! soufflait la voix.

— Dee, où es-tu ?

— Oh ! Carlotta...

— Où es-tu, Dee ? Quelqu'un est avec toi ?

— Viens, Carlotta. Viens, je t'en prie. J'aurais dû appeler le médecin. J'aurais dû rester. J'aurais dû rester.

Le dîner serait tardif. Heureusement que j'avais avalé un hot-dog au jardin public.

15

Dee est bourrée, me dis-je en enfonçant le bouton d'appel de l'ascenseur. Défoncée. Jusqu'à la moelle. À moins que ce ne soit son petit côté mélo.

Pas de flic dans le hall de l'hôtel ; le désastre était peut-être limité.

C'est ce que je me dis, mais j'étais sur la pointe des pieds pour encourager l'ascenseur à grimper plus vite, et une fois au huitième, je courus tout le long du couloir désert. Puis je m'arrêtai, sans trop savoir à quelle porte frapper. Je choisis la 812 – le salon, pensai-je – et me forçai, non sans mal, à frapper doucement. Pas la peine d'en rajouter.

— Oh ! par pitié… euh… qui c'est ? balbutia une voix effarée.

— Carlotta Carlyle. Dee m'a appelée.

Un brouhaha se fit entendre. Je frappai de nouveau, plus fort cette fois-ci.

— Ouvrez !

— Chut !

La porte s'ouvrit de cinq centimètres prudents. Mimi, la groupie blonde, fit la moue et me laissa passer à contrecœur.

Dee était assise sur un canapé ivoire, le visage pâle et dénué d'expression, les bras croisés, comme pour se réchauffer. Ses mains ne tenaient pas en place, frictionnant ses bras nus. Elle était en noir. Son costume ressemblait à une combinaison de soie, à moins que ce ne fût un ensemble pantalon et chemise sans manches. Des perles dorées, comme celles qui s'étaient éparpillées dans le parc, ruisselaient dans son cou décolleté.

— Oh ! mon Dieu, murmura-t-elle sans lever les yeux. Mon Dieu ! Quelle heure est-il ?

— Chut ! fit un homme. Tais-toi.

— Où étiez-vous, tous ? lança-t-elle comme s'il n'avait rien dit, les yeux toujours baissés. J'aurais dû appeler un médecin. Oh ! oui, j'aurais dû appeler un médecin. Elle n'est peut-être pas morte.

— Morte ? répétai-je en écho.

On m'avait montré Jimmy Ranger à la soirée. Je le reconnus ; c'était l'homme qui essayait de faire taire Dee. Avant de devenir un des producteurs les plus cotés du moment, il avait lui-même tâté du blues. Je l'avais vu au Sanders, à Cambridge, où il partageait l'affiche avec *Taj Mahal*. À l'époque, il avait des cheveux. Maintenant, sa calvitie était soulignée par une couronne de cheveux qui lui tombait aux épaules. Il m'ignora.

— Arrête de gémir, Dee. Reprends-toi, ordonna-t-il.

Hal Grady, agenouillé aux pieds de Dee, m'adressa un pâle sourire. Il portait un T-shirt annonçant au dos, *Change Up, THE TOUR*.

— Faut pas oublier le côté relations publiques, dans tout ça, énonça-t-il.

— Carlotta, il essaie de me faire peur, c'est tout. Je le sais.

Dee avait un filet de voix. Sa respiration était saccadée et courte.

— Quelqu'un peut me tuyauter ? demandai-je en détachant chaque mot.

L'organisateur et le producteur se mesurèrent du regard. Puis Hal désigna d'un coup de menton la porte de la chambre à coucher avec son lit à baldaquin doré.

— Z'avez de l'estomac ? voulut-il savoir.

J'étais déjà à la porte.

Brenda, la bassiste aux cheveux noirs, à la poignée de main ferme et au caractère de cochon, gisait en travers du lit, si livide qu'elle en paraissait bleue. Le drap était remonté sur ses épaules nues. Son visage semblait sculpté dans la glace. Les deux fois où je l'avais croisée, dans la chambre de Dee et sur la scène de Berklee, elle était dure, sûre d'elle. Maintenant, elle semblait frêle, délicate.

Elle paraît plus petite allongée, c'est tout, me dis-je. Allons, pas de chichis. Tu as déjà vu des cadavres. Je posai mes doigts sur son cou. Rien. Je ne m'attendais pas à autre chose.

Je ne m'habitue pas à ce mystère inconnu qui fait que, soudain, une personne se referme brutalement et à jamais, comme un roman à moitié lu.

Je fourrai mes mains dans les poches de ma veste. Simple réflexe. Mooney insistait pour que les bleus prennent un carnet et un crayon. Si vous ne griffonnez pas des notes, vous mettez fatalement vos mains dans vos poches.

Je ne suis pas une maniaque de la propreté mais sur les lieux d'un crime, j'ai toujours la tentation de toucher quelque chose, de jeter un mégot, de démêler une mèche de cheveux. Peut-être n'est-ce qu'une façon de me pincer pour m'assurer que je suis bien éveillée.

Sur le marbre de la table de nuit se trouvaient une grande bouteille de Tequila, un verre, deux boîtes de pilules délivrées sur ordonnance. Un seul verre. Pas de marque de rouge à lèvres. Les lunettes cerclées de métal de Brenda. Un exemplaire de *Guitar*. La couverture du magazine était marquée de ronds humides, comme si on avait posé le verre dessus.

Le drap blanc avait une bordure de dentelle à fioritures.

— Vous l'avez recouverte ?

Jimmy Ranger m'avait suivie, ce fut sur lui que tomba ma question.

— On n'a touché à rien, se défendit-il.

— Vous avez décroché ce téléphone ?

— Euh... je crois que Dee l'a fait, oui. Pour vous appeler.

— Vous étiez là lorsqu'elle a passé le coup de fil ?

— Ouais ! Bien sûr. On est retournés au salon tous ensemble.

Il me regarda droit dans les yeux.

— Qui, tous ?

— Moi. Hal. Mimi et Freddie. Je crois que Ron était avec nous. Oui. Tout le monde n'était pas obligé d'attendre. Ron et Freddie étaient rétamés. Ils sont allés se coucher.

— Et depuis, vous êtes tous restés sur le canapé, vous avez dû tout de même aller aux toilettes, non ?

— Euh... oui.

— Lorsqu'on découvre un cadavre, dis-je durement – car je déteste les mensonges –, on sort de la pièce. Si on est seul, on appelle à l'aide. Si on est deux, l'un monte la garde pendant que l'autre va chercher des secours.

— Je m'en souviendrai la prochaine fois que je tomberai sur un macchabée.

— Il y a longtemps que vous avez appelé la police ?

— Euh... ben... non... On se demandait quoi faire. Dee a pensé que vous pourriez... euh...

— Si je comprends bien, votre bassiste est morte dans le lit de votre chanteuse, et vous êtes tous là à discuter des conséquences sur le plan des relations publiques ?

— Jouez pas à ça avec moi. Brenda se fiche bien d'être morte dans le lit de Dee ou dans le sien.

— Faut que je téléphone.

— Non.

— Qu'est-ce que vous allez faire ? M'en empêcher ?

— S'il te plaît, Carlotta, appelle le médecin. Dee entra dans la pièce sur des jambes flageolantes, suivie de près par Hal.

— J'aurais dû l'appeler. J'aurais dû l'appeler. Peut-être qu'elle vivait encore.

Elle titubait et Hal l'aida à s'asseoir. Elle baissa la tête, le front sur les genoux, et berça sa détresse solitaire.

— C'est sa faute, marmonna-t-elle. Il veut me détruire.

— Chut ! allons, allons, dit le manager d'une voix rassurante.

Un téléphone blanc trônait sur un bureau blanc, comme dans le salon.

— Ne touchez à rien en mon absence, ordonnai-je sans me faire d'illusion sur les mots que je prononçais.

J'utilisai un pan de ma chemise pour tourner la poignée. Deux chambres plus loin se trouvait le chariot d'une femme de ménage. Mon espagnol était suffisant pour que je la convainque de me laisser entrer dans une chambre vide.

J'y trouvais un autre téléphone blanc. Je composai d'abord le 9 pour obtenir la tonalité. J'hésitai à faire le 911, puis optai pour le numéro direct de Mooney. Dans le Massachusetts, personne n'est tenu pour mort tant qu'un médecin légiste ne l'a affirmé, mais à mon avis, Brenda n'était plus une urgence. Après avoir tracé les grandes lignes à Mooney, j'ajoutai :

— Pas de sirènes, d'accord ?

C'est ce que disent les poulets lorsqu'ils trouvent un politicien mort dans un lit qui n'est pas le sien.

Je raccrochai. La femme de ménage, qui ne souhaitait pas me laisser seule dans une chambre inoccupée, me fixa de ses yeux durs.

— Quand avez-vous fait la 812 ? demandai-je avec difficulté.

Je n'arrivai pas à mémoriser les nombres en espagnol.

Elle hocha la tête et cracha une diatribe contre ces *locos* de musiciens qui dorment le jour, font la fête toute la nuit, ne sortent jamais de leurs chambres, l'empêchent de faire son travail, laissent de la vaisselle sale dans les baignoires. Cassée. Ses yeux jetaient des éclairs, comme si elle était satisfaite de voir que, d'une façon ou d'une autre, ils avaient commencé d'expier.

Cette fois, je frappai à la porte de la chambre à coucher. Fidèle servante, Mimi me fit entrer. Je me demandai avec qui elle était ce soir. Je pariai sur Freddie, qui dormait. Ou alors Jimmy Ranger ? Ron, le guitariste ? Ce dernier était-il en main avec Dee ? Ou le petit Hal ? Un organisateur de tournées avait-il des chances avec Mimi ? Une soirée en échange d'un sauf-conduit pour les coulisses lorsqu'il manageait un spectacle ?

Hal tapotait la main de Dee, réconfortant, lorsque j'entrai. Il la traitait comme une petite fille.

— Elle est en état de choc, elle ne sait pas ce qu'elle dit, annonça-t-il, en se mettant entre elle et moi, comme un chevalier servant aux chromes un peu rouillés.

— Quand êtes-vous arrivés ? Pas avant que Dee m'ait téléphoné, c'est ça ?

— La ferme ! dit Jimmy Ranger.

Son regard était un avertissement pour tout le monde. Je me demandai si la répétition de la veille s'était déroulée sans bassiste. Brenda s'était-elle laissée fléchir ? Était-elle revenue ? Que devenait la tournée sans elle ?

— Si c'est votre seule explication, rétorquai-je au gnome, et qu'elle ne sait vraiment pas ce qu'elle dit, vous feriez bien d'appeler un médecin à la cool et de l'empêcher de parler au premier flic venu.

Hal et Jimmy Ranger échangèrent un bref regard et l'organisateur se dirigea vers le bureau avec une rapidité louable.

— Pas ce téléphone-là, lançai-je. D'ailleurs, il vaudrait mieux qu'on sorte tous de cette chambre.

Hal s'agenouilla devant Dee et lui releva le menton pour qu'elle le regarde.

— Ne dis rien avant que je revienne, Dee chérie, fit-il doucement.

Dee leva les yeux vers moi.

— Tu sais, dit-elle, tremblante.

Non, je ne savais pas, mais je vins l'aider à se relever. Je pensais que si je pouvais la convaincre de retourner sur le canapé ivoire, les autres suivraient gentiment. Mieux vaut éviter les visiteurs sur les lieux d'un crime. Et plus la visite est courte, mieux c'est. Je guidai Dee vers la porte communicante.

— Est-ce que ça veut dire que je dois continuer à chercher Davey ? murmurai-je.

— Non, dit-elle rapidement, une main sur sa gorge. Oh ! non. Laisse tomber, je t'en prie. Je n'aurais jamais dû m'en mêler. Oh ! pauvre Bren. (Elle avait une étrange expression lointaine) Oh ! mon Dieu, j'aurais dû appeler le médecin.

— Arrête de dire des conneries, coupa Ranger. Surtout lorsque les flics seront là. On est tous entrés et elle était morte. Elle était froide.

C'était là les propos d'un type qui m'assurait n'avoir touché à rien.

Il continua, mais je n'aurais su dire s'il parlait à Dee ou pour mon édification.

— Elle s'est tuée, c'est assez moche. Mais par pitié, ne rendez pas les choses encore plus pénibles !

J'installai Dee sur le canapé. Mimi s'assit sur le tapis, les yeux écarquillés, envapés. Les autres se contentèrent des sièges.

— Dee, fis-je, si tu crois qu'il y a quelque chose de bizarre, il faut le dire à la police.

— Et adieu la tournée, et adieu le contrat avec MGA/America, rétorqua Ranger.

Dee plaqua ses mains sur ses oreilles.

— Si ce n'était pas sa chambre, marmonna Ranger, il n'y aurait pas de problème. Brenda avait le cafard. Tout le monde l'a vue quitter la répèt'. Pas moyen de lui mettre la main dessus de toute la journée. Dee avait déjà proposé de la remplacer bien avant ça.

La porte du couloir s'ouvrit et tout le monde sursauta. Hal s'avança, l'air d'avoir réussi un coup d'éclat. Ranger ne lui laissa pas le temps de nous annoncer qu'il avait trouvé un médecin complaisant.

— La chambre est au nom de Dee ou de la tournée ? demanda-t-il. On a réservé à son nom ou loué en bloc ?

— En bloc, fit Hal après un instant de réflexion.

— Dépêchons-nous d'emmener Dee. Freddie ou Ron n'ont qu'à déménager leurs affaires…

— Que dalle ! se défendit Mimi, me laissant ainsi supposer qu'elle partageait la chambre du batteur et n'était peut-être pas aussi envapée qu'elle en avait l'air.

— Super, rétorquai-je. La meilleure chambre au batteur et Dee Willis dans le placard à balais. Et vous croyez que les flics vont avaler ça sans sourciller ?

— Les flics sont des connards.

— Ouais ! Sauf que je n'ai pas appelé un connard.

— Grand merci ! fit Hal, sarcastique.

— Avant que les connards arrivent, on peut me dire ce qui s'est passé ? demandai-je.

— Il n'y a rien à dire, insista Ranger. On est entrés, on s'est assis, on était prêts à passer commande à la réception. Dee – à moins que ce ne soit Mimi –, a jeté un coup d'œil dans la chambre et a dit « Merde ! la femme de ménage n'est pas encore passée », ou un truc comme ça, parce que le lit n'était pas fait. Puis… ben, on a vu ce qui était arrivé.

— Qui est entré en premier ?

Personne ne répondit.

— Dee, allonge-toi sur le divan, proposa Hal pour meubler le silence. Le médecin sera là d'une minute à l'autre. Vaut mieux que tu sois couchée.

— Quoi ! fit Dee, secouée. Oh ! Bren, je m'en veux tellement.

Elle se recroquevilla sur elle-même et ses épaules se mirent à tressauter. Les flics battirent le médecin de sept minutes.

16

La première équipe – un flic en uniforme que je ne connaissais pas et un plus âgé, en civil, qui me disait quelque chose – firent leur apparition, la patronne de l'hôtel sur les talons. Ce devait être la gérante ; une simple employée n'aurait jamais pu se payer des talons hauts en peau de serpent et encore moins le tailleur qu'elle avait sur le dos. Elle traversa le couloir, olympienne, comme si elle avait l'habitude qu'on dessoude les bassistes dans son hôtel. Avec son aide, la police prit possession de la chambre et du salon, ainsi que de la pièce adjacente où les grosses légumes de MGA/America avaient fait la bombe deux nuits plus tôt.

C'est là qu'ils mirent les témoins à mariner.

La pièce avait été transformée. Elle était aseptisée, préparée pour un mariage entre gens de la haute. Les ballons argentés, la scène où officiait le groupe de rock, tout avait disparu. Douze tables rondes recouvertes de nappes en lin formaient une couronne autour de la piste de danse. Mimi était assise toute seule à une table de huit. Freddie, qu'on avait dû tirer du lit, vint la rejoindre. Jimmy Ranger et Hal Grady conféraient à une autre table, leurs crânes dégarnis proches à se toucher. Je les entendais faire leurs messes basses. Le guitariste, Ron, entra en boutonnant sa chemise, et je m'émerveillai de voir à quel point sa silhouette ressemblait à celle de mon ex-mari, Cal. Question mecs, Dee et moi avions les mêmes goûts. J'envisageai de me présenter mais Ron fit un rapide tour d'horizon et s'assit avec Freddie et Mimi. Personne ne m'invita à faire ami-ami, et j'étais trop énervée pour rester assise. Je voulais réexaminer la chambre où Brenda était morte, poser des questions à Dee. Seule à seule.

Par exemple : pourquoi devais-je cesser de chercher Davey Dunrobie ?

Qui s'était chargé des invitations pour la sauterie de MGA, et qui avait mis Mickey sur la liste ?

Qu'avait dit exactement Lockwood au téléphone, à part : « Trois cent mille dollars » ?

Dee serait-elle prête à jurer sur ce qu'elle avait de plus sacré, comme la guitare du révérend Davis, qu'elle était bien l'auteur de *For Tonight ?*

Je fis les cent pas face à la fenêtre, regardant les lumières dans les arbres de Boston Gommons. Si les vitres avaient pu s'ouvrir, je me serais mise à la fenêtre.

Je me demandai où était Dee. Le baratin de l'organisateur l'empêcherait-il de marmonner qu'elle aurait dû appeler le médecin parce que Brenda, bien que glacée, était peut-être encore vivante ?

Le jeune flic appela d'abord Mimi, ensuite Freddie, puis Ron, Ranger et Hal Grady. Je me demandai si j'aurais tiré un meilleur numéro habillée du tailleur anthracite et de la chemise de soie crème de la gérante de l'hôtel.

Lorsque le policier me fit signe, enfin, son équipier et lui furent d'une politesse exquise, comme si l'atmosphère de l'hôtel avait déteint sur eux. Quand les flics tombent sur le cadavre d'une personne morte par overdose à Grove Hall, le coin le plus craspec de la ville, ils ne prennent pas des gants comme s'il s'agit d'un abus de produits chimiques arrosés d'alcool dans un hôtel chic. Aucune mention de la trottinette à macchabées ; pas un seul commentaire sur les attributs anatomiques et les petits défauts de Brenda.

J'aurais bien voulu savoir comment avaient procédé les flics qui avaient enquêté sur le suicide de Lorraine, il y avait bien longtemps. Le décor de son meublé minable à Jamaica Plains avait-il influencé leur jugement ? L'avaient-ils considérée juste comme la énième hippie maigrichonne terrassée par une overdose ? La police ne m'a jamais interrogée sur sa mort. Mais il est vrai que je n'étais pas sur place.

Mooney fit son apparition et, pendant un bon moment, ce fut les copains d'abord. Le plus vieux s'avisa qu'il m'avait connue autrefois – il n'oubliait jamais un visage, juré craché – et vous savez, de nos jours, il y a beaucoup plus de femmes dans la police. Vu la façon dont il abordait le sujet, j'étais sûre qu'il n'approuvait pas le changement.

Mooney me demanda d'attendre une minute et retourna dans la chambre à coucher avec les deux policiers. Ils passèrent par le couloir et laissèrent les deux portes grandes ouvertes. Je les suivis ; j'en avais marre de faire tapisserie. Des éclairs illuminaient la chambre ; les flashes du photographe en train de prendre des clichés de Brenda. Je risquai un œil mais n'entendis pas ce qui se disait.

— Autant que tu entres, Carlotta, dit Mooney.

Une meute de flics s'affairait, faisant l'inventaire des lieux de leurs mains gantées, prenant des photos, cherchant des empreintes. L'hôtel s'était peut-être arrangé avec la préfecture : un service rapide et efficace contre des cadavres respectables.

Brenda était toujours sous son drap. Les vêtements en tas au pied du lit devaient être les siens.

Le légiste arriva et je fus soulagée quand Mooney me fit signe de sortir dans le couloir. Le sens de l'humour de ce légiste-là m'a toujours hérissée, même si je peux comprendre que c'est par obligation professionnelle.

— Tu travailles pour Dee Willis ? me demanda Mooney.

Il ne sortit pas son calepin mais ce n'était pas non plus une conversation anodine. Sa mémoire était un véritable coffre-fort.

— Non, dis-je, la conscience tranquille.

Dee m'avait clairement indiqué qu'elle ne voulait plus que je retrouve Dunrobie. Je préfère dire la vérité à Mooney en général.

— Mais elle t'a appelée ? Avant même la police ?

Les flics avaient dû lui faire un bref résumé de la situation.

— Ça avait l'air urgent. Elle était bouleversée. Si j'avais su que quelqu'un était mort, je t'aurais appelé de chez moi.

— Lorsqu'elle t'a appelée, elle était seule à ton avis ?

— Je n'ai rien vu au bout du fil.

— Sérieusement.

— Sérieusement.

Ma réponse ne le satisfit pas. Il changea de vitesse.

— Et au parc, qu'est-ce qui s'est passé au parc ?

— Tu as demandé aux deux agents en cause ?

J'étais sûre qu'il l'avait fait.

— Et toi, tu vois un lien entre le parc et... euh... cette mort inattendue ?

Qu'avait marmonné Dee ? Quelque chose à propos de quelqu'un qui essayerait de lui ficher la trouille. Voulait-elle parler de Dunrobie ?

Je ne crois pas que Mooney ait pu voir mon visage. Le couloir était mal éclairé.

— Si tu ne veux rien me dire, pourquoi m'as-tu appelé ? me demanda-t-il doucement.

Il parle sur ce ton lorsqu'il commence à se mettre en rogne.

— Tout à fait entre nous, dis-je, Dee est une vieille copine. Elle a travaillé dur pour en arriver là, et elle n'a pas besoin de faire la une avec ce genre de faits divers.

— On ne peut pas garder le silence sur un meurtre.

— Qui parle de meurtre ?
— Allons ! Tu ne vas pas me dire que tu n'as pas fait le tour de la pièce.
— Vite fait, admis-je.
— Tu n'as touché à rien ?
— Bien sûr que non !
— Alors ?
— Alors ça va, fis-je à contrecœur.
— Tu devrais aller expliquer au légiste qu'elle n'a pas vomi, qu'elle ne s'est pas débattue, qu'elle s'est juste allongée en attendant que le croque-mort vienne lui apporter des fleurs.
— Et les ronds humides sur la revue ?
— Tu reviens au boulot quand tu veux, dit Mooney. Deux tailles, deux verres. Où est le deuxième ? (Je haussai les épaules.) Je vais t'expliquer. Ton amie Dee achète de la came dans ce parc. Elle décide de s'amuser un peu au lit avec sa bassiste, de picoler un brin, de prendre quelques cachets. Puis disons qu'elle s'endort, et lorsqu'elle émerge, pas moyen de réveiller Brenda. Elle fait le ménage et te passe un coup de fil.
— Rien que ça ? Pour commencer, crois-moi, pas de came dans le parc. Et qu'est-ce que tu t'imagines ? Que Dee a changé les draps ? Avec quoi elle aurait tout nettoyé ? Tu crois qu'elle se balade avec un flacon d'Ajax ? Tu as vu des serviettes sales quelque part ? Des draps tachés ?
— Ce que je crois, c'est que l'organisateur ferait n'importe quoi pour sauver sa tournée. Même topo pour le producteur. Tout le monde veut faire une fleur à Dee Willis, on dirait. Même toi.

— Ah ! j'y suis. À ton avis, elle m'a appelée pour que je m'amène avec un balai-brosse et un aspirateur.

— Te fous pas en rogne.

— Trop tard. Peut-être que Brenda est morte ailleurs, je ne sais pas où, et qu'on l'a amenée ici après. Qu'est-ce que tu dis de ça ?

— Et on lui aurait fait traverser le hall, déguisée en cadavre ? C'est un peu tôt pour Mardi Gras.

— Brenda et Dee se sont disputées en public hier soir. Dee l'a peut-être virée.

— Et alors ? fit Mooney.

— Alors elle a peut-être décidé qu'elle ne voulait pas se mettre en quête d'un nouveau job. Elle a pris des cachets à poignée, qu'elle a fait descendre avec quelques verres. Et elle en est morte.

— Ça aurait pu se passer comme ça si on l'avait trouvée dans sa chambre. Mais qui l'a déplacée ? Et pourquoi ?

— N'est-ce pas à ce stade que les flics se lancent à la recherche d'un tiers révélateur ?

— La trouver dans le lit de Dee Willis m'a fait oublier qu'elle aurait pu être mariée. L'était-elle ?

— Je ne parlais pas d'un mari, Mooney. Juste d'un type avec qui elle couchait. La première fois que je l'ai vue, elle avait l'air plutôt branchée sur un jeune homme.

— Quel genre ?

— Un mètre soixante-dix, mince, yeux sombres, cheveux noirs. Freddie, le batteur, en a parlé comme du joujou de Brenda et elle n'a pas apprécié. C'est un gosse. Pas plus de vingt-deux, vingt-trois ans.

— Et ce joujou a un nom ?

— Pas la moindre idée. Vous avez fini ?

— Tu peux y aller, si c'est ce que tu veux dire.

— Je peux voir Dee ?

— Ils l'ont emmenée dans le hall, en bas. Je pense qu'un médecin est en train de lui demander un autographe.

— Tu crois que je peux lui parler ?

— Le médecin dit que non.

Hal a dû tomber sur le toubib ad hoc.

— Si tu arrives à coincer Dee, tu ne viendras pas me répéter ce qu'elle t'a dit, c'est ça ?

— C'est ça.

— Je ne peux pas t'y obliger.

— Heureux de te l'entendre dire.

— Et pour la faveur de l'autre jour, après le coup du parc, quand je l'ai laissée partir ?

— Qu'est-ce que tu veux savoir ? demandai-je, prudemment.

— Pendant que vous attendiez l'arrivée des flics, miss Willis ne t'a rien dit de bizarre ?

— Bizarre ? répétai-je.

— Du style : « J'aurais dû appeler un médecin. Elle serait peut-être encore vivante. »

— Qu'est-ce que ça a de si bizarre ?

— Vu que la fille était morte depuis plusieurs heures et que personne, dans le groupe, n'a cru bon d'appeler un médecin, j'estime que c'est un peu bizarre. Et j'en viens à me demander si Dee n'était pas là avant les autres. C'est sa chambre, après tout…

— Tu pars à la pêche ? demandai-je à Mooney.

— Et je me demande comment cette fille morte a pu entrer dans la chambre. Toutes les portes sont munies de cartes en guise de clés, des cartes censées être très sûres.

— J'étais là l'autre soir, après le coup du parc, et une foule de gens faisait la java dans la chambre de Dee. Ils avaient eu un double de la carte à la réception. Et on ne leur avait rien demandé.

— Intéressant, dit Mooney. J'ai entendu dire que tu avais perdu ton sac à main ?

J'espérai que Jo n'avait pas parlé de Mickey. Je n'ai vraiment pas besoin des vannes de Mooney sur mes relations avec un fils Gianelli.

— C'est vrai, dis-je.

— On l'a retrouvé dans une poubelle ou ailleurs ?

— Pas que je sache. Pas encore.

— Tes clés étaient dedans ?

J'acquiesçai.

— T'as changé tes serrures ?

— Non, maman, mais je vais dire à Roz de s'en occuper.

— Bien.

— Je peux descendre voir Dee ?

— Si tu arrives à te débarrasser du toubib.

J'y renonçai au bout de vingt-cinq minutes. Des journalistes, sans doute rencardés par quelqu'un de l'hôtel, avaient déjà commencé à faire le siège des ascenseurs.

Je restai assez longtemps pour voir la gérante de l'hôtel escorter le peu respectable cadavre de Brenda, sous son plastique, par un monte-charge discret. Pas question d'effaroucher les touristes.

17

La sonnerie stridente du téléphone me surprit en plein rêve, et je l'incorporai à un scénario bizarre où Dee, Mooney, Cal mon ex-mari et moi cavalions dans des couloirs d'hôtel, entrant et sortant par les portes comme des personnages de dessin animé. La règle, comme au jeu des chaises musicales, était stricte ; celui qui ne serait pas dans sa chambre quand la sonnerie s'arrêterait aurait de gros ennuis – à moins qu'il ne se passe quelque chose d'érotique, quelque chose qui aurait à voir avec le grand lit doré de Dee et des foulards de soie rouge.

Je me réveillai, le combiné en main ; je l'approchai de mes lèvres et coassai « Allô ! ».

— Je suis à l'agence Carlyle ?

Voix masculine, cultivée, accent vaguement anglais.

— Oui, répondis-je en m'adossant à mon oreiller.

La lumière du soleil filtrait par les fins rideaux de ma chambre. Je jetai un œil au radio-réveil sur la table de nuit ; 9 heures passées, presque la demie. Panne d'oreiller.

— Miss Carlyle ?

Je préfère « Mrs », mais acquiesçai d'un grognement.

— Ici Taylor Baines. Je suis avocat au cabinet Barlow, James et Hunt. Nous travaillons pour MGA/America.

— Oui, repris-je, car il s'était tu.

— Je pense qu'il serait préférable de nous rencontrer.

— À propos d'une certaine chanteuse ?

— C'est cela.

— Quelle heure ?

— Pourriez-vous être au cabinet à 11 heures ?

— Où ?

— 1, Beacon Street. Vingt-deuxième étage.

Je griffonnais l'adresse au dos d'une enveloppe.

— 11 heures, confirmai-je.

Dès que j'eus raccroché, je mis la main sur l'annuaire et appelai le Four Seasons. Je demandai Dee Willis, plutôt que la chambre 812. Pas un flic, pas un médecin ne l'auraient laissée dormir dans son lit à dorures. La réceptionniste m'informa que miss Willis était injoignable. J'essayai Jimmy Ranger ou Hal Grady ; même résultat. Pas de commentaires, pas de publicité.

Je me demandai comment Dee surmontait la mort de Brenda, ce matin. J'effectuai un petit sondage pour voir comment je la surmontais moi-même, et j'eus la surprise de me sentir en colère. En colère contre la mort ? Quelle arrogance ! En colère, sans doute, de voir que personne ne s'en souciait. À part Dee. Qu'est-ce qu'il avait dans la tête, Jimmy Ranger, qui voyait cette mort comme un vulgaire incident susceptible de retarder sa chère tournée ? Et Hal ? Et Mimi, la groupie ? Et Freddie ? Et Ron, le guitariste imperturbable, je les revoyais tous, les yeux secs, l'air naturel, comme s'ils avaient l'habitude de voir mourir leurs bassistes, comme si Brenda était une poupée en plastique qui décorait la scène et grattait un accord de temps en temps.

Je posai les pieds sur le sol tiède et revis la nuit où j'avais appris la mort de Lorraine. J'étais en train de me préparer pour une soirée – j'avais encore aujourd'hui, quelque part dans un placard, la robe que je comptais porter ce soir-là – et je m'étais fait les yeux, j'avais mis des bas, je m'étais coiffée – tout ça très, très soigneusement, comme si chacun de mes gestes était d'une importance capitale, alors qu'il n'était plus du tout question pour moi de me rendre à cette fête.

Je ne devais pleurer que six heures plus tard.

Peut-être que le groupe de Dee méritait une pause. Peut-être qu'ils n'avaient pas encore digéré l'information.

Je me demandai depuis combien de temps Brenda faisait partie du groupe. Depuis quand Dee avait commencé à lui reprocher sa façon de jouer. Peut-être Brenda était-elle une nouvelle venue. Peut-être que Dee s'en foutait.

Mais qu'avait-elle voulu dire par : « C'est lui le responsable » ? Est-ce que les lettres de Dunrobie l'avaient énervée au point qu'elle s'était défoulée sur

Brenda comme jamais auparavant ? Pensait-elle que, d'une façon ou d'une autre, Davey avait piégé Brenda et lui avait filé une overdose dans le seul but de lui foutre la trouille à elle ?

Pensait-elle que Davey avait empoisonné un gin-tonic et l'avait laissé sur la table de nuit pour que Brenda l'avale exprès ? Dès le départ, j'avais évacué l'erreur sur la personne. Les deux ronds sur la revue signifiaient deux verres, deux personnes. Et personne n'était assez stupide pour confondre Brenda, grande et robuste, avec la délicate petite personne qu'était Dee.

Une chose, au moins, était claire ; Dee ne voulait pas que je continue de chercher Dunrobie.

Le coup de fil de l'avocat m'intriguait ; dans quel genre d'ennuis Dee s'était-elle fourrée, maintenant ? Et une question me harcelait : quelle combinaison d'alcool et de drogues avait achevé Brenda ?

Je titubai à travers le salon jusqu'à la douche, et restai longtemps sous son jet revigorant, puis je me lavai les cheveux, qui en avaient bien besoin. L'eau devint glaciale bien avant que j'aie fini de les rincer.

Je m'habillai à la hâte, re-costume bleu marine assorti, cette fois-ci, d'une chemise de soie pour être au diapason de l'adresse plutôt rupine de l'avocat. Son col échancré était parfait avec la broche en or de tante Bea.

En matière de mode, pour cette année, mon point de vue est le suivant. Les vêtements sont hors de prix, et dégoter des vêtements bon marché et de qualité prend un temps fou. Et si par hasard vous tombez sur la tenue de vos rêves, la machine à laver et la sécheuse se chargent de la ravager en un rien de temps. C'est ça ou se faire racketter par le teinturier.

Ma garde-robe est plutôt limitée. Je maintiens qu'on peut s'en tirer avec deux ou trois trucs, toujours les mêmes, à condition de mettre un foulard, de changer de chaussures et de faire valser les accessoires. À part ça je ne peux pas dire que j'aie des tonnes de joncaille.

Heureusement, Roz, ma locataire, est clinquante pour deux. Je la trouvai, pensive, devant le réfrigérateur, méditant sur son petit déjeuner ou sur le sens de la vie. Ses cheveux, qu'elle teint ou colore plus souvent que je ne lave les miens, étaient noir corbeau avec une mèche blanche en guise de raie au milieu. Elle avait quelque chose du putois. Je me demandai si elle s'était plantée ou si elle avait changé d'avis à mi-teinture.

Elle se retourna en m'entendant. Son collier, porté par-dessus un pull à col roulé noir savamment déchiré, semblait fait de cliquets de boîtes de bière soudés les uns aux autres. Elle avait des bagues à tous les doigts. J'ai l'habitude des six anneaux de son oreille gauche. La droite, c'est selon. Aujourd'hui, son lobe était décoré de ce qui ressemblait à deux tubes de néon accrochés à des os de poulet miniatures.

Je me passe de boucles d'oreilles. Ça fait mal et je trouve ça idiot.

— Peux-tu faire un truc pour moi ? demandai-je. Et même deux trucs.

— Aujourd'hui ?

— Ça t'ennuie ?

Roz a un emploi du temps hyper chargé, mettre de l'ambiance dans divers clubs de rock et peindre des toiles qui sont de plus en plus étranges au fur et à mesure que vous les regardez lui prend tout son temps.

— Qu'est-ce que c'est ?

— D'abord, appelle un serrurier et fais changer les verrous. Pas tous, un par porte.

Si le voleur nous rendait une petite visite, ce dont j'avais tendance à douter, j'aimerais bien le prendre la main dans le sac.

— D'accord. Et ensuite ?

— Une filature.

— C'est chiant, fit-elle en retournant à son inspection du frigo.

— Pense au fric, lui rappelai-je.

— D'accord. C'est toujours mieux que le ménage.

Vu l'aspect de la maison, Roz considère de toute évidence que tout est préférable aux travaux ménagers. J'ai toujours voulu prendre un moment pour lui expliquer le b.a.-ba. Du style, balayer le sol de la cuisine avant de le passer à l'eau, etc. Mais je n'arrive pas à me décider à commencer la leçon.

Je lui donnai l'adresse de Winter Street, lui dis de ne pas lâcher la personne qui sortirait de l'immeuble avec un tube postal rouge vif, de ne pas quitter des yeux ledit tube, de noter le numéro minéralogique de toute personne qui l'embarquerait dans une voiture, de suivre la voiture en question, de…

— J'y arriverai mieux si Lemon est avec moi, m'interrompit-elle.

Lemon est son prof de karaté et son amant à l'occasion, Roz n'étant pas du genre monogame. Il possède un minibus vert foncé, juste ce qu'il faut pour une filature. Roz ne sait pas conduire, et à mon avis elle continue ses leçons d'autodéfense juste pour profiter d'un engin motorisé.

— Pas de bêtises dans le van pendant que le tube se fait la malle, hein ?

— Rouge. Je ne le lâcherai pas.

Roz a une qualité : elle est peintre, et donc elle connaît les couleurs.

Je pris le métro jusqu'au 1, Beacon Street.

Pendant le trajet, je m'évertuai à lire *Le Globe* sans faire du coude à mon voisin ou du pied à un voyageur debout. La mort de Brenda n'était pas dans la rubrique nécrologique, et encore moins dans les nouvelles locales. Je me demandai d'où venait la bassiste et qui était son parent le plus proche.

Je terminai ma lecture et regardai mes doigts noirs d'encre d'imprimerie d'un sale œil. La qualité de l'impression est de pire en pire, je vous jure. L'avocat à l'accent anglais distingué aurait des surprises s'il comptait m'en serrer cinq.

Je trouvai un café dans le hall, suivis les flèches jusqu'aux toilettes et me lavai les mains. Puis je retournai aux ascenseurs, direct pour le vingt-deuxième étage.

18

— Tout ceci est un peu maladroit, admit Taylor Baines avec un sourire charmant, non sans avoir lâché ma main propre.

J'étais assise dans un fauteuil de cuir caramel d'où la vue du port de Boston par une grande baie vitrée était impressionnante. L'océan semblait lisse comme du verre, et vert, comme une bouteille de 7-Up.

Taylor Baines était un petit homme sémillant, pas loin de la cinquantaine d'après les pattes d'oie au coin des yeux, et peut-être au-delà vu ses cheveux argentés. Costume bleu marine à fines rayures grises, impeccable, juste ce qu'il fallait de poignet de chemise émergeant de la manche, montre-bracelet en or pas plus épaisse qu'une pièce de monnaie, il était assis derrière un bureau deux fois plus grand que la table de ma salle à manger.

Il me demanda si je voulais un café. Je dis oui. Avec de la crème et du sucre, s'il vous plaît. Il parla de la pluie et du beau temps jusqu'à ce qu'une femme apparaisse avec un plateau et deux tasses de porcelaine fine sur des soucoupes, avec cuillères en argent. Il passa sans heurt aux choses sérieuses dès que la porte se referma sur elle.

— Je représente MGA/America qui a, pour l'instant, un intérêt certain pour miss Dee Willis. Vous êtes… euh… une amie proche.

Ce n'était pas une question, donc je m'abstins de répondre.

Taylor Baines remua son café et attendit que je lui explique mes liens avec Dee. Un coin de sa bouche se releva face à mon silence.

— Vous êtes aussi un détective privé avec une licence délivrée par l'État du Massachusetts.

Je hochai la tête.

— Miss Willis a eu des mots plutôt malheureux avec la police, à propos d'un accident qui s'est produit la nuit dernière, à son hôtel, et impliquant un membre de son entourage.

J'émis un son qui n'engageait à rien.

— J'ai appris qu'elle s'était montrée à la fois accueillante et trop peu loquace dans sa collaboration avec la police, et qu'elle court le risque de se retrouver… euh… en difficulté. Des difficultés qui pourraient entraîner des perturbations dans le bon déroulement de sa tournée, entièrement financée par notre client.

— Puis-je vous demander en quoi consistent ses soi-disant déclarations à la police ?

Mon « soi-disant » provoqua un nouveau rictus de l'homme de loi.

— Miss Willis a déclaré qu'elle savait que le décès n'était pas un suicide, mais qu'elle ne pouvait en dire plus. En d'autres termes, elle le sait parce qu'elle le sait.

— Peut-être la police ne la prendra-t-elle pas trop au sérieux ? suggérai-je. Lorsque j'étais dans la police, des médiums nous appelaient de tout le pays pour nous parler de la résurrection d'Elvis Presley.

— Je vois, mais miss Willis maintient qu'elle a trouvé le, euh… le cadavre alors qu'elle était en compagnie de son groupe de musiciens, et qu'elle ignore pourquoi le corps était dans sa chambre.

Je ne dis rien.

— La police affirme avoir enregistré des témoignages divergents sur la découverte du corps. Je crois savoir que miss Willis vous a téléphoné alors qu'elle était sur les lieux du crime.

À nouveau, je restai coite.

— MGA/America tient beaucoup à voir la tournée se poursuivre sans anicroche.

— Si Dee n'est pas retenue pour complément d'information, y a-t-il des raisons de s'inquiéter ?

Mr Baines jeta un coup d'œil éclair à sa montre.

— Pour l'instant, elle se repose à son hôtel. La réception répond qu'on ne peut pas la joindre.

Il avait certainement raison sur ce point. Je finis mon café, qui était excellent, et posai tasse et soucoupe sur le coin de son bureau.

— Pourquoi suis-je ici ?

— Oh ! Je puis vous assurer que MGA/America se fera un plaisir de couvrir vos frais habituels pour les… euh… services que vous pourriez fournir à leur chanteuse.

— Et en échange de leur bon argent, que veulent-ils ?

— D'abord, ils souhaitent que vous continuiez de travailler pour miss Willis.

— Qui vous dit que je travaille pour miss Willis ? Nous sommes de vieilles amies.

— Des amies très proches ?

— Des amies très proches.

— J'ai prévenu mon client que, à mon sens, tout ceci pourrait être une pure perte de temps.

— Ne vous inquiétez pas, fis-je d'un ton égal. C'aurait été un problème si j'avais été employée par miss Willis, mais ce n'est pas le cas.

— Ah ! Voilà qui simplifie les choses, en effet. En ce cas, vous êtes libre d'accepter un autre travail ?

— Possible.

— Miss Willis a contacté ce matin même quelqu'un de MGA/America pour obtenir un prêt considérable.

— Puis-je vous demander de combien ?

— Trois cent mille dollars. En guise d'avance sur ses droits pour un contrat d'enregistrement. Jusqu'à ce matin, les négociations concernant ce contrat progressaient sur un rythme normal. Miss Willis semble désormais vouloir accélérer le processus. Et avant de signer quoi que ce soit, et surtout de gros chèques, mon client se sentirait plus tranquille si vous vouliez bien garder un œil sur miss Willis, peut-être lui parler, l'incliner à plus de tact dans ses conversations avec la police.

— Je pourrais difficilement l'empêcher de dire la vérité.

— Certes, convint-il avec une ombre de sourire, mais nous sentons, c'est-à-dire, mon client sent que miss Willis a besoin d'une amie, d'une confidente sur qui elle puisse compter durant ces heures pénibles.

— On ne peut engager une amie. Mais si je souhaitais m'entretenir de miss Willis avec quelqu'un de MGA/America, à qui devrais-je m'adresser ?

— Vous pouvez me joindre à l'un ou l'autre de ces numéros, dit-il doucement tout en tirant un portefeuille de cuir blanc de la poche intérieure de son veston.

Nous échangeâmes nos cartes. J'y gagnais. La sienne, épaisse, crème, gravée, devait coûter trois fois plus cher que la mienne.

— Belle vue, dis-je en regardant le port.

— Si jamais vous tombiez sur un élément quelconque susceptible de convaincre la police que miss Willis était absente au moment du décès de miss Hunter, MGA/America apprécierait beaucoup d'en être informée. Une provision de cinq cents dollars suffira-t-elle ?

J'acquiesçai.

— Dee est-elle accusée de quoi que ce soit ?

— Non.

— Vous attendez-vous à ce qu'elle le soit ?

— Il y a une possibilité.

Juste derrière sa tête, sur la droite, je pouvais voir un remorqueur tirant un cargo vers la haute mer. Je ne distinguais pas le nom sur la proue, mais peut-être était-il écrit en caractères cyrilliques. Si j'avais un bureau avec une vue pareille, je crois que je ne travaillerais pas des masses.

19

Je traversai le jardin public, en suivant les chemins sinueux de la gare de Park Street à Charles Street, et fis le tri. Deux jours plus tôt, Dee ne voulait pas verser un centime à Dunrobie. Ce matin, elle demandait un prêt – pour le montant exact que Davey comptait lui extorquer.

Et entre les deux ? La mort de Brenda.

D'après la requête sans détour de Taylor Baines, il y avait à MGA/America quelqu'un qui était sûr que Dee était dans de sales draps et qui voulait l'aider.

À moins que quelqu'un, à MGA/America, veuille savoir si leur nouvelle chouchoute était dans la tisane jusqu'aux genoux ou jusqu'au cou.

Dans les deux cas, j'étais là pour faire l'inventaire des dégâts et sortir le linge sale. Le message de MGA/America était clair ; Taylor Baines était leur garçon de course modèle haut de gamme.

J'aurais bien voulu savoir qui avait aiguillé la maison de disques sur ma pomme.

Je tapotai le chèque plié en deux dans ma poche. J'étais contente d'avoir suivi mon intuition et expédié Roz surveiller le tube postal. Maintenant, je pouvais faire comme si Dee ne m'avait pas renvoyée et continuer à pister Davey Dunrobie.

J'accélérai le pas et quittai ma veste pour me rafraîchir. La chaleur était étouffante, et je regrettai que ma chemise de soie ait des manches longues. Le problème avec la soie, si vous roulez les manches, c'est qu'il faut les repasser ensuite. Or, en matière de repassage, je suis une catastrophe, et Roz ne vaut pas mieux.

Le seul truc sûr avec Roz comme colocataire, c'est que je ne suis jamais tentée de lui emprunter ses fringues. Peut-être pourrais-je faire un bon boulot pour Taylor Baines et m'offrir une chemise en soie à manches courtes en même temps qu'un nouveau sac à main. La police n'avait pas encore récupéré l'ancien et s'il ne reparaissait pas bientôt, je n'aurai plus qu'à me farcir les démarches à rallonge pour faire refaire mon permis de conduire. D'ici là, j'aurai probablement claqué l'argent de Baines chez le garagiste ou le percepteur, à moins que ce ne soit en nourriture pour chats. Le superflu, quoi…

« J'aurais dû appeler le médecin. Elle n'était peut-être pas morte. » Puis, plus tard : « C'est sa faute. Il veut me détruire. » Je me répétai les mots de Dee tout en marchant, de la même façon que je mémorisais les chansons à l'époque de Cambridge Common, notre groupe. On peut toujours lorgner les paroles en répèt', et puis Lorraine ou Dee me soufflaient, mais sur scène, mieux valait les savoir par cœur.

Il y avait pléthore de téléphones publics dans le nouveau parc de Copley Square. Le tout était d'en trouver un intact. Au bout de trois essais, j'en localisai un, composai mon numéro et branchai mon interrogateur à distance pour écouter mes messages. Une voix masculine me déclara que j'avais laissé mes coordonnées sur son répondeur et que je pouvais rappeler au 555-9544. Je vérifiai dans mon vieux carnet noir, que j'avais fourré à la hâte dans mon sac après le coup de fil de Taylor Baines. C'était le numéro d'Angela.

Je fouillai dans ma poche à la recherche d'une autre pièce. La voix masculine, en direct cette fois, s'identifia comme appartenant à Roger Price, qui ne connaissait pas d'Angela. Il me demanda si j'avais eu son numéro par Ensemble, une messagerie de rendez-vous locale. Je lui demandai s'il connaissait Davey Dunrobie. Il me demanda si je voulais prendre un verre samedi soir, ou alors le dimanche après-midi, et si l'idée de rencontrer un inconnu de nuit me rendait nerveuse. Il était « techniquement » toujours marié mais attendait avec impatience que son divorce soit prononcé. Je lui dis au revoir.

Puis je grimpai les marches de pierre de la bibliothèque, et fonçai dans la salle des annuaires. Là, je demandai un exemplaire de l'annuaire par numéro. Je relus les coordonnées sans attribution dans mon carnet, celles correspondant au message enregistré débité d'une voix calme et tranquille, celles du type qui n'avait pas encore rappelé, et je notai l'adresse correspondante, quelque part à Charlestown. Le nom de la rue n'évoquait rien dans ma mémoire. L'abonné s'appelait Joseph P. Jenson, et ça ne me disait rien non plus. De retour à la cabine, je composai le numéro.

Encore ce fichu répondeur. Je le suppliai une nouvelle fois de me rappeler.

J'aurais pu aller voir où en était la filoche de Roz, mais je décidai de leur faire confiance, à tous les deux. Ils étaient tout de même capables de repérer un tube rouge vif d'un mètre de long. Je traversai Boylston Street jusqu'à la Pizzeria Uno, m'assis à une table libre et commandai une pizza poivron-anchois. Puis je fis mentalement la liste de tous les bars du coin où se produisaient des musiciens : Ryles, The Plough, Johnny D's, Harper's Ferry, Midnight the Kats, The Tarn, Night Stage –Dee avait joué partout avant de décrocher le gros lot. Des rades où quelqu'un pouvait se rappeler Dunrobie ; où un Dunrobie sobre pouvait même chercher du boulot.

Une fille m'apporta du café. Je lui demandai s'il était trop tard pour décommander les anchois. Elle me regarda d'une façon un peu bizarre, « Pas de problème », sourit-elle de l'air de dire : « J'en-ai-vu-d'autres ». Je laissai ma veste sur le dossier de ma chaise pour éviter de me faire piquer ma table et fonçai au téléphone, dans le fond de la salle.

Mooney était à son bureau. Je lui expliquai que j'avais déjà commandé. Voulait-il me retrouver devant une pizza au jardin public ?

— Pas d'anchois, me recommanda-t-il.

— T'inquiète pas.

— Dans dix minutes.

J'allai me rasseoir et. continuai le décompte des boîtes à musique sur une deuxième serviette en papier. Quand ma pizza arriva, deux mémères chargées de sacs à provisions géants jetèrent des regards voraces en direction de ma table. Je réclamai une boîte en carton, deux boissons non alcoolisées et l'addition.

La serveuse s'acquitta promptement de sa tâche. La pizza avait l'air friable et trop assaisonnée dans sa boîte en carton. J'arrachai un supplément de serviettes en papier au distributeur et les fourrai dans ma poche. Les mémères aux cabas s'abattirent sur ma table avant même que j'aie franchi la porte.

Je préfère rencontrer Mooney ailleurs qu'à son bureau. Et si j'apporte à manger, c'est encore mieux.

Mooney n'est pas un de ces flics top-secret qui font de la rétention d'information pour le plaisir. Le seul problème, c'est qu'en échange, il s'attend à votre coopération pleine et entière. Et dans un coin de ma tête, j'ai toujours peur que si je ne maintiens pas le rythme - une faveur chacun son tour -, il finisse par exiger des attentions plus personnelles.

Bon, d'accord. Il ne me ferait jamais un coup pareil, mais je ne tiens pas à prendre le risque. J'essaie de garder une mesure d'avance.

Nous nous retrouvâmes sur le pont et descendîmes l'escalier jusqu'au banc le plus proche de l'eau. Les jours de printemps, les places sont chères dans le coin, mais vu la chaleur et l'humidité, Mooney et moi n'avions guère de concurrents ce jour-là.

Sur l'autre berge, un jeune homme repeignait un pédalo en forme de cygne; il y allait d'une bonne couche bien méritée de blanc brillant. L'engin était échoué, son pédalier exposé de façon indécente. Le reste de la flottille voguait avec sérénité, surchargé de touristes faisant des signes de sémaphores aux familles bardées d'appareils-photos restées sur la rive.

— L'autopsie de la bassiste est faite? demandai-je quand nous eûmes dévoré une part de pizza.

Je jette toujours ma croûte aux écureuils; Mooney mange tout.

— Avec toi, pas de déjeuner gratuit, hein?

— Simple question.

— Il n'y a pas d'urgence, pas avec tous ces coups de feu, tous ces coups de couteau en ville. À ce qu'on dit, il y aura bientôt deux macchabées par tiroir à la morgue.

Ce n'était pas une année faste pour la section Homicide de Boston. Les livraisons de drogue diminuaient, les gros poissons mangeaient les petits.

Mooney mastiqua un bout de pizza, but une rasade de Pepsi et dit :

— Tous ceux à qui j'ai parlé disent que la bassiste était « mal embouchée ». Bien sûr, je parle des musiciens. Je n'ai interrogé personne qu'on puisse qualifier de « normal ». Et « Mal embouchée » ne veut pas dire suicidaire.

— Elle a de la famille ?

— Sa mère a appelé après que les flics du coin lui ont annoncé la nouvelle. Elle l'a à peu près bien pris, enfin, vu les circonstances. Elle est venue en avion de Topeka, Kansas. Le père est mort. Il y a des frères et sœurs quelque part.

— Et les tubes de médicaments sur ordonnance ?

— Tu demandes beaucoup pour une simple pizza.

— Simple, mais sans anchois, hein ! Et puis j'ai peut-être quelque chose à vendre.

— J'aime bien le « peut-être ».

Le peintre avait fini la pointe d'une aile blanche et fit le tour de son œuvre, béat d'admiration.

— On a trouvé une ordonnance au nom de Brenda, lâcha Mooney. Des anxiolytiques. Du Serax. Des trucs à faible dosage. Les autres étaient au nom de Dee Willis. Du Dalmane. Trente milligrammes. La signature est authentique. Donc, on sait que la victime a vu un médecin récemment, peut-être un psy. On recherche le toubib. Et aussi le médecin de L.A. qui a prescrit à ta copine des somnifères pour la route.

— Mais…

— T'emballe pas. Rien ne permet de dire que les médicaments trouvés sur les lieux sont ceux qu'a avalés la bassiste, pas vrai ? Il faut attendre les analyses. Maintenant, voyons un peu ce que tu as à offrir.

— Tu te rappelles, on a parlé de quelqu'un qui aurait amené le cadavre dans la chambre de Dee ?

— J'ai demandé une vérification à la réception, mais aucun employé n'a donné un double pour la 812. Le personnel ment systématiquement aux flics en uniforme dans les hôtels. Histoire de ne pas perdre la main.

Je mâchonnai un bout de poivron. De l'autre côté du bras d'eau, le jeune peintre faisait le tour du pédalo et l'admirait sous tous les angles.

— Tu as pensé à la lingerie, ce soir-là ? La gérante n'a pas signalé des draps ou des serviettes tachés ?

— Merde ! dit-il. J'ai fouillé la chambre de Brenda, pas tout ce foutu hôtel.

— C'est trop tard pour s'y mettre ?

— Je te rappelle du bureau.

— Et le « joujou » de Brenda ?

— Tu as quelque chose sur lui ? Où c'est de nouveau mon tour ?

— C'est à toi, Mooney. Reprends de la pizza. Je n'ai plus tellement faim.

— T'as toujours faim. On n'a même pas son vrai nom, juste Ray.

Je balançai un morceau de croûte à un canard qui nageait non loin. Des congénères surgirent de nulle part et convergèrent vers nous en formation serrée.

— C'est complet, dis-je. Il ne manquait plus au tableau qu'un dénommé Ray sans nom de famille.

— Et pour le parc, tu me racontes ?

— Ne me dis pas que tu penses que Dee a quelque chose à voir avec la mort de Brenda, Moon, d'accord ?

— Je suis censé la rayer de la liste parce que c'est ta copine ?

— Tu as des preuves ? fis-je d'un ton égal.

— Quelqu'un a effacé toutes les empreintes sur place. Il n'en faut pas plus pour en faire une suspecte.

— Son manager et son producteur ont peut-être voulu la protéger et se sont emmêlé les pinceaux. Est-ce que vous n'en faites pas un peu trop ?

— Il s'agit de Dee Willis. Je ne tiens pas à ce qu'un conseiller municipal, ou même le maire, me tombent sur le poil sous prétexte que la justice est à deux vitesses, une pour les stars, l'autre pour les junkies.

— On te pousse à l'arrêter ?

— Pas avant l'autopsie. Et sans doute pas avant le concert. Elle rapporte gros à notre bonne ville.

— Justice pour tous.

— Je suis bien content que tu me poses des questions, finalement.

— Vraiment ?

— Ça me donne à penser que tu n'en sais pas plus que moi.

J'écrasai le carton à pizza pour lui faire réintégrer son sachet en papier en compagnie des gobelets en plastique vides.

— N'oublie pas de me raconter ce qui s'est passé dans le square, répéta Mooney.

Si je citais le nom de Dunrobie, Mooney était capable de lui mettre la main dessus avant moi.

— Elle cherchait un vieux pote. Un type qu'on connaissait toutes les deux, et qui s'en est moins bien sorti que nous.

— En général, c'est pas le genre d'amis qu'on tient à retrouver. C'est même l'inverse. C'est eux qui vous cherchent.

— Eh bien, en l'occurrence, c'est Dee qui veut le retrouver.

— Histoire de cœur ?

Je fis semblant de réfléchir à la question.

— Culpabilité plutôt. Elle a fait son chemin, et il est resté sur la touche.

— C'est drôle, la culpabilité, non ? J'ai des hommes qui voudraient arrêter Dee Willis juste parce qu'elle se conduit comme une coupable. Enfin, franchement ! Pourquoi est-ce qu'elle crie sur les toits qu'elle aurait dû appeler le médecin, que Brenda était peut-être encore en vie ? Cette fille – pardon, cette femme – était morte depuis des heures.

— Oui, je l'ai entendue délirer, mais elle n'avait pas l'air dans son état normal, tu vois, pas vraiment branchée sur ce qui se passait.

— Le choc ? La drogue ?

— Non, plutôt comme si elle pensait être ailleurs, comme si elle se souvenait de quelque chose…

— Continue, fit Mooney.

— C'est peut-être du pipeau, mais Dee – Dee et moi – avions une amie commune qui s'est suicidée. Une femme, enfin, une jeune fille en ce temps-là – Lorraine Holbrook. Je crois que Dee était parmi ceux qui ont découvert le corps. Je n'en suis pas absolument certaine. Mais même au bout du fil, Dee était bizarre, comme si elle avait des visions...

— Un retour d'acide ?

— Je ne parle pas d'hallucination provoquée par la drogue. Je parle d'une autre mort, en tous points identique, un truc qui aurait pu la renvoyer en arrière, faire remonter le passé à la surface.

Lorraine, pensai-je d'un coup. *Sweet Lorraine.* C'était le titre d'une chanson. C'était une chanson.

— Comment t'es-tu retrouvée au milieu de cette bande de tarés ? me demanda Mooney.

— Hein ?

— Remarque, des tarés, y a que ça chez les flics. Je me demandais ça comme ça.

Je restai de marbre.

— Tu veux savoir comment j'ai rencontré Dee, c'est ça ? C'est la musique qui a fait le joint. Dee et moi jouions ensemble dans un groupe. On était toutes les deux guitaristes dans une autre vie.

« On était guitaristes »... Tu parles ! J'étais gosse. J'avais appris tout ce que je pouvais sur le blues en 1978. Voir jouer Dee avait été la révélation de ma vie. Une éducation. Si j'avais été peintre amateur en Hollande, au XIXe siècle, l'équivalent, c'aurait été de rencontrer Van Gogh, ce drôle de type au coin de la rue, qui m'aurait appris deux ou trois trucs sur la couleur.

J'essayai encore.

— J'ai même pensé à passer professionnelle. Je n'étais pas assez bonne mais j'accompagnais Dee, et elle me donnait un son du tonnerre. Elle a appris à jouer avec le révérend Gary Davis. Tu sais qui c'est ?

Je m'attendais à voir Mooney faire non de la tête. Je repris :

— C'est un des rois du blues du bon vieux temps. Dee fut un de ses derniers disciples ; à sa mort, il lui a laissé sa guitare. Le révérend Davis – je l'ai vu jouer une fois – a fait son plus gros compliment à un autre guitariste en lui disant « pas mal ». Dee m'a dit la même chose un bon paquet de fois. Ça me donne des frissons d'y repenser.

— On dirait que tu es mûre pour lui faire une fleur, dit doucement Mooney.

— Écoute, à une époque, j'aurais donné mon bras droit pour être Dee Willis. Je l'admire, je l'aime et je crois que je la déteste un peu aussi. Et ça n'a aucune importance, si tu veux le savoir. Elle est musicienne. Pour elle, il n'y a que la musique qui compte.

— Vous étiez très proches ?

— Ouais ! Les meilleures amies du monde. Mooney se tortilla sur son banc, fixa une touffe d'herbe brunâtre.

— Dee... euh... elle ne t'a jamais fait des avances ?

— C'est une obsession, chez toi ?

— Écoute, Carlotta, on a trouvé Brenda à poil dans le lit de Dee. Je ne veux pas dire que...

Merde ! je me pose la question : est-ce qu'elle t'a draguée ?

— On se faisait des massages des pieds mutuellement. Ça t'excite ?

— À l'époque, ça aurait suffi.

— Dee Willis a toujours reluqué les mecs.

Mooney s'essuya le visage avec une serviette en papier, la mit en boule et poussa un soupir plein de reproches.

— Et tu ne me l'as jamais présentée.

— Une fois, j'ai présenté un type à Dee, fis-je sèchement.

— Ouais ?

— Mon ex-mari. C'est le dernier type que je lui aie jamais fait rencontrer.

Mooney se fendit d'un sourire, d'une oreille à l'autre.

— Je ne pensais pas que ça te tracassait.

— On y va ?

— Encore un truc. J'ai vu une note sur le bureau de Joanne Triola.

Merde ! pensai-je.

— Pourquoi poses-tu des questions sur Mickey Manganero ?

— Je l'ai rencontré à une fête, dis-je franchement.

— Et Joanne Triola est censée te rencarder sur ton futur petit ami ?

— Mooney, c'était à la soirée organisée par la maison de disques de Dee. Je me demandais ce qu'il fichait là, c'est tout.

— Tu l'as vu parler à Brenda ? Ou à qui que ce soit d'autre ?

— Il m'a parlé à moi.

— C'est un fils de pute.

— C'est pour ça que j'ai appelé Joanne Triola et pas les boy-scouts.

— Tu as demandé à ton petit copain ?

— Je n'ai pas vu Sam récemment.

— Parfait ! dit Mooney.

— Tu préférerais que je sorte avec Dee Willis ?

— Bon Dieu ! Tu es impossible.

20

— Comment ça, tu ne sais pas où a filé le tube ? Un truc rouge vif d'un kilomètre de long ? Aïe !

De la graisse de bacon frit m'éclaboussa le bras ; j'avais oublié de baisser la flamme sous la poêle.

Az der mogen iz leydik der moyekh oykh leydik. « À estomac vide, tête vide. » Encore un proverbe yiddish que ma grand-mère a refilé à ma mère. Il y a du vrai, là-dedans. En écoutant Roz, la tête me tournait.

— Calme-toi, murmura Roz.

Ma mère aussi me disait souvent ça, non seulement en yiddish mais en anglais. Et pas forcément quand je faisais frire du bacon. Ma mère – paix à son âme – aurait eu un infarctus si on avait voulu faire frire du bacon dans sa cuisine casher.

C'est pourtant un de mes trucs préférés. Comme tout ce qui n'est pas casher. Parfois, je me demande si ce n'est pas un signe d'hostilité inconsciente envers ma mère – à moins que ce ne soit une perversion des papilles.

Lemon, sage professeur d'arts martiaux devant l'Éternel, ne dit mot.

— Il est bien arrivé, reprit Roz. À 9 h 42, le facteur l'a apporté.

— Et ensuite ?

— Disparu.

— Comment ça, disparu ?

— Lemon et moi, on matait un tube rouge.

— Et alors ?

— Un type s'est pointé avec une grosse boîte, un énorme machin en carton, du format poste de télé.

— Oh ! non, dis-je.

— Il est parti, et Lemon a remarqué que le carton avait l'air super léger pour sa taille, tu me suis ?

— Je te suis, dis-je en embrochant les tranches de bacon pour les retourner.

— Je suis montée au secrétariat ; le tube n'y était plus. Un type l'avait récupéré vingt minutes plus tôt.

— Mais encore ?

— Arrête avec cette fourchette !

J'abaissai la pique qui menaçait Roz.

— Après ?

— Après, c'est un service de boîtes postales, non ? fit-elle, sur la défensive. D'abord, ils n'ont rien voulu me dire. Puis l'une des minettes, peut-être une nouvelle, m'a dit que le type avait pris la porte, le tube à la main, puis qu'il s'était retourné et avait demandé s'il pouvait avoir un truc pour mettre le tube. Il a acheté le plus grand carton disponible.

— Bien vu, dis-je.

Malin, le bougre. Trop à mon goût.

— Alors, cette pouffe à frisettes s'est mise à enguirlander la fille. « Vous n'avez pas à divulguer d'information sur les clients, et bla, bla, bla. » Sur ce, on m'a fichue à la porte.

— Et il est parti, comme ça ?

— Dans une camionnette. (Roz fixa le lino sale.) Et on n'a pas noté le numéro. Un type qui déménageait sa télé, tu vois ? Aucun intérêt.

— Tu es sûre que c'était un homme ?

— Pas à cent pour cent.

— À quoi ressemblait-il, ou elle ?

— Il portait une casquette. Je l'ai juste vu de dos. Mince. Des baskets. Je suis à peu près sûre que c'était un mec, mais j'en jurerais pas.

— Il boitait ?

— Hein ?

— Est-ce que ce type, ou cette fille boitait ? Tu n'as pas remarqué quelque chose dans sa démarche ?

Roz jeta un coup d'œil à Lemon, qui lui rendit son regard.

— Je crois pas, émit faiblement Roz.

— Flûte !

Je baissai la flamme, cassai deux œufs directement dans la poêle, fis gicler un éclat de coquille d'une pichenette. Ma mère avait l'habitude de casser séparément chaque œuf dans une petite coupe en verre ; comme ça s'il y avait un morceau de coquille ou si, ô ! malheur, un œuf était avarié ou teinté de sang, elle n'avait pas tout à jeter.

J'avais espéré que Dunrobie se laisserait prendre au piège sans réfléchir et m'épargnerait de passer ma soirée à faire la tournée des bars notés sur ma liste.

Lemon finit par dire quelque chose, en haussant les épaules tombantes.

— Je suis désolé. Je ne vous facturerai pas mon temps. Pourtant, les affaires vont mal.

À part les leçons de karaté en free-lance, les « affaires » de Lemon consistent à jongler dans Harvard Square et à faire circuler un chapeau. Ce qui n'a jamais été très lucratif.

— Tu sors, ce soir ? demandai-je à Roz.

— Ouais !

— Parfait.

Il eût été vraiment dommage qu'elle garde sa tenue entre quatre murs. Elle portait un T-shirt vert fluo proclamant : « Les marins font ça avec des nœuds. » En complément, elle avait choisi des collants rose vif et des chaussures à semelles compensées orange. Le tout assorti à ses cheveux zébrés.

— Ouais !

— The Rat ? demandai-je en citant un des rades branchés de Kenmore Square, là où se produisent des groupes avec des noms du genre Les Limaces lubriques devant un public bardé de chaînes et de colliers de chiens.

— The Rat, Roxy et quelques autres.

— Tu peux demander s'ils connaissent un guitariste nommé Davey ? Un mètre quatre-vingts, blanc, maigre, qui picole sec et se drogue. Si tu as une touche, essaie de voir s'ils connaissent son nom de famille.

— Qui est… ?

— Dunrobie. Mais ne le répète pas.

— Alors je travaille pour toi, ce soir ?

Je levai un sourcil incrédule.

— Tu veux que je te paye ? Laisse tomber…

Je ne pouvais pas lui en vouloir. Personnellement il faudrait me payer pour que je mette les pieds dans ce genre d'endroits.

— Ça va ! dit-elle, on peut toujours essayer. T'en fais pas, je demanderai. Ça compensera le fiasco d'aujourd'hui. D'accord ?

Je glissai les œufs avec précaution sur mon assiette et crevai le jaune des deux.

J'avais oublié de demander à Roz pour les serrures.

21

Je me déshabillai et me rhabillai plusieurs fois avant de choisir une tenue appropriée pour faire la tournée des boîtes. Je voulais avoir l'air accessible, mais pas trop. Pas question de ressembler à une professionnelle. Les prostituées sont difficiles à repérer, parce qu'elles ne s'en tiennent pas toujours aux toilettes dans lesquelles les imaginent les producteurs de télé.

N'importe quel type non accompagné peut entrer dans un bar en toute impunité, mais une femme seule doit prendre quelques précautions. Une dégaine de serveuse, c'est l'idéal. Ou un habit de bonne sœur, ancien modèle. Le costume complet, guimpe et cornette avec.

N'ayant pas l'article en magasin, le meilleur moyen d'éviter les ennuis était encore de m'y rendre sous escorte. Je considérai l'alternative. Mooney serait enchanté s'il n'était pas de service. Mais Mooney ressemble trop à ce qu'il est, et sa présence coince subitement les mâchoires des bavards invétérés. L'autre option était Sam Gianelli.

J'ai rencontré Gianelli lorsque j'étais encore à l'université ; c'était la première fois que je conduisais un taxi pour Green & White. Il m'a engagée et m'a appris pas mal de trucs ; ne jamais coucher avec son patron, par exemple. Je viens d'une famille de gendarmes, lui d'une dynastie de voleurs, son père étant un mafioso local. Notre seul point commun est ce truc entre vieille fille et vieux garçon, auquel je ne comprends toujours rien. Il y a des milliers de types qui me conviendraient mieux que Sam Gianelli. J'en suis sûre.

Pour l'heure, je me serais contentée d'un jeunot de vingt balais, genre chevalier servant pour minette en détresse, immariable, sans contrainte. Reposant, quoi.

Ce dont Sam a besoin, c'est d'une vierge catholique italienne, soumise, fertilité garantie par contrat, afin que Papa Gianelli puisse profiter d'une meute de petits-enfants.

Nous avons tous deux été mariés au moins une fois. Après Cal, je me suis retirée du monde ; plus jamais ça ! De son côté, Sam revient tout juste d'Europe où il est allé rendre hommage au côté « vieille-Italie » de la famille. Son programme incluait, entre autres, une visite surprise au Vatican pour demander l'annulation de son mariage. Papa a arrangé le coup. Il croit en cette vénérable institution plus encore que Sam.

Si je m'avisais d'essayer d'épouser Sam, la divorcée à moitié juive que je suis se ferait d'abord étrangler, puis fusiller pour faire bonne mesure, et balancer dans le port de Boston, les pieds dans un bloc de béton, sur ordre de Gianelli père.

Je décidai de sortir seule. J'appelai un taxi. Meilleur marché qu'une contredanse ou un ticket de parking.

Midnight the Kat's était mon quatrième rade, après Harper's Ferry, Ryles et Dixie's. J'avais commencé à la bière mais, pour rester sobre, j'avais prudemment embrayé sur le soda rondelle, un truc qui peut sans problème passer pour une vodka-tonic-citron-vert.

Midnight est à côté de la station Auditorium. Je me rappelle une époque où on l'appelait le Vanity, ce qui ne me rajeunit pas, mais j'ai commencé tôt avec le blues. Le Vanity, c'est là où j'entendis jouer le révérend Gary Davis, en personne, sublime prêcheur de blues. Déjà un vieillard. Dee m'avait eu un ticket gratos. Elle étudiait avec lui, cinq dollars la leçon, payable d'avance, et ça pouvait durer une journée entière si l'élève satisfaisait le maître.

Midnight est mi-bar, mi-salle de concert. On entre par le bar, dans une fumée à couper au couteau, puis on descend trois marches pour arriver dans une salle avec un parquet de pin et des tables bancales.

Un panneau au-dessus de la porte prétend que les pompiers autorisent jusqu'à cinquante-cinq clients. Je n'ai jamais compté, mais je pense que la direction devrait en rembourser quelques-uns, surtout en fin de semaine. Les vedettes ne se produisent pas dans une petite salle comme ça, pas même les vedettes de catégorie B. Uniquement des musiciens qui montent vers le succès et d'autres qui plongent dans l'abîme. Certains sont diablement bons, mais on dirait que les meilleurs sont sur la pente descendante et non pas en route pour la gloire.

Je m'extirpai de mon imperméable pour la quatrième fois. J'avais décidé de m'habiller fonctionnel, comme d'habitude. Étant donné mon mètre quatre-vingt-cinq, je n'ai pas besoin de me grandir, donc je porte des talons plats. Pantalon beige et chemise turquoise, avec un gilet style tapisserie et une chaîne en or autour du cou. À mes yeux, ça faisait agent de change ou avocate. Le genre arrivée trop tôt et qui attend les autres.

Pour renforcer ma couverture, je regardai ma montre avec ostentation, comparant méthodiquement avec l'horloge murale. 0 h 12. Puis, avec un soupir, je m'assis au bar. Je commandai mon soda à un homme aux avant-bras velus arborant un tatouage en forme d'ancre marine. La télévision diffusait un match des Red Sox, continuellement retardé à cause de la météo. À 1 heure du matin, s'il s'obstinait à pleuvoir, les arbitres laisseraient tomber. La voix du commentateur était couverte par la musique, une interprétation doucereuse de *Kind Woman*. Le panneau de contrôle des retours se trouvait derrière le bar, tout comme l'essentiel des commandes de scène. Des lumières clignotaient en rythme suivant le volume.

La scène était une plate-forme irrégulière, tout au fond de la salle, éclairée par trois petits projecteurs fixés sur une barre métallique horizontale suspendue au plafond. Des câbles, enroulés autour de la barre, disparaissaient dans le faux plafond.

Je demandai le programme au barman velu. Il prit l'air important, scruta une pancarte derrière le bar, puis loucha sur le calendrier imprimé en petits caractères.

— Windshear, dit-il. Un nouveau groupe. La première partie commence dans un quart d'heure, vingt minutes.

Je bus une gorgée et regardai le spectacle de la foule, jusqu'à ce qu'un jeune homme vienne tripoter les micros, s'assurer que les câbles étaient bien accordés aux bonnes prises jacks, et vérifier les amplis qui flanquaient la scène.

Il avait une longue queue de cheval, un jean noir et un T-shirt noir passé. Il m'était familier ; faut dire que j'avais parlé avec des types qui lui ressemblaient dans les quatre bars précédents.

La foule des échappés de bureaux avait cédé la place à des clients plus jeunes, habillés pour se faire voir plus que pour affronter une nuit d'août orageuse. Quelques solides buveurs étaient accoudés au bar, peut-être des hommes d'affaires loin de chez eux, mais personne n'avait l'air bourré. Les habitués appelaient le barman Artie.

L'homme à la queue de cheval apporta une guitare et la fixa sur un trépied, à gauche de la scène. Je me levai et regardai la marque.

— Hé ! dit-il. Fais gaffe !

— C'est un micro De Armond ? demandai-je en faisant un pas en arrière.

La guitare était une bonne vieille Gibson SJN, électrifiée pour l'occasion.

— Ouais ! fit le type.

— C'est le tien ?

— J'aimerais bien !

— T'es du groupe ou de la maison ?

— Du groupe, répondit-il avec un poil de vanité. Je suis aux claviers. Synthés, mini-Moog et tout le bazar.

— Moi, je joue de la guitare.

— Dans le coin ?

— Par-ci, par-là.

— T'as une aussi belle gratte que celle-là ?

— Elle est plutôt chouette.

Nous échangeâmes des noms de marques et des « Tu connais ceci, tu connais cela », jusqu'à ce que j'aie ce que je voulais. Je lui demandai s'il avait entendu jouer Chris Smither au Johnny D's, et quand était passé le groupe Zydeco, puis j'attaquai : connaissait-il un certain Davey qui jouait d'une bonne vieille Gibson Hummingbird qui faisait un boucan du tonnerre ? Si Davey avait gardé quelque chose de sa vie d'avant la picole, c'était sûrement sa gratte. Il l'aimait plus que tout.

J'aurais peut-être dû essayer les prêteurs sur gages, les magasins de musique…

— Hé ! c'est une vanne ! fit le type.

— Non.

— Je connais qu'un type qui joue d'une Hummingbird, mais c'est pas Davey.

— Qui est-ce ?

— Il joue surtout de la basse. Cal. Avec un nom de famille genre Cajun. Il fait partie du groupe.

22

Je commandai un double bourbon vite fait au barman et l'emportai à la table la plus discrète. Je collai une des deux chaises à la table de six, à côté, et espérai que mes voisins viendraient à sept et que j'aurais la paix. Suffit que vous posiez vos fesses à une table avec une chaise vide en vis-à-vis pour que les mecs se sentent obligés de venir vous tenir la jambe. Ils voient ça comme une invitation dans les règles.

Je bus une gorgée de whisky. Je voulais être seule lorsque les lumières s'éteindraient, seule et pas entièrement sobre.

Même s'il était passé par la chirurgie esthétique, je le reconnaîtrais. Il me suffirait de regarder ses mains jouant de la basse, rien que ses mains, pour savoir que c'était lui.

Le plus étonnant fut de voir combien il avait peu changé. Il portait les cheveux courts et avait rasé sa barbe. Pourquoi avait-il gardé sa moustache ? me demandai-je, comme si ça avait de l'importance.

Pourquoi m'étais-je mis en tête que s'il revenait en ville, je le saurais ? Pourquoi avais-je pensé que

Dee serait au courant et me préviendrait? « Il est parti il y a longtemps », point final. Voilà ce qu'elle avait dit. Le reste, c'est moi qui l'avais inventé; j'avais brodé mon propre conte aux petits points; il avait abandonné les tournées et s'était installé sur la côte Ouest. Pourquoi l'avais-je expédié en Californie? Peut-être en avait-il parlé une ou deux fois; il voulait aller à Los Angeles, jouer en studio, se rôtir au soleil.

Je commandai un autre verre à une serveuse avec des cheveux noirs jusqu'à la taille. Il me fallut un certain temps pour attirer son attention. Elle regardait le groupe et lorgnait Cal. Le peu de temps que dura notre mariage, je n'avais jamais pu gober la façon dont les femmes le regardaient, et ça n'avait pas changé, apparemment.

Il portait un T-shirt noir à manches courtes assez collant pour exhiber muscles et pectoraux. J'examinai ses bras avec attention. Vers la fin, il ne portait jamais de manches courtes, surtout après qu'il s'était mis aux injections de cocaïne. Il tenait son bras gauche bizarrement, afin, disait-il, de donner plus de champ à son pouce, plus de frappe sur les touchettes. Durant son premier solo, le projecteur accrocha les fioritures de nacre sur son instrument. Il avait gardé sa basse. Ça m'étonnait qu'il ne l'ait pas fourguée pour se payer de la came.

Il aurait aussi bien pu être seul dans sa chambre. Il jouait toujours comme ça, comme s'il était seul sur une île déserte, seul avec sa musique. Ses yeux étaient mi-clos, il ne voyait rien, ni la serveuse ni moi. Il était là, perdu dans sa musique.

J'ai tenu trois morceaux. Le guitariste, un type avec un bandeau et une voix de ténor un peu aigrelette, était trop branché techno. Il appuyait sur la pédale, dans un déluge de distorsions, torturant des sonorités qui étaient très bien sans ça. C'était le genre de mec qui voulait à tout prix montrer ses soixante-quatre notes là où seize auraient suffi.

Windshear ne m'impressionna guère; ils n'avaient pas encore un son, juste quatre musiciens : basse, guitare, clavier, batterie. Pas d'étincelle. Ils grattaient du blues sur douze mesures soutenues et un peu de rock and roll classique. Rien ne s'embrasa jusqu'au premier solo de Cal, et je ne sais pas si la chaleur se transmit au reste du public ou si elle s'en tint à moi, montant lentement de mes orteils à mes joues. Il y a longtemps que je ne crois pas au Prince Charmant, mais si le mien s'amène un jour, ce ne sera pas pour me chausser d'une pantoufle de verre et m'emporter sur son blanc destrier. Il jouera de la basse comme Cal Therieux. Chantera des harmonies serrées avec un baryton rocailleux, toujours juste.

J'essayai de redevenir boulot-boulot et me demandai quand Cal avait acheté la vieille Hummingbird de Davey.

La seule façon de le savoir était de le lui demander.

23

On approchait de la fin du dernier morceau, et je me demandai ce que préconiserait le petit manuel du savoir-vivre sur la meilleure façon d'aborder un ex-mari pour raisons professionnelles.

Un truc du style : « Éviter de le voir sur scène si son jeu de basse vous excite toujours. » J'essayais de ne pas regarder les mains de Cal, ce qui s'avéra impossible.

Le rappel se termina sur quelques applaudissements épars ; les traînards fendirent le nuage de fumée et hésitèrent sur le pas de la porte, ouvrant d'un coup sec leurs parapluies. J'écoutai la pluie marteler le trottoir. La serveuse bâilla et commença à débarrasser ma table.

Cal bavardait avec le guitariste. Il tendit la main et pinça le *la,* fit la grimace en écoutant la fausse note. Le joueur de clavier à queue de cheval me jeta un coup d'œil et murmura quelque chose à l'oreille de Cal, qui se retourna et me regarda, protégeant ses yeux de la lumière éblouissante des projecteurs.

— Carly ?

Personne ne m'appelle Carly. Personne ne m'a jamais appelée comme ça, sauf Cal.

— Salut ! dis-je en expirant d'un coup.

Il y eut un silence. Lui non plus n'avait pas lu son manuel de savoir-vivre, chapitre « relations avec votre ex-femme ».

— Alors, comment va ? finit-il par dire en se débarrassant de sa basse, ce qui lui prit deux fois plus longtemps que nécessaire.

La lanière était en cuir tressé. C'est moi qui la lui avais offerte, un siècle plus tôt.

— Bien. (Je fis les deux pas qui me séparaient de la scène en faisant bien attention à ne pas me prendre les pieds dans un câble.) Et toi ?

— Bien.

Un autre silence. Cal rangea sa basse dans un étui.

— Je te paye un verre ? demandai-je.

— Non.

— Non, c'est tout ?

— Pas ici, dit-il. Ils sont tellement pressés de fermer qu'ils te coincent le pied dans la porte à tous les coups. (Il baissa la voix afin que le joueur de clavier, curieux, ne puisse l'entendre.) Ni ici, ni ailleurs.

Vexée, je rétorquai :

— La dernière fois que je t'ai vu, tu n'aurais pas craché sur un verre.

— Ouais ! Ben, c'est du passé. Pas une goutte. Depuis deux ans et deux mois.

— C'est bien, fis-je – et je le pensais. Écoute, tant pis pour le verre. Il faut que je te parle.

— Pas ici. Et pas chez moi.

Est-ce qu'il vivait avec quelqu'un ? Est-ce qu'il était remarié ?

— Ton numéro n'est pas dans l'annuaire.

— Je n'ai pas de téléphone.

— Si j'avais su que tu étais en ville, ça m'aurait facilité les choses.

— Possible ! Mais c'est pas mes oignons, hein ?

Deux types empilaient les chaises sur les tables. La serveuse balayait au fur et à mesure. Le patron regardait l'heure à la pendule murale.

Les bars ouverts après 2 heures du mat' se comptent sur les doigts d'une seule main. Boston n'est pas La Nouvelle-Orléans.

— On va faire un tour ? proposai-je.

— D'accord.

J'ai l'habitude de marcher de nuit. La pluie ne me fait pas peur. Mais là, c'était le déluge. Le vent chassait l'eau qui inondait les trottoirs pour la balancer droit dans mes chaussures ; mon parapluie battait d'une aile inutile. Cal, sans parapluie ni imper, ferma son blouson en jean et fourra une main dans sa poche. De l'autre il tenait sa basse.

— Tu connais un endroit encore ouvert ? criai-je par-dessus la tempête. Une pâtisserie ? Un snack ? Les trucs de nuit que je connais sont surtout fréquentés par les flics.

— C'est toi le chef, fit Cal, impassible, la pluie dégoulinant de son menton.

J'essaie toujours d'arrêter un taxi Green & White, question de loyauté à la compagnie, mais cette fois-ci, je chopai le premier venu, piloté par un Haïtien pas pressé.

Cal avait l'air d'un étranger, assis à l'arrière avec moi, sa basse entre les genoux ; le souvenir de notre mariage était comme un livre que j'aurais lu, une histoire qui serait arrivée à quelqu'un d'autre.

Je donnai mon adresse au chauffeur.

— Comment tu as décroché ? demandai-je.

— Alcooliques Anonymes.

— Je croyais qu'il fallait croire en Dieu pour aller aux AA.

— Une puissance supérieure, ça suffit. Ça m'a un peu gonflé au début, mais le choix était limité : ou croire en quelque chose, ou finir dans un trou à rats, cadavre avec une aiguille plantée dans l'avant-bras. J'avais une frousse bleue de choper le sida. J'ai toujours pensé que je mourrais jeune, mais quand même, pas comme ça.

— Tu aurais préféré un accident de moto ? suggérai-je en levant un sourcil.

— Ouais ! Dans une explosion de gloire. James Dean. Dick Farina. Au lieu de ça, je vais aux réunions des AA.

— C'est bien, répétai-je.

— Et je joue de la basse pour ceux qui me paient.

Nous n'échangeâmes plus un mot durant le reste du trajet. Les essuie-glaces clapotaient en rythme sur le pare-brise. Je réglai la course.

J'avais fourré mon double de clés dans ma poche arrière. Lorsque j'eus déverrouillé toutes les serrures, mes cheveux étaient trempés.

— Je me rappelle. Chouette maison. Grande, en plus, dit Cal, ruisselant, les pieds dans une flaque.

Je fourrai mon parapluie dans le porte-parapluies et quittai mes chaussures trempées.

— Je peux retirer mes godasses ? demanda Cal.

— Je t'en prie.

— Et poser ma basse ? L'étui est mouillé.

— Laisse-la ici. Je vais chercher des serviettes. Je reviens.

— Si ta tante avait vu toute cette flotte sur son parquet, elle aurait eu une attaque.

— Ouais, ben, c'est pas mon genre.

Je fonçai au premier et pris deux serviettes turquoise dans l'armoire à linge. J'en enroulai une en turban autour de ma tête et me dirigeai vers la salle de bains.

Ce fut la première chose que je remarquai en passant la porte. Sur le miroir, quelqu'un avait tracé deux mots tant bien que mal, en rouge sang : « Laisse tomber. » Du rouge à lèvres, constatai-je. Le sol était jonché de flacons de médicaments brisés et de comprimés multicolores. Du sirop contre la toux s'insinuait entre les carreaux.

Je descendis l'escalier en courant.

— Tu as toujours été très jolie en serviette de bain, Carly, dit Cal.

Je le bousculai pour filer au salon. Le divan était renversé, ses pieds peu solides n'avaient pas résisté. Cal m'avait suivie. Je l'entendis hoqueter.

— Appelle la police, dis-je.

— Il y a peut-être encore quelqu'un.

— Appelle la police, répétai-je. Le 911.

— Qu'est-ce que tu comptes faire avec ce machin ?

Pendant qu'il composait le numéro, j'avais ouvert le tiroir en bas à gauche de mon bureau, et sorti mon .38 du maillot de corps qui lui servait de linceul.

— Je vérifie qu'on ne me l'a pas piqué, rétorquai-je.

— On a pris quelque chose ?

Je fis un tour, lentement, le revolver pointé vers le sol. Les tables en acajou de tante Bea avaient été fracassées. Le tapis d'Orient avait un nouveau motif. D'après les bocaux et les boîtes qui traînaient – moutarde, beurre de cacahuète, ketchup – l'artiste n'avait pas lésiné sur les moyens. La pièce puait. Il avait fait son petit mélange personnel. Le pire. Urine et excréments.

— T.C. ! appelai-je pendant que Cal donnait mon adresse à la police de Cambridge.

Je montai au premier, revolver en main. Il n'y a pas grand-chose à quoi je tienne dans la maison, à part T.C., mon chat. Bizarre que j'aie pensé à lui en premier, et pas à Roz. Quoique… peut-être pas. Entraînée au karaté, Roz peut se défendre. Et c'était elle qui était chargée de faire changer ces foutues serrures.

Je fouillai la maison, pièce après pièce, consciente que j'aurais dû laisser les flics s'en charger, consciente que je prenais des risques inutiles. Mais il le fallait. Je voulais choper celui qui avait réduit en miettes les tables amoureusement polies de tante Bea, transformé son cher tapis d'Orient en une serpillière merdique – le choper et le faire casquer.

Pas le tuer. Lui faire mal. Et pas qu'un peu.

J'entendis un bruit dans l'escalier, et pivotai.

— Ils arrivent, Carly.

— Dix minutes, c'est ça ?

Ils disent toujours ça.

— Tu peux me faire une faveur ?

— Quoi ?

— Pose ce revolver.

— Si tu m'en fais une, toi aussi.

— Ouais ?

— Appelle-moi Carlotta.

— Je t'appelle comme tu veux, c'est toi qui tiens le revolver.

Je le baissai. Je me sentais furax et stupide.

— Bon Dieu ! dis-je. Bon Dieu de merde !

T.C. jaillit du placard à linge et fila dans mes jambes. Il ne miaula ni ne griffa lorsque je l'attrapai.

— Descendons, dit Cal, je t'offre un verre.

24

Les flics mirent vingt minutes à arriver. Ils étaient deux, ce qu'on appelle une équipe poivre et sel, un Noir et un Blanc. Ceux-ci étaient style Laurel et Hardy. Le Blanc était si corpulent que je me demandais comment il avait pu passer l'examen physique, à moins qu'ils aient pesé les deux en même temps et divisé le total par deux. Ils nous firent attendre dehors, sous la pluie, pendant qu'ils exploraient la maison pièce par pièce, comme je l'avais déjà fait, revolver au poing. Ils descendirent en rigolant comme si c'était le truc le plus marrant qui leur était arrivé cette nuit-là.

Puis, après avoir laissé des empreintes dégueulasses un peu partout, ils nous permirent de revenir au salon. Le gros tira un formulaire et le tendit au maigre, qui commença à le remplir.

Je ne m'attendais pas à autre chose. Il était tard. Pour eux, les effractions, c'était la routine. Mon quartier a la cote auprès des cambrioleurs.

— Vous ne cherchez pas d'empreintes ? demanda Cal. Vous ne prenez pas de photos ? Vous avez vu le miroir de la salle de bains ? Bon Dieu, on l'a menacée !

— Y a des témoins ? fit le gros flic d'un ton égal, regardant Cal droit dans les yeux.

— Le chat, dis-je. Caché dans un placard.

Le choc d'un scotch avalé en vitesse combiné au double bourbon descendu au bar, et à la bière un peu plus tôt commençait à se faire sentir.

— Ami ? Ex-mari ? voulut savoir le flic noir et maigre en lorgnant Cal.

— Ex, répondit Cal, sur la défensive.

— Vous avez quelque chose à voir là-dedans ? demanda le gros.

— Non, rien du tout.

— Y'en a qui arrangent des combines comme ça. Pour prouver à leur p'tite bonne femme qu'elle peut pas s'en tirer toute seule.

— Vous n'avez rien d'autre à proposer que cette psychologie de bazar ?

— Vous avez foutu quelqu'un en rogne, ces temps-ci ? me demanda le Noir. Viré quelqu'un ? Envoyé se faire foutre quelqu'un ?

— Moi ? dis-je innocemment, une p'tite bonne femme comme moi ?

— C'est des gamins, dit le gros pour calmer le jeu. Y font ça tout le temps. Ils ont dû voir le truc du message au rouge à lèvres à la télé. C't'un miracle qu'ils aient écrit deux mots sans faute. Du beurre de cacahuète et de la confiture sur le tapis. D'la merde aussi, à moins que ce soit le chat. Les gosses respectent plus la propriété,

— Du verre brisé, observa le flic noir, secouant la tête et traînant les pieds à travers le salon. Ils ont dû envoyer une brique dans un carreau et entrer par la fenêtre. Bonnes serrures. Pas moyen de les forcer. Devriez barricader les fenêtres pour cette nuit. Vous connaissez un truc ouvert à cette heure-ci ?

— Oui, dis-je en pensant qu'ils n'étaient pas fichus de remarquer quelque chose de bizarre dans la façon dont les carreaux étaient cassés.

— Votre assurance couvre sûrement le bris de glaces, dit le Blanc. Faites des photos.

— Bien sûr, dis-je.

Tout ce que je voulais, à présent c'était qu'ils se tirent de chez moi. J'avais besoin de réfléchir.

— Bonne nuit, dis-je. Merci d'être venus si vite.

Cal me regarda comme si j'avais besoin d'un électro-encéphalogramme dare-dare.

— Désolé que ce soit tombé sur vous, dit le flic noir. Faites une liste des objets volés et apportez-la au poste. Oubliez pas la photocopie pour votre assureur.

J'y allai d'une remarque sur le temps pourri et tous les crétins qui sortent par une nuit pareille.

Du moment qu'il faisait moins chaud, cela ne les gênait pas, dirent-ils. Puis ils partirent.

— Qu'est-ce qui se passe, Carly ? fit Cal avec un regard appuyé.

— Carlotta, rectifiai-je machinalement. Écoute, rentre chez toi, on discutera demain.

— Je suis trop énervé pour rentrer. Je vais t'aider à ramasser les débris.

— Surtout les débris de verre.

— Qu'est-ce que tu veux dire ?
— Tu vois du verre dans cette pièce ?
— Non.
— C'est parce que les vitres ont été cassées de l'intérieur.
— De l'intérieur ? répéta Cal.
— Oui. « Mais alors, comment ces joyeux farceurs sont-ils entrés ? » demandèrent les flics.
— Ils ne l'ont pas demandé.
— Mais s'ils l'avaient fait, j'aurais pu le leur expliquer.
— Vas-y !
— Ils ont utilisé mes clés.
— Tu devrais rappeler les flics, dit Cal après réflexion.
— Et toi, tu devrais rentrer.
— Tu devrais appeler cette boîte de réparations de nuit.

J'avais menti aux flics. Je ne connaissais pas de sauveteurs spécialisés dans les cambriolés. Je connais Gloria, la standardiste de Green & White. Gloria a trois frères, dont le plus jeune s'est fait jeter de l'équipe de football pour brutalité excessive. Ils travaillent çà et là, à des heures pas possibles. Je ne pose jamais de questions sur leurs carrières professionnelles.

Un SOS à Gloria, et ils se pointent.

Ils barricadèrent les fenêtres de devant avec des planches, maudirent ce temps de merde et m'assurèrent qu'ils enverraient quelqu'un pour remplacer les vitres le lendemain matin.

Je leur proposai de vider la bouteille de scotch de Roz. Elle me devait bien ça. C'était elle qui avait oublié de faire changer les serrures. Pendant que les frères de Gloria jouaient du marteau, Cal m'aida à dresser l'inventaire et à tout nettoyer. Non qu'on puisse faire grand-chose. Le tapis avait besoin des soins d'un professionnel. Nous ferions plus de mal que de bien à l'attaquer avec des remèdes maison ; nous le roulâmes tel quel et le plantâmes dans l'entrée.

Je donnai à manger au chat. On n'avait pas touché à son Sheba, et le voir bâfrer me fit du bien. Une oasis de sérénité dans ce chaos.

Un sachet de farine avait été balancé au milieu de la cuisine. Il y en avait pour deux kilos et demi. L'assaillant – C'est ainsi que je le considérais – avait vidé deux flacons de sirop d'érable sur le tas. Puis il avait étalé le mélange à coups de balai avant qu'il ne durcisse.

Dans le salon, le blouson en jean de Cal était suspendu au portemanteau et ses chaussettes mouillées posées sur le radiateur froid. Il avait remis ses chaussures à cause du verre brisé et redressé le canapé. Il portait la serviette turquoise autour du cou, comme un boxeur ; ses cheveux en broussaille étaient trempés de pluie, ou de sueur. Il tenait dans ses grandes mains la photo encadrée de Paolina, et enlevait des échardes de verre plantées dans le cliché ; il se tourna vers moi, l'œil interrogateur.

— Ma petite sœur, dis-je.

— Je croyais que c'était ta fille.

— Je fais partie de l'Organisation des Grandes Sœurs.

Il reposa la photo et balaya avec précaution le dessus de cheminée en bois.

— Tu n'es pas remariée ?

— Non. Et toi ?

— Non.

Il entreprit de remplir un autre sac-poubelle. Je me rappelai comment il était après un concert – défoncé par la musique, chargé à l'adrénaline. C'est pour ça qu'il buvait, me disait-il. Qu'il se camait, aussi. Il avait besoin de ça pour redescendre après les concerts. Il était trop excité pour dormir, mais fatigué, si fatigué.

— Ça t'arrive souvent, ce genre de trucs ? voulut-il savoir.

— Non.

— Moi qui croyais que mon boulot était merdique.

— Assieds-toi, dis-je.

— Non, non. Ça va. Peut-être que je devrais me dégoter un job de nettoyeur, la nuit, dans les immeubles, après avoir joué avec cette bande de nuls. Ça fait à peine un mois que le groupe s'est monté, et ça déconne déjà. Roger, le guitariste, ne pourrait même pas diriger un orchestre de planches à laver.

Je n'allais pas m'asseoir pendant qu'il s'activait, alors je ramassai les restes d'une tasse et les jetai dans un sac-poubelle double résistance. Le canapé et les fauteuils n'étaient pas éventrés. C'était déjà ça. Mais pourquoi l'aurait-on fait ? Ce n'était pas pour trouver quelque chose, c'était juste pour me donner un avertissement.

Pour m'avertir de quoi ?

— Tu as eu un bon solo dans le troisième morceau, et dans la dernière chanson aussi, dis-je à Cal, reconnaissante de son aide et de sa présence.

Roz n'était pas revenue de sa tournée des bars. Peut-être ne rentrerait-elle qu'à l'aube.

— Oui, ça fait pas lourd sur toute une soirée.

— Tu pourrais trouver un meilleur groupe.

— Sûr ! Y a la queue sur un kilomètre pour embaucher des bassistes ex-camés. Tu joues encore, toi ?

— Pour ne pas perdre la main, c'est tout.

— Tu as toujours ta National ?

— Sous mon lit.

J'aurais préféré ne pas prononcer le mot « lit ». Il résonna, très fort à mes oreilles.

— Je vais te jouer quelque chose, dit Cal, trop naturel.

— Tout ça est lié à mon boulot, Cal. Tout ce désordre, tout ce chaos découle d'une affaire en cours.

— Tu veux dire que ça pourrait avoir un rapport avec moi ?

— Tu pourrais m'aider.

— Pourquoi ?

— Au nom d'une vieille connaissance à nous…

Il s'accroupit et balança les tessons de porcelaine brisée dans le sac-poubelle.

— Tu te rappelles, quand on venait ici en cachette, du vivant de ta tante ? Avant qu'on se marie ? Elle savait ce qui se tramait. Elle n'était pas si bête.

— Je savais qu'elle savait, et elle savait que je savais qu'elle savait, mais il fallait sauver les apparences. Question de générations.

Il se leva.

— Y a-t-il encore l'ancienne génération dans la maison ?

— Non.

— Tu danses ?

Il se tourna vers moi subitement, jetant ses mots comme un défi. C'était les premiers qu'il m'ait jamais dits, le jour de mon dix-neuvième anniversaire. Nous assistions à un concert. Personne ne dansait. Il n'y avait même pas de piste de danse.

Dans notre langage amoureux, « Tu danses » était devenu un raccourci pour des activités plus intimes.

— Au milieu de ce bazar ?

— Personne n'a été blessé, pas même le chat. Il faut fêter ça.

— J'imagine que tu as pas mal dansé après moi.

— Et toi aussi, sans doute. Je suis sain. Inspecté, estampillé.

— Moi aussi.

— Je ne suis pas contre les préservatifs, si nécessaire.

— Quelqu'un t'attend chez toi, Cal ?

— Juste les rats et les cafards.

— Pas de femme qui risque de nous haïr tous les deux demain matin ?

— Non.

— Juré ?

Il toucha ma joue de ses doigts durcis par les cordes, et l'onde de choc explosa en moi.

— Il faut que je trouve Davey Dunrobie.

— Ce soir ? demanda-t-il doucement, sa bouche à un centimètre de la mienne.

— Non.

25

Je m'éveillai lentement, en me demandant pourquoi j'avais si chaud. Par une nuit d'août caniculaire, c'est à peine si je portais un T-shirt pour dormir, et je n'étais tout de même pas sous ma couette. À moitié endormie, j'essayai de repousser le poids qui m'étouffait.

Je m'arrêtai à mi-chemin. Ce n'était pas la couette. C'était un homme.

L'alcool de la nuit précédente m'alourdissait la langue. Durant les chaudes nuits d'été, Sam et moi dormions dans son appartement de Charles River Park, dans la béatitude de l'air conditionné.

Ce n'était pas Sam. C'était Cal. Mon ex-mari.

Celui-ci remua, gémit et roula sur l'oreiller, à côté de moi. Je m'étirai avec précaution, découvris que, à part ma langue, tout le reste était en pleine forme.

« Ne couche jamais avec ton ex-mari. »

Je trouvai un certain réconfort dans l'idée que ma grand-mère n'aurait jamais pu envisager ce genre de situation. Donc pas de danger qu'elle ait soufflé un proverbe yiddish approprié à ma mère.

Mon gilet était sur le dossier d'une chaise, ma petite culotte accrochée à la poignée du tiroir de la table de nuit. Le reste de nos vêtements éparpillé par terre. Je ne vis pas mes chaussures.

La pluie. Les chaussures mouillées dans le vestibule. Non. Nous les avions remises à cause du verre cassé.

Le verre cassé ! Je me dressai d'un bloc. Quelle heure pouvait-il être ? Est-ce que le camion des vitriers allait débarquer d'un moment à l'autre ?

Cal gémit doucement et tira sur le drap. Je lui touchai le bras. Son corps mince avait bien vieilli ; il était plus sec, plus dur. La nuit dernière, mes mains avaient rencontré, dans leurs explorations, une cicatrice sur son ventre plat. Appendicectomie ou bagarre de bistrot. Faudrait demander.

Je sortis du lit, toute nue, allais jusqu'au téléphone et composai rapidement le numéro. Je parlai doucement, mais je n'avais pas besoin de m'encombrer de précautions. Cal pouvait dormir en pleine tempête autrefois.

— Mooney ?

J'avais de la chance ; il avait répondu à la deuxième sonnerie.

— Ouais ?

— Tu ne rentres jamais chez toi ?

— Pourquoi cet intérêt soudain pour ma vie privée ?

Je changeai rapidement de registre.

— Du nouveau dans l'autopsie de la bassiste ?

Si la théorie du suicide satisfaisait les flics, pas la peine de faire des vagues, vitres brisées ou non.

— Ça ne s'annonce pas joli, joli pour ta copine.

— Qu'est-ce que ça veut dire ?

Je l'entendais farfouiller dans ses paperasses.

— Traduction du rapport du médecin légiste, marmonna-t-il. Voilà ! Apparemment, notre Blanche de sexe féminin – Hunter, Brenda, Alice – s'est finie de trois façons : alcool, chimie et injection, pour plus de sûreté. Un mélange de cocaïne et d'héroïne. Et pour tout arranger, on n'a rien retrouvé, ni seringue ni aiguille. On en est là. On l'a trouvée dans le plumard de Dee Willis, raide morte. Et Dee Willis a été la première sur les lieux, avec une bande de traîne-savates qui mentent pour l'empêcher de se charger. C'est peut-être un accident, mais bon Dieu ! Elle a probablement tué la fille. Qu'est-ce qu'elle a écopé, celle qui a descendu John Belushi ? Second degré ?

— Mooney, la meurtrière de Belushi avait ses instruments sur elle et un casier judiciaire long comme le bras aux Stups. Elle a tout admis, tout reconnu. T'as trouvé une seringue dans l'étui à guitare de Dee ?

— Elle a eu tout le temps de s'en débarrasser.

Je posai les fesses sur la commode, dressée sur la pointe des orteils.

— Écoute, Mooney. On s'est introduit chez moi la nuit dernière.

J'éloignai le combiné de mon oreille pour m'épargner l'explosion. Mooney pense qu'une femme ne doit pas vivre seule. Lorsque son père est mort, sa maman s'est dépêchée de vendre les propriétés de famille dans le Sud pour s'installer chez son cher petit. Mooney grogna, bafouilla et finit par décider de garder son opinion pour lui, Dieu merci ! Il dit : « Ça va ? » d'un ton si doux que je faillis le louper. Je fixais mon lit et le pied osseux de Cal qui pointait sous le drap.

— Ça va. (Je pressai le combiné contre mon oreille et essayai d'enlever tout sourire de ma voix.) Si je te dis ça, c'est que ce n'est pas un casse banal. Mon sac à main a été piqué au Berklee. On a utilisé mes clés pour rentrer et tout casser.

— Tu as porté plainte pour ton sac ?

— Pas exactement. J'ai appelé Joanne Triola et je lui ai demandé de m'avertir si on retrouvait mon portefeuille dans une poubelle. Je n'avais pas plus de dix dollars sur moi.

— J'ai du mal à croire que tu n'aies pas changé les serrures.

— Roz devait s'en occuper. Et ne me dis pas que tu as du mal à croire que je fasse confiance à Roz. La prochaine fois que je la vois, je la chope et je lui teins les cheveux en bleu, comme une mémé. Après lui en avoir arraché la moitié.

— T'as eu une sacrée veine de ne pas être sur place.

— Quelqu'un a laissé un message sur mon miroir : « Laisse tomber. »

— Polis, les bougres. D'habitude, ils écrivent des gros mots. Et tu crois que ça a à voir avec Dee Willis ?

— Avec quoi d'autre ? Qu'est-ce que je devrais laisser tomber d'autre ?

— J'arrive.
— Non, dis-je aussitôt.
— Gianelli est avec toi, c'est ça ?
Je ne devrais jamais appeler Mooney quand je suis toute nue. Parfois, je crois qu'il est capable de voir à travers le combiné.
— Non, dis-je avec l'accent de vérité.
— Alors, j'arrive.
— Mooney, pas la peine de perdre ton temps. Mets ton meilleur limier sur la piste de Davey Dunrobie. (Je lui épelai le nom.) C'est le vieux pote que Dee cherchait dans le parc. Et regarde si tu peux mettre la main sur un dossier déjà ancien – ce sera peut-être dur, mais pas impossible. Un suicide, ou un accident. Overdose. L'amie dont je t'ai parlé. En 1978 – ouais ! Ne crie pas. Je sais, mais je ne peux pas m'en empêcher. 28 octobre 1978. Lorraine Holbrook.
Sweet Lorraine. J'aurais parié que c'était une des chansons mentionnées dans la lettre de l'avocat. Davey prétendait que le fameux *For Tonight* de Dee était en réalité son *Sweet Lorraine.*
— Elle habitait à Jamaica Plain, dis-je à Mooney.
— La rue ?
— Addison, je crois. Avenue ou allée Addison, je ne suis pas sûre.
— Tu n'en es pas sûre…
— Il me semble… Écoute, Mooney, à l'époque, sur un suicide présumé – alcool et produits chimiques – tu crois qu'ils auraient cherché des traces d'injection ?

— En 78 ? Non, à moins qu'ils n'aient pensé que ta copine se défonçait à l'héroïne. Les cocktails sont devenus à la mode avec John Belushi. Maintenant, tous les légistes dans le coup vérifient.

— On te met la pression pour que tu boucles Dee ? C'est juteux pour la presse, c'est ça ?

— Ça va encore. Mais dis-moi un truc. Est-ce que tu crois que Dee Willis pourrait les avoir tuées toutes les deux ? De la même façon ?

— Non, Moon, ce n'est pas ce que tu crois.

— Alors, qu'est-ce que tu penses ?

— Ne te mets pas en rogne. Je pense que ce serait intéressant à découvrir, c'est tout. Allez, au revoir.

Lorsque je m'assis sur le lit, Cal avait les yeux grands ouverts.

— On écoute aux portes ? demandai-je.

— Et on mate les femmes nues.

Je mis une cassette de Roy Block dans mon magnéto, augmentai le volume et me glissai près de lui.

— C'est tout ce que tu sais faire avec les femmes nues ? demandai-je en battant des cils.

Ce qui nous fit rire tous les deux. Il tendit la main vers moi.

Block chantait *Send the man back home* et nous fîmes encore l'amour – mieux que pendant la nuit, bien qu'avec moins de frénésie. Cal avait appris deux ou trois trucs nouveaux depuis mon époque.

Je vérifiai qu'il avait une capote. Merde ! pensai-je, si on ne peut pas faire confiance au salaud qui vous a plaquée dix ans plus tôt, à qui d'autre... ?

Je me mis sur lui pour contrôler vitesse et profondeur. Ses doigts couverts de durillons touchèrent mes seins. Trouvait-il la séance matinale plus agréable, moins combative ? La nuit dernière, je m'étais demandé depuis combien de temps il n'avait pas touché une femme.

Après, je secouai le drap de dessus comme un éventail géant sur nos corps en sueur. Dressé sur un coude, il passa son index sur mon nez, trois fois cassé.

— Pourquoi tu ne t'es pas remariée ?

Je fermai les yeux et oubliai l'heure, les vitriers et le gâchis du rez-de-chaussée.

— Parce que je ne suis pas une affaire au lit.

— Beau numéro d'acteur, alors, tous ces cris, toutes ces acrobaties…

J'écoutai Block chanter a cappella la fin de *Foreign Lander* :

I've conquered all my enemies
On Land and o'er the sea
But you, my dearest new love
Your beauty has conquered me

J'ai vaincu tous mes ennemis
Sur la terre et au-delà des mers
Mais toi, mon amour, mon amour,
Ta beauté m'a vaincu.

— Tu as une bonne sono, constata Cal.

— Surpris ?

— Non.

Je ne pouvais ignorer sa question antérieure.

— Tu demandais pourquoi je ne m'étais pas remariée. Primo : à cause de toi. Tu m'as plutôt dégoûtée de l'institution, pourtant mon père et ma mère avaient déjà fait de leur mieux. Deuxio : je déteste les compromis. (J'entrevis mon étui à guitare ouvert sur le plancher.) Tertio : il me semble que tu m'as joué une chanson, hier soir.

— Tu devais être saoule.

— Sérieusement, par curiosité. Qu'est-ce que tu as joué ?

— *Make me a pallet on your floor* – mets-moi un matelas sur le plancher –, admit-il d'un air penaud. Ce vieux Sandy Denny m'a semblé de circonstance.

— Il est tard, dis-je.

— Prenons une douche. Je te frotterai le dos.

— Coupable, chanta-t-il sous la douche pendant que j'essayais de me grouiller. Je suis coupable et je le serai jusqu'à ma mort.

Nous fîmes une tentative avec la complainte de Randy Newman dans une harmonie décousue, puis Cal fit la ligne de basse pendant que je chantais la mélodie et qu'il me savonnait le dos.

How come I never do the things I'm s'posed to do ?
How come nothing I ever do seems to turn out right ?

Comment ça se fait, que je fasse jamais ce que je devrais faire ?

Comment ça se fait que tout ce que je fais tourne mal ?

— Moi, je suis censée être au boulot, dis-je avec fermeté quand les mains de Cal se hasardèrent sur mes seins.

— OK, miss. Cycle de rinçage.

J'ouvris le rideau de la douche et sortis la première.

Cal s'essuya les cheveux avec une serviette en me regardant agrafer mon soutien-gorge dans le miroir embué.

— Tu couches avec tous les mecs que tu veux interroger ?

— Bien sûr, fis-je d'une voix neutre. Et ils me disent toujours toute la vérité.

— Quelle vérité suis-je censé connaître ?

— Commence par Davey Dunrobie.

— Tu as couché avec lui. Ça, je sais que c'est vrai. Il me l'a dît.

— Et toi avec Dee Willis. Bon Dieu ! Tu couchais avec toutes les filles qui admiraient ta façon de jouer.

Il battit en retraite.

— Qu'est-ce qui se passe avec Davey ?

— À toi de me le dire.

— On a essayé les AA ensemble, mais il n'a pas accroché. Donc je l'ai évité. C'est une de nos règles. Tu ne peux pas rester clean si tu traînes avec des camés.

— La dernière fois que tu l'as vu ?

— Il y a des années ! Trois au moins.

— Il vivait où ?

— Dans une espèce de communauté sur Mission Hill.

— Religieuse ? Il y a plein d'églises dans ce quartier.

— Végétarienne et alcoolisée. On y jouait du reggae.

— Tu y connaissais des gens ?

— Désolé. Ça viendra peut-être. Malcolm quelque chose.

— Davey composait-il des chansons lorsqu'il jouait avec Dee ?

— Non. Pourquoi ?

Je n'avais pas envie de le lui dire ; je changeai de sujet.

— Pourquoi tu as quitté Dee ?

— Je croyais que c'est Davey qui t'intéressait.

— Pourquoi ?

Il fourra son portefeuille dans sa poche arrière.

— Je ne l'ai pas quittée. C'est elle qui m'a viré.

J'étudiai son visage dans le miroir.

— J'étais trop défoncé et trop bourré pour comprendre la chance que j'avais. Et je ne parle pas de Dee. À ce moment-là, on ne couchait plus ensemble. Carly, tu sais, tous les jours, je m'en veux d'avoir renoncé. Dee… quoi qu'il en soit, quoi qu'elle ait fait, quoi qu'il lui faille faire pour maintenir un groupe… elle n'a pas abandonné. Elle te balade, elle te laisse respirer, puis elle te ferre comme un poisson au bout de sa ligne. Elle travaille librement, mais elle est enracinée. Le blues, c'est… c'est en elle. Elle sait où commence la musique et où elle finit.

Je ne pense pas avoir jamais entendu Cal mettre autant de mots à la file. Il ne pouvait pas savoir que Dee aurait bientôt besoin d'un bassiste.

— Tu as ton regard de flic, dit-il. Je me rappelle.

— Parle-moi de ce Malcolm quelque chose.

— Une sorte de gourou de Mission Hill. Je pourrais peut-être retrouver l'endroit où il vivait. On a fait quelques fêtes là-bas, plutôt scandaleuses. Tout bien réfléchi, je ne suis pas sûr que je pourrais le retrouver. Faut être défoncé pour y aller.

— Essayons quand même. Maintenant. Et sobres.

— Carly, est-ce que je suis bon maintenant que je suis sobre ?

— Bon à quoi ?

— À ce que je fais.

— Jouer de la basse ou faire l'amour ?

— Allez !

— Tu restes en retrait, Cal, dis-je en me tournant vers le miroir pour me brosser les cheveux, durement. Pour tout sauf pour la musique. Pourquoi as-tu besoin de le demander ?

26

Au rez-de-chaussée, les vitriers étaient arrivés et Lemon les aidait à maintenir les planches pendant que les marteaux cognaient. Roz s'acharnait sur le sol de la cuisine avec ce qui ressemblait à un assortiment de raclettes à peinture ; je ne l'avais jamais vue aussi contrite. Un balai et un seau étaient posés dans un coin. Ses cheveux zébrés étaient cachés sous un turban.

— Je vais rester à genoux, dit-elle. J'ai oublié, pour les serrures. Je suis désolée.

J'ai horreur des gens qui s'excusent avant que j'aie pu les enguirlander.

— Salut ! fit Roz en direction de Cal, changeant adroitement de sujet. Je vous connais ?

— Je suis l'ex-mari, dit Cal.

Les sourcils de Roz grimpèrent jusqu'au bord du turban, mais elle ne dit mot.

Traversant la gadoue sur la pointe des pieds, j'allai ouvrir le réfrigérateur. Cal me suivit, scruta les étagères d'un œil critique, et accepta avec enthousiasme de manger un morceau sur le chemin de Mission Hill.

Charlie's Kitchen, sur Harvard Square, sert des œufs au plat corrects, mais Cal et moi avions l'habitude de les partager il y a bien longtemps, et je ne voulais pas titiller les vieux souvenirs. Nous nous contentâmes d'Egg McMuffins, à emporter, au McDonald près de Fenway Park. Rien de nostalgique, du vite fait.

Mission Hill est un quartier cosmopolite dans un Boston où les races vivent nettement séparées. Les Blancs ont tendance à s'installer du côté de Brigham, un raccourci qui désigne l'énorme bloc formé par la clinique d'accouchement et l'hôpital Peter Bent Brigham. Les Noirs disent qu'ils habitent « sur la colline ». Pendant un temps, la ville a essayé d'appeler le quartier Parker Hill/Fenway, pour que ça sonne mieux. Plantée entre Boston et Brookline, à proximité de Roxbury, Mission Hill a une sale réputation. Je m'assure toujours que les portes de mon taxi sont bouclées avant d'accepter une course de nuit dans ces parages.

— Tu ne conduis toujours pas ? demandai-je à Cal alors que nous progressions lentement le long de Huntington Avenue, évitant les rails du trolley.

— J'ai appris mais je n'ai pas de voiture.

— Automatique ou à changement de vitesse ?

— Automatique.

Pour moi quelqu'un qui conduit une voiture à boîte automatique ne sait pas vraiment conduire, même s'il a le permis pour ça.

— Tu es encore en contact avec des gens qu'on connaissait ? demandai-je.

— Je ne sais que ce que j'ai lu dans les journaux, pour Dee. Denny vit en Angleterre, je crois.

— J'ai eu beaucoup de mal à retrouver tout le monde.

— Ça ne m'étonne pas. Après la mort de Lorraine, on s'est tous éparpillés.

— Ouais.

— Jeff est entré à la clinique Mc Lean's. Je crois qu'il avait peur de finir comme elle.

— Je ne me rappelle pas son nom de famille.

— Melch, je crois. Je serais curieux de savoir s'il est toujours en vie. J'ai entendu dire qu'il avait envoyé sa bagnole contre une rambarde en béton. Apparemment, il est branché hôpitaux.

Je contournai une VW ramollo et pris la file de droite.

— Si Lorraine ne s'était pas tuée, fit Cal avec un regard en coin dans ma direction, on serait sans doute encore mariés. J'aurais un boulot sûr. Journaliste aux bonnes manières, VRP, comptable. Peut-être même qu'on aurait des gosses.

Je m'arrêtai à un feu rouge, enfin, orange. J'aurais foncé mais le type devant moi avait freiné.

— Et tu mets tout ça sur le dos de Lorraine ?

— Pas toi ? Je me rappelle cette semaine-là comme si c'était hier. Peut-être même mieux. La morgue. Tous ces chrysanthèmes jaunes. J'ai pensé, si la vie peut s'arrêter en une seconde – et sans prévenir – il vaut mieux ne pas traîner, Calvin, et faire ce que tu veux faire, tout de suite. Parce qu'il pourrait bien ne pas y avoir d'après.

J'écoutais Cal tout en évitant des ornières assez profondes pour avaler ma Toyota, mais mon esprit ne cessait de faire l'aller et retour entre Lorraine et Brenda. Une morte dans un appart' crade ; une morte dans la suite d'un hôtel de luxe. Chimie et alcool. Alcool et chimie. Plus une injection.

— Dee prenait de la dure quand tu étais avec elle ? Elle se shootait ?

— Je ne pense pas. La moitié du temps, j'étais tellement out que je ne peux pas être sûr de ce que faisaient les autres. Je sais seulement ce que je faisais, moi.

Je me rappelle l'étrange petite voix de Dee au bout du fil, si lointaine, disant : « J'aurais dû appeler le médecin. Peut-être qu'elle était encore en vie. »

Cal me fit descendre et remonter plusieurs fois Huntington, une véritable piste de cross avec les nids-de-poule et les rails de trolley. Il grommela tant et plus, se plaignant qu'il irait plus vite à pied. Je suivis le trajet des trolleys, m'arrêtant aux arrêts de bus, posant des questions à Cal. Te rappelles-tu cette blanchisserie ? Ce magasin de spiritueux te dit quelque chose ?

— Arrête de me les casser, protesta-t-il. Ça me reviendra.

Il me fit prendre à gauche, près de l'hôpital de Parker Hill. Nous sillonnâmes lentement les rues à sens unique jusqu'à un parking à proximité d'un terrain de jeux décrépit et d'un lotissement.

— Ces arbres, dit-il avec lenteur. J'étais avec Davey et on a plongé derrière ces arbres pour pisser un coup.

— Ces arbres-là ? répétai-je, sceptique.

Ils n'avaient rien de particulier, à mon avis.

— Ils puent. C'est des Ailanthus. Des arbres des villes. On ne peut pas les tuer. Ils poussent à travers le béton. Tourne à gauche.

— C'est comme si c'était fait.

— C'est un de ces immeubles. En tout cas, c'est dans le coin.

— Merci pour tout. (Je manœuvrai pour faire un créneau serré, mais autorisé.) Peut-être que ça va m'aider.

— Qu'est-ce que tu comptes faire ?

— Frapper aux portes et demander si quelqu'un se souvient de Davey.

— Tu as besoin d'un garde du corps avec un fusil ? demanda-t-il en regardant autour de lui, mal à l'aise.

— J'ai bossé dans des quartiers plus chauds, ripostai-je en me hérissant.

— Ouais, mais aujourd'hui, tu as l'air d'avoir passé la nuit à faire ce que tu as fait. T'as pas l'air d'un flic.

— Les policiers baisent pas, à ton avis ?

— Arrête de m'engueuler. Je peux venir ? Peut-être que je reconnaîtrai quelqu'un. Ce Malcolm, là…

Je ne suis pas sûre qu'il en mourait d'envie mais ni lui ni moi n'avions la force d'inventer un moyen de nous dire au revoir. « Je t'appelle », ne semblait ni adéquat ni honnête. « Pas la peine de m'appeler », trop dur.

Il prit un côté de la rue, moi l'autre. Je longeai des immeubles de trois étages, gris et vétustés, séparés du trottoir par une bande de terrain de soixante centimètres environ, de quoi loger des carrés d'herbe brunâtre et, çà et là, un buisson rachitique. Du côté de Cal, les constructions étaient en brique jaune, plus hautes, et bâties à ras du trottoir.

Les gens hésitaient à ouvrir leurs portes, et je ne pouvais le leur reprocher. Je m'enquis de Dunrobie à travers des fentes d'un centimètre. Demandai un certain Malcolm. Une communauté végétarienne dans les parages.

Au bout de la rue, je n'étais guère plus avancée. Cal et moi nous retrouvâmes au carrefour.

— Tu as trouvé quelque chose ?

— Non.

— Je sais qu'on brûle, insista-t-il.

— J'ai autre chose à faire.

— Et si je continuais tout seul ?

— Je ne te le demande pas.

— Je sais. Mais ça pourrait être un commencement d'excuses.

— Pardon ?

— C'est un truc des AA. Les douze pas. Tu retournes t'excuser auprès de ceux auxquels tu as fait du mal du temps où t'étais accro.

— Tu peux t'excuser si ça te chante, ça ne change rien.

Il s'éloigna.

— Cal, criai-je, j'aimerais bien. J'aimerais beaucoup que tu m'aides à trouver Davey.

27

Dee était descendue d'un étage. Elle avait toujours droit à une suite, la 718, mais nettement moins chic que la précédente. J'utilisai le nom de Mooney comme mot de passe auprès des deux cerbères en civil qui gardaient sa porte. Je me demandai s'ils empêchaient les journalistes d'entrer ou Dee de sortir.

Elle n'était pas seule.

Hal, nerveux, planait au-dessus d'un élégant monsieur qui était assis sur une chaise, raide comme la justice. Je le reconnus pour l'avoir vu à la fête ; c'était l'un des types qui paraissaient sortis tout droit d'une pub dans *Vogue Hommes*. Peut-être craignait-il de froisser son costume s'il s'adossait à la chaise. Dee le présenta avec un sourire forcé.

— Mr Harvey Beringer, vice-président de MGA/America, qui, justement, était sur le point de partir.

Mr Beringer eut l'air surpris d'apprendre son départ imminent. Dee se contrôlait à grand-peine.

— Bien joué, Dee, fit Hal sarcastique alors que Beringer claquait la porte.

— C'est ton tour, cracha-t-elle. Casse-toi !

— Pas question !

— Dee, j'ai besoin d'une copie de la lettre que tu m'as montrée. Celle de Lockwood, dis-je.

— Quoi ? Ah ! Euh… Je n'ai pas de copie.

— Alors fais-moi confiance et passe-moi l'original. Je ne le perdrai pas.

— Merde ! cria Dee. Tu ne peux pas aller faire un tour, Hal ?

— Pas question ! Tu as encore deux journalistes et trois VIP de MGA/America à rassurer. Ils t'attendent.

— Dee, insistai-je, donne-moi la lettre.

— Je t'ai dit de laisser tomber.

— Trop tard.

Elle ne changea pas d'expression mais sa respiration se fit plus rapide.

— Je ne sais pas si je vais la retrouver, tu vois…

— Dis-moi juste le nom des trois chansons, repris-je d'un ton égal.

Elle me jeta un regard qui se prolongea, puis ouvrit un tiroir de la commode, farfouilla sous des foulards, et tira l'enveloppe.

— Je vais le payer. Je vais lui donner tout ce qu'il veut…

— Est-ce que vous pouvez faire entrer un brin de jugeote dans sa tête de pioche ? me demanda Hal en se laissant tomber sur la chaise désertée par Mr Beringer.

Dee se mit à faire les cent pas.

— Hal, ici présent, est d'avis que si j'ai besoin de fric, je n'ai qu'à l'emprunter à un requin de ses amis. Tu sais, le genre qui te brisent les doigts si tu rembourses en retard.

— Ferme-la, dit Hal.

— Ferme-la toi-même, rétorqua amèrement Dee. Aux premiers ennuis, tu t'écroules.

— Aux premiers... Ça, c'est fort ! Jamais personne n'est mort au cours d'une de mes tournées ! Jamais !

Il y avait deux verres sur le plateau de marbre de la table à côté de la chaise. Hal saisit celui qui était encore plein d'un liquide ambré et le vida d'un trait.

— Vous connaissez un prêteur dans le coin ? demandai-je à Hal lorsqu'il fit mine de se calmer un brin.

— Un requin, rétorqua Dee.

— Un ami, se défendit Hal. Un type qui m'a déjà prêté de l'argent.

— Hal est un joueur invétéré, fit Dee en donnant aux mots la même intonation que dans l'une de ses chansons. De toute la tournée, il préfère le moment où on passe par Atlantic City.

— Il sait, pour l'argent ? demandai-je.

— Je sais qu'elle veut signer un contrat idiot avec MGA/America, et qu'elle le regrettera pour le restant de ses jours, dit Hal. Tu peux obtenir bien plus que tu ne demandes, Dee. Plus d'argent. Plus de pouvoir. Tu es au top. Si MGA ne veut pas signer, Capitol, RCA, n'importe quelle grosse boîte est prête à le faire. Et avec une bonne grosse avance bien juteuse.

Trois cent mille dollars me semblaient une bonne grosse avance bien juteuse.

— Dee, dans la lettre, est-ce qu'il demande la bonne somme ? risquai-je.

— Comment ça ?

Je coulai un regard vers Hal. Peut-être savait-il que Dee avait besoin d'argent, mais quoi d'autre ?

— Est-ce qu'un tribunal lui en donnerait davantage ? insistai-je.

— Hal, fiche le camp. Et tout de suite, ou je te vire, déclara Dee.

Il sortit en claquant la porte, annonçant qu'il serait de retour dans exactement trois minutes.

— Trois cent mille dollars seraient corrects, fit Dee en se remettant à tourner en rond, l'enveloppe à la main. S'il avait écrit les chansons.

— Pourquoi ? Comment en est-il arrivé à ce montant ?

— L'automatique.

J'avais entendu parler des « mécaniques » à la soirée de MGA, mais je ne comprenais toujours pas ce que ça voulait dire.

— Explique-moi ça.

— Dans la chanson, tu ne gagnes rien avec tes droits d'auteur, à moins d'être une super-vedette qui tient un studio par les couilles. Tu gagnes sur ce que tu écris, et surtout sur des chansons reprises par d'autres chanteurs. Parce que tu touches sur chaque exemplaire vendu. Un pourcentage ou un fixe. C'est selon.

— C'est selon ? fis-je, complètement noyée.

— Écoute ! Tu as ton studio d'enregistrement, ton compositeur, ton éditeur de chansons et ton chanteur. Pour l'instant, on laisse le chanteur en dehors du coup. La part du compositeur est toujours la même. C'est automatique ; c'est comme ça. Si tu gardes ton copyright, tu gardes tes droits et tu touches ton pourcentage. Mais parfois, les auteurs-compositeurs abandonnent leurs droits d'auteur. Si tu les abandonnes, tu partages ton pourcentage avec ton éditeur.

— Comment abandonne-t-on ses droits d'auteur ?

— Beaucoup de boîtes l'incluent dans le contrat. Ils t'achètent ton copyright ou tu ne fais pas ton disque, au choix. Et toi, tu es jeune et ignorant, et tu n'as pas assez de jugeote pour embaucher un avocat ou un manager qui te pousse à tenir bon et à exiger de garder tes droits. J'ai abandonné ceux de *For Tonight*. Si je devais dire adieu à ma part de pourcentage sur celle-là, je serais complètement fauchée. Dieu merci, on ne peut pas t'arnaquer sur ton pourcentage. Si c'était possible, un homme d'affaires aurait déjà trouvé la combine pour te le piquer.

Je haussai les épaules.

— Et comment en arrive-t-on à trois cent mille dollars ?

— Fais le calcul. Un disque d'or équivaut à cinq cent mille exemplaires vendus, un disque de platine à un million. J'écris une chanson qui finit sur un disque de platine, j'empoche vingt-cinq mille dollars. Tu sais combien de disques d'or ou de platine a récoltés *For Tonight* ?

— Non.

— Trois cent mille dollars, voilà ce que m'a rapporté cette chanson. Ça peut sembler beaucoup mais c'est venu au fur et à mesure, chèque après chèque. Pendant douze ans, j'ai vécu sur ces droits.

— Et les deux autres chansons mentionnées par l'avocat ?

— Personne ne les a reprises. *For Tonight* est mon gagne-pain.

— Davey serait capable de calculer combien cette chanson t'a rapporté ?

— N'importe qui du métier pourrait le faire. Mais on s'éloigne du sujet. C'est moi qui ai écrit cette putain de chanson.

— Mais là n'est pas la question, pas vrai, Dee ? La lettre ne parle ni des droits ni de l'auteur des morceaux.

— La lettre dit ce qu'elle dit, lâcha-t-elle après un long silence.

Elle cessa de faire les cent pas, assez longtemps pour écarter le rideau et regarder la rue, en bas.

— Dee, ne signe pas avec MGA. Laisse-moi encore un peu de temps.

— Pour retrouver Davey ? Davey est devenu cinglé.

— Cal Therieux le cherche.

— Cal, répéta-t-elle lentement.

— Tu savais qu'il était ici ? Pourquoi tu ne m'as pas dit de commencer par lui ?

Elle déglutit péniblement et laissa retomber le rideau.

— On s'est perdus de vue. Encore un qui a volé un petit morceau de mon cœur. Comment Erma Franklin chantait ça ? J'ai toujours préféré sa version à celle de Janis Joplin. *Take it! Break another little piece…* Vas-y ! Arrache encore un petit morceau…

— Donne-moi la lettre, Dee.

— Tu ne peux donc pas foutre le camp de ma vie ?

— J'ai du mal à comprendre pourquoi je t'admirais.

— Ouais ! Ben, c'est parce que tu ne me connaissais pas. Tu n'as jamais rien vu de moi, que mes mains sur une guitare. Tu croyais que les chansons que j'écrivais, c'était moi. Et tu continues à le croire, c'est ça ?

— Peut-être.

— Et peut-être que tu m'en veux toujours à cause de Cal, hein ?

— Peut-être.

— Alors pourquoi diable je devrais te faire confiance ?

— Il te reste quelqu'un d'autre ? demandai-je calmement.

— Ne la perds pas, dit-elle en me tendant l'enveloppe.

— Ne t'inquiète pas.

Je la laissais chanter *Piece of my heart* en se regardant dans le miroir en pied, au dos de la porte de la salle de bains.

En bas, à la réception, j'utilisai un téléphone élégant et payant pour appeler Joanne, à D Street.

— Mickey, dis-je. Mickey qui travaille pour les Gianelli. C'est un prêteur, non ?

— T'as craqué et t'as demandé à ton mec ?

— Je n'ai même pas vu Sam.

— Eh bien, tu retardes. Mickey Manganero *était* un requin.

— À Atlantic City ?

— T'as gagné.

— Et maintenant ?

— Il a grimpé les échelons. Blanchiment d'argent. Personne ne sait trop ce qu'il trafique mais il manipule de grosses sommes.

— La recette des dealers ?

— Je peux te passer les Stups.

— Non. Laisse tomber pour l'instant. Mickey a un casier ?

— ... qui remonte au tribunal pour enfants. Sous scellés, mais il s'est bien activé depuis. Vol de voitures, cambriolages, voies de fait, il est presque tombé pour viol. Il aime les jeunes filles.

— Jeunes comment ?

— Mineures. Pourquoi tu ne vas pas lui demander ? Je suis sûre que ton mec pourrait arranger un rancart.

— C'est une idée, ça.

28

Impossible d'obtenir un rendez-vous avec Stuart Lockwood. Ni sous mon nom, ni en mentionnant celui de Dee Willis, et encore moins sous un faux nom. Soit Lockwood avait considérablement étendu ses activités, soit il était devenu allergique au son de ma voix.

J'appelai Taylor Baines, l'homme au bureau princier et à l'influence royale. L'homme qui se décarcassait pour aider les poulains de MGA/America.

Mr Baines se montra coopératif. Il demanda à sa secrétaire efficace d'appeler l'inefficace secrétaire de Stuart Lockwood. Un Lockwood subitement libre comme l'air assura à Baines qu'il pouvait sans problème fixer un rendez-vous à 3 heures.

Baines et moi nous retrouvâmes dans son bureau cossu à 2 heures et demie. Il me proposa poliment un café, que j'acceptai.

— Je ne sais si ceci sera efficace, me confia-t-il. Il est difficile d'intimider un avocat.

— Il y a avocat et avocat, avançai-je après le départ de la dame qui nous apporta le café dans des tasses de porcelaine fumantes. Vous l'avez déjà effrayé. Il vient sur votre terrain. Si quelque chose doit l'impressionner, votre bureau est l'endroit rêvé.

— Il ne manque pas de charme, n'est-ce pas ? convint-il en remuant son café sans se presser.

Il fit pivoter son fauteuil de cuir pour admirer la vue. Aujourd'hui, l'océan était plus bleu que vert. Près du rivage, les eaux se chargeaient d'un résidu brunâtre. Est-ce que vraiment on avait commencé à creuser le troisième tunnel sous le port ?

— Si j'étais un avocat désireux de percer dans cette ville, je vous ferais une fleur, dis-je.

— Quand nous sommes embouteillés, nous dirigeons pas mal d'affaires vers des cabinets plus petits, observa-t-il.

La secrétaire fit entrer Lockwood à 3 heures et quart. J'étais certaine qu'il était arrivé en avance. Baines avait donné ses instructions : le faire mariner, histoire qu'il ait le temps d'admirer les fleurs, les tableaux authentiques et les meubles en bois de rose.

J'avais expliqué le topo à Baines, et il attaqua bille en tête. Je restai dans la pièce mais il ne me présenta pas. Lockwood en conclut que je travaillais pour le cabinet et je grimpai soudain dans son estime. Il me gratifia d'un sourire.

— Je suppose que vous vous occupez de l'affaire Dunrobie en priorité, entama Baines.

Il s'abstint de proposer un café à Lockwood, bien que nos tasses soient encore à moitié pleines.

— Je ne peux en discuter, répondit Lockwood.

Prévisible.

— Alors, parlons chantage, poursuivit Baines tout sourire.

— Chantage, répéta Lockwood.

Il se fourra l'index dans le nez, mais s'empressa de poser sa main sur son genou lorsqu'il prit conscience de ce qu'il était en train de faire.

— L'usage de lettres, assorties de menaces, afin de créer un effet de peur, dans le but de soutirer de l'argent à son correspondant. Cette définition vous agrée-t-elle ? fit doucement Baines.

— Oh ! oui. La définition...

— Le chantage est un crime. Et lorsqu'une telle lettre est expédiée par la poste, on peut y adjoindre l'accusation de fraude postale. (Baines prit le temps de parcourir la lettre avant de la tendre à l'avocat.) Je présume qu'il s'agit là de votre en-tête et de votre signature.

Lockwood la retint avec attention et hocha la tête.

— En ce cas, je ne puis concevoir de raisons valables pour ne pas prévenir la police. Peut-être pouvez-vous m'en fournir une ?

Lockwood n'était pas encore ébranlé.

— Je crois qu'il est de règle, lorsqu'on veut prouver qu'il y a crime, que l'accusation se charge de prouver et l'intention criminelle et l'acte ouvertement illégal.

Baines tendit la main jusqu'à ce que Lockwood lui rende la feuille, non sans une certaine réticence.

— Ce document pourrait, à mon sens, constituer un acte ouvertement délictueux. Reste la question de l'intention criminelle.

— Vous êtes fou ! s'écria Lockwood, perdant la contenance sereine qu'il s'efforçait de conserver.

— Parlez-moi de votre client et nous verrons qui divague, dit Baines. Vous n'aurez pas l'air fou lorsque vous serez cité comme complice, continua-t-il sévèrement. Mais peut-être est-ce une idée à vous, et que Mr Dunrobie n'existe pas.

— Que voulez-vous dire ? Bien sûr qu'il existe !

— Un homme, ai-je cru comprendre, qui n'a pas le téléphone.

— C'est lui qui m'appelle.

— Et cela ne vous étonne pas ?

— Il y a peu de temps que j'ai ouvert mon cabinet dans cet État. Je ne choisis pas encore ma clientèle comme le ferait un avocat réputé.

— Et s'il vous faut contacter Mr Dunrobie… ?

— J'en ai la possibilité.

— Au 825, Winter Street, suite 505D ?

— Comment avez-vous… comment a-t-elle… C'est un contact strictement…

— Un contact à travers ce qu'on appelle une boîte postale ?

Lockwood l'ignorait. Son visage le trahit. Mais il se reprit très vite.

— Comme je vous l'ai dit, c'est lui qui m'appelle.

— Vous êtes-vous assuré… Pardonnez-moi, avez-vous tenté de vous assurer de la bonne foi de votre client ? C'est-à-dire, avez-vous l'impression qu'il connaît effectivement miss Willis ?

— Écoutez, je ne fais pas les annonces pour racketter le client. Et je ne tire pas sur les ambulances.

— J'entends bien. Croyez-vous que cet homme ait été frauduleusement spolié ?

— Je le crois. La première fois qu'il s'est présenté au cabinet avec son histoire, je l'ai envoyé paître. Il me paraissait trop jeune, c'était un gamin à l'époque où ces chansons ont été écrites. Mais il est revenu avec des preuves de sa bonne foi.

— Pouvez-vous préciser ?

Lockwood hésita.

— Si vous faites des difficultés, je me verrai dans l'obligation d'entamer une procédure, insinua Baines.

— Il m'a montré la photo de miss Willis avec son autographe.

— J'imagine qu'elle envoie des photos dédicacées à ses fans. Qu'est-ce qui vous fait penser qu'il ne vous mène pas en bateau ?

— Si tout ce cirque est censé m'impressionner pour me pousser à abandonner l'affaire, arrêtez les frais. Cet homme dispose d'éléments valables.

— Nous aussi, contre vous, pour fraude postale. Faute de mieux.

Je pouvais voir monter et descendre la pomme d'Adam de Lockwood.

— Mr Dunrobie ne m'a pas explicitement donné le feu vert pour agir, mais je préfère régler cela à l'amiable. Il a en main le manuscrit original des chansons. Ses titres à lui sur ses chansons à elle. Les paroles, mot pour mot.

J'intervins.

— Vous pouvez même obtenir des transcriptions « note pour note » par correspondance. Et si ce type connaît un tant soit peu la musique, il a pu tout retranscrire lui-même et coller n'importe quel titre. Ce n'est pas difficile. Il suffit d'écouter un disque.

— Il m'a aussi montré des enveloppes intactes, scellées et cachetées, qui m'a-t-il assuré, contiennent les chansons originales.

— Avez-vous fait authentifier le cachet de la poste ? demandai-je.

— Un cachet est acceptable comme…

— C'est à la portée d'un gamin de seize ans de falsifier sa date de naissance sur un permis de conduire. Et il est encore plus facile de trafiquer le cachet de la poste.

— Je n'ai pas jugé utile de demander l'avis d'experts, convint Lockwood sans me regarder. Mon client ne tenait pas à augmenter les frais.

— Savez-vous lire une partition ?

— Non.

— Quelqu'un de compétent en ce domaine a-t-il examiné les documents en question ?

— Pas encore.

— Puis-je les voir ? Juste les copies. Je ne vais pas ouvrir une enveloppe scellée, bien sûr.

Il lorgna son attaché-case. Il avait apporté son dossier.

— Nous vous serions très reconnaissants, insista Baines dans le silence de plus en plus pesant.

Lockwood farfouilla dans sa serviette et finit par en extraire trois photocopies agrafées en haut à gauche. J'enlevai l'agrafe et étalai les feuilles sur le bureau.

Baines leva des yeux interrogateurs. Je me lançai.

— Aujourd'hui les cassettes sont acceptées pour les dépôts de copyright, mais ce n'était pas le cas il y a dix ans. À ce moment-là, un musicien – même incapable de lire une partition – était obligé de trouver quelqu'un pour transcrire la mélodie et l'arrangement. Il pouvait simplifier ou rajouter des fioritures aux tablatures, à savoir les six lignes montrant la position des doigts sur la guitare. (Je tapotai les feuillets sur le bureau, devant moi.) Mais une personne connaissant un tant soit peu le solfège n'aurait pas utilisé ces papiers-là pour déposer un copyright.

— Pourquoi ? demanda Lockwood. Qu'est-ce qui ne va pas ?

— La partition de *For Tonight* fait dans les six pages. Je l'ai vue. Je l'ai même jouée. Vous n'avez que trois pages, ici.

— Peut-être n'est-ce qu'un échantillon ?

— Ce n'est pas la mélodie. Ce n'est pas la bonne partition. Il n'y a que la ligne de basse.

— Vous en êtes sûre ? me demanda Baines.

Je hochai la tête et me tournai vers Lockwood.

— Saviez-vous que la bassiste de Dee est morte ?

— Je ne sais pas de quoi vous parlez, rétorqua Lockwood.

— Pouvez-vous décrire l'homme qui est venu à votre cabinet sous le nom de David Dunrobie ?

— Je ne l'ai vu que deux fois.

— Petit ? Grand ?

— Petit, dit Lockwood en déglutissant.

Baines et moi échangeâmes un regard.

— Il boitait ?

— Non. Il est petit et je n'ai rien remarqué de bizarre dans sa démarche.

— Dans ce cas, conclus-je froidement, il y a de fortes chances que ce ne soit pas David Dunrobie.

29

« Tu peux toujours couper un navet, tu ne risques pas de le faire saigner. » Encore un aphorisme yiddish grand-maternel. C'était drôle de voir Taylor Baines tenter le coup, mais il ne put arracher à Stuart Lockwood une autre adresse que le 825, Winter Street.

Je rentrai chez moi. Un homme – voleur audacieux ou authentique serrurier –, se préparait à faire sauter la serrure principale de ma porte d'entrée de la pointe de sa perceuse.

Je me présentai en tant que propriétaire de la porte.

— On ferme l'écurie quand les chevaux se sont sauvés, si je comprends bien, dit-il gaiement. Bonjour, miss. Je me présente : Jack Daly. Gloria m'a demandé de faire un saut.

Roz apparut sur le perron, particulièrement sexy dans une robe d'intérieur années 50, un tablier rouge pétard noué autour de la taille, les mains gantées de caoutchouc jaune citron. Du fard à paupières électrique, peut-être un résidu de la nuit précédente, complétait le tableau, sans oublier sa crinière zébrée.

— J'ai appelé quelqu'un, fit-elle, sur la défensive. Celui-ci est arrivé le premier. J'ai décommandé l'autre. Ça va ?

— Vous avez une carte d'identité ? demandai-je au serrurier.

— Bien sûr.

Il produisit une carte professionnelle imprimée à son nom et un permis de conduire.

— Ravie de vous connaître.

Nous nous serrâmes la main.

— Carlotta, dit Roz, il faut que je te parle.

Elle en dansait presque d'impatience.

— Moi aussi, je voulais te parler.

Elle m'entraîna à la cuisine.

— Le sol de ma cuisine ne sera plus jamais le même, constatai-je.

Ce n'était pas si terrible. Il n'avait jamais été bien brillant.

— Écoute, dit Roz, pour les serrures, j'ai déconné, je le sais, et aussi pour le tube postal rouge, et tout ça, mais…

— Garde-moi tes confidences au chaud, faut que je passe un coup de fil. Je dois appeler Gloria et…

— Appelle Gloria ! C'est ça que je devais te dire !

— Tais-toi une minute, j'y vais !

Lorsque vous appelez les taxis Green & White, neuf fois sur dix, vous tombez sur Gloria. Elle répond au téléphone presque non stop. Je ne sais pas quand elle trouve le temps de dormir, et encore moins de satisfaire à d'autres besoins tout aussi physiques.

— Contente de t'avoir, ma fille, dit-elle de la voix la plus riche et la plus belle que vous puissiez entendre de ce côté-ci de la scène.

— Tu m'as envoyé un serrurier ? Jack Daly ?

— Ouais ! Mon frère, Leroy, me l'a chaudement recommandé. Il dit qu'il est très bien.

— Blanc, la trentaine, les cheveux blonds ?

— Tu deviens prudente, on dirait. C'est l'âge ?

— J'espère vivre assez longtemps pour en profiter pleinement. Merci.

— Raccroche pas, beauté. Sam m'a demandé de te joindre.

Sam ne se contente pas d'être mon amant occasionnel, il est aussi propriétaire de la moitié de la compagnie de Gloria. Il met la plus grosse part de fric, elle se charge d'apporter la jugeote.

Sam s'est fait rare depuis son retour d'Italie. Je suis sûre qu'il a rencontré une brûlante madone florentine. Ma voix se fit glaciale.

— Je croyais qu'il avait une langue et un téléphone.

— Tais-toi et écoute-moi. Il n'était pas sûr de sa ligne. Possible qu'elle soit sur écoute. Il a entendu ton nom dans une opération foireuse.

— Super ! Envoie le message.

— Il essaie d'arranger le coup mais te conseille de laisser tomber.

— Laisser tomber. Ben voyons ! J'apprécie. « Laisse tomber », c'est justement ce qu'un connard a écrit sur le miroir de ma salle de bains la nuit dernière. Si Sam Gianelli le savait…

— Hé ! Doucement. Lorsqu'il est passé, ce matin, je lui ai dit que quelqu'un avait dévasté ta maison. Il a passé deux, trois coups de fil. C'est là qu'il a compris. Il n'était pas au courant hier soir. Vous sortez toujours ensemble ou quoi ?

Gloria aime bien prendre la température de ma vie affective.

— Si je te le disais, tu ne me croirais pas.

Elle n'a jamais pu saquer Cal.

— Dis-le quand même. Tu comptes passer cette nuit, pour prendre une voiture ?

— Peux pas.

— Ça ne va pas, mon petit ?

— Pas vraiment, mais ce n'est pas seulement ma vie amoureuse.

— Qu'est-ce qu'il peut y avoir d'autre ?

Lorsque Gloria n'est pas au téléphone, elle lit le courrier du cœur.

— Bien des choses...

Comme l'association Hal Brady-Mickey Manganero. Tu parles d'un duo ! L'un touille l'argent de la pègre pendant que l'autre couve un brûlot nommé Dee Willis.

— Écoute, Gloria, j'ai quelques questions à te poser. La nuit, qui s'occupe de tes dépôts bancaires ?

— Je présume que tu as une bonne raison pour me demander ça ?

— Fais-moi confiance.

— Mon frère Leroy. J'espère que personne ne va aller l'embêter.

— Est-ce que toi, Sam ou Leroy figurez sur une sorte de liste d'exemption, pour pouvoir déposer de grosses sommes sans devoir remplir les formulaires pour le fisc ?

— La banque remplit les blancs lorsqu'on dépose ou retire dix mille dollars ou plus. On ne fait pas des recettes pareilles de nuit, avec seulement huit véhicules sur le pavé. Je ne suis pas sur la liste, et pour autant que je sache, Sam non plus.

— Qui pourrait être exempté, à ton avis ?

— Les épiceries. Les stades de sport, certainement. Fenway fait rentrer plus de dix mille dollars à chaque fois que les Red Sox perdent un match.

— À quelle banque es-tu ?

— Banque de Nouvelle-Angleterre.

— Tu as un ami dans la place ?

Il n'y a pas d'endroit où Gloria n'a pas un ami. Elle émit un grognement affirmatif.

— Essaie de savoir où le Berklee Performance Center dépose son fric, tu veux bien ? Et le nom du type qui est sur la liste des exemptés serait un sacré bonus…

— Je vais voir ce que je peux faire. À plus…

— Sérieusement, dit Roz, je crois que j'ai trouvé quelque chose d'important.

— C'est dur de prendre au sérieux quelqu'un qui s'habille comme Donna Reed sous amphèts'.

— Je peux au moins te montrer ce que j'ai déniché ?

— On dirait que tu as découvert un nouveau filon dans le sous-sol de la cuisine. Tu te lances dans l'archéologie ?

— Qu'est-ce que tu penses de ça ?

— Je pense que c'est une pelle à poussière. Contente que tu l'aies trouvée. Tu sais t'en servir ?

— Merde ! Carlotta, regarde dedans. Je rigole pas.

Elle posa avec précaution la pelle sur le comptoir, à l'endroit précis où je prends mes repas quand je n'ai pas le temps de m'asseoir. Est-ce qu'elle comptait lessiver le comptoir après ? Est-ce que je pourrais manger de nouveau là-dessus sans me rappeler cette pelle dégueulasse ?

Elle contenait trois cheveux blonds.

— Tu n'as pas passé le balai depuis que tu étais blonde ? risquai-je. C'était quand ? Il y a deux mois de ça ?

— Ils étaient collés à cette merde, dans la cuisine. Si tu regardes bien, tu verras qu'ils sont plus longs que les miens l'ont jamais été.

J'en pris un dans la pelle.

— Bouclés, constatai-je.

— Teints. Permanentes. Abîmés par la chaleur, genre fer à friser. Tu connais quelqu'un qui a des crins comme ça ?

Question cheveux, je fais confiance à Roz. Quand on consacre autant de temps qu'elle à se les teindre, on sait de quoi on parle.

— Tu viens de faire le premier pas sur le chemin de la rédemption, Roz.

Elle sourit aux anges. Roz aime vivre comme elle vit ; elle aime travailler comme elle travaille, ou plutôt comme elle ne travaille pas.

— T'emballe pas, dis-je à moitié pour moi-même, ce n'est que le premier pas.

C'est là que la sonnette nous interrompit. Je pensai que c'était le serrurier. J'avais tort. Il n'avait pas besoin de sonner pour entrer.

30

— Viens avec moi, dis-je à Roz en allant ouvrir.

Nous n'avions pas fini notre petite conversation, et la compagnie d'une experte en karaté peut s'avérer utile dans la vie.

Cal échangeait des banalités météorologiques avec le serrurier.

J'eus un flash : le refrain de la chanson de Dee, *For Tonight.*

For Tonight, for a while, I want you. Pour ce soir, pour un moment, c'est toi que je veux.

Hier soir, je brûlais de le toucher, dès qu'il était monté sur scène, les yeux baissés, dès qu'il avait gratté ses premières notes.

Mais pas ce soir. Et pas demain non plus.

— Je l'ai trouvé, dit Cal.

Je ne m'attendais pas à ça. Sa voix sonnait bizarrement.

— Davey ?

— Davey.

— Super ! Formidable ! Où ça ? Entre... Raconte... Je te sers un verre... Euh... un jus de fruit.

— Non. Je préfère pas.

— Alors, où est-il ?

— Faut y aller.

— Cal ? Ça va ?

— Il faut aller là-bas, répéta-t-il d'un ton dur, presque en colère.

Il fixa les marches, dérobant son regard.

— Tout de suite ?

— Ce serait bien.

Je regardai les mâchoires serrées et devinai que les questions ne me mèneraient nulle part.

— D'accord, fais la gueule, dis-je. Roz, est-ce que tu as déjà envisagé un brillant avenir de groupie ?

— C'est plutôt le passé pour moi.

— Habille-toi bizarrement. Euh... normalement. Et va au Four Seasons. Septième étage. Peut-être certains logent-ils encore au huitième, mais tu as plus de chances au septième. Si on te demande quelque chose, tu es avec le groupe de Dee Willis. Le nom du batteur est Freddie. Le guitariste, c'est Ron. Au clavier, je ne sais pas. Il s'évapore à chaque fois que je m'amène. Hal Grady est l'organisateur de la tournée.

— Ouais ! Ron, Freddie et Hal. Lequel m'intéresse ?

— Aucun. Essaie de faire ami, ami avec une courtisane nommée Mimi. Seize ans, à vue de nez. Cheveux blonds teints, et bouclés.

— Oh ! oh ! dit Roz. Cheveux longs. Je vois. Je suis ton agent infiltré.

Je poussai un soupir à fendre l'âme.

— Disons que je veux tout savoir sur cette fille, à qui elle parle, avec qui elle couche, si elle deale, ce qu'elle deale, si elle en prend, et de quoi. Tu es sa nouvelle meilleure amie.

— Je serai impeccable, promit Roz. Je sais exactement ce qu'il faut mettre. Je vais me racheter pour le tube postal et les serrures…

— Hé ! Roz. N'y va pas à la tronçonneuse, d'accord ? De la subtilité. Du tact. Elle est peut-être dangereuse.

— Si c'est elle qui a salopé la cuisine, dit Roz en arrachant ses gants, c'est pour elle que ça pourrait devenir dangereux.

31

— Pourquoi cherches-tu Davey ?

Cal claqua la portière de ma Toyota et tâtonna à la recherche de la ceinture de sécurité. Dans le temps, il jurait que c'était à cause des ceintures qu'il n'avait jamais appris à conduire.

— Qu'est-ce que ça peut faire ? Tu ne m'as pas posé la question cette nuit... ou ce matin.

— Je te le demande maintenant.

— On m'a chargée de le retrouver.

— Qui ?

— Un client.

Je revis notre retour en taxi de la nuit dernière, sous la pluie, ma conscience aiguë de la présence de Cal, de son blouson en jean trempé, de sa basse entre ses genoux, de sa cuisse contre la mienne, de son odeur étrangement familière. De jour, à l'avant de ma propre voiture, tout semblait différent ; la tension était retombée. Peut-être n'avions-nous jamais rien partagé d'autre que la tension et son relâchement, la tension de l'accouplement et la retombée du désir. Peut-être que, dans les heures qui suivraient, la tension remonterait.

Mais j'en doutais.

— Davey est en prison ? demandai-je.

— Non.

— Il est en vie ?

— Si on veut.

— Oh, Cal, laisse tomber les devinettes, d'accord ?

— Je pense que, de nous deux, c'est moi qui ai le plus à deviner, Carly.

— Tu penses ce que tu veux. Je n'y peux rien.

Je tournai la clé de contact, comptai jusqu'à dix et dominai ma colère.

— Si je savais où on va, ce serait plus pratique.

— Hôpital Saint-Jean-de-Dieu.

— Dans Allston Street ?

— Ouais !

— Mais c'est...

— Un hospice, acheva Cal avant que j'aie pu finir.

Il fixa le vide par le pare-brise, le visage impassible.

— Davey est mourant. Davey a le sida, dit-il.

32

Je suis pas branchée hôpitaux. Vachement original, pas vrai ? Avec ça, l'idée de l'hospice – de l'hôpital sans retour – me fait flipper. Même lorsque j'ai su sans le moindre doute possible, avec confirmation d'un médecin capable de se servir d'un stéthoscope, que l'emphysème gagnerait le dernier round contre papa, un minuscule rayon d'espoir me restait, et rien n'aurait pu l'empêcher de luire. Peut-être que cette fois serait la bonne, et qu'un simple mortel parviendrait à confondre les experts et à défier l'ennemie mortelle.

La famille irlando-écossaise de mon père croyait dur comme fer aux miracles ; peut-être m'avaient-ils transmis leur croyance. Ma mère considérait que Dieu avait fermé la fabrique à miracles et laissé les hommes créer les leurs, s'ils le pouvaient. Elle considérait aussi que les êtres humains avaient profondément déçu leur créateur.

Le seul miracle que j'espérais, c'était de découvrir qu'on avait commis une erreur en renseignant Cal.

L'hôpital Saint-Jean-de-Dieu est un petit immeuble bas. À moins de passer directement dans Allston Street, entre Summit Avenue et Washington Street, vous ne le verriez même pas. Il est sur le trajet d'un raccourci entre Brookline et Cambridge, bien connu des taxis ; sinon je n'en aurais jamais entendu parler et je saurais encore moins comment y arriver.

Je garai ma Toyota sur le rectangle en ciment qui servait de parking. Il n'y avait pas foule, apparemment.

Le hall était trop chaleureux, Noël au mois d'août en quelque sorte. Deux femmes étaient à la réception, l'une corpulente, l'autre maigre. La dernière portait un cardigan de laine malgré la chaleur, et était occupée à se limer un ongle cassé ; la ronde pianotait sur le clavier d'un ordinateur.

Lorsque je demandai David Dunrobie, je perçus un éclair d'intérêt.

— Il ne reçoit guère de visites ? hasardai-je.

— Vous êtes les seuls que j'aie vus, répondit l'informaticienne.

L'autre acquiesça d'un hochement de tête solennel.

— Est-ce qu'il y a... euh... des horaires de visites ? fit Cal.

Il était resté à un pas derrière moi. Je l'entendais claquer des doigts en sourdine, un tic nerveux que j'avais oublié depuis longtemps.

— Je vais vérifier si l'un des médecins qui s'occupe de Dunrobie est disponible, et si c'est un bon jour pour lui rendre visite, proposa la femme au cardigan.

— Il lui arrive d'être trop mal en point pour voir du monde ? demanda Cal un peu trop rapidement.

La femme au clavier échangea un regard avec la manucure et chuchota sur un ton confidentiel :

— Il est un peu... Euh... amnésique. C'est un symptôme de sa maladie. Il va, il revient. Il y a des jours où il parle, on ne peut plus l'arrêter. Et d'autres...

Elle haussa ses épaules enrobées. Tout à coup, je n'avais plus envie de le voir. Je voulais conserver en moi l'image d'un Davey Dunrobie jeune, plein de grâce et de talent, prêt à dévorer le monde. Cal se chargea d'exprimer mes appréhensions.

— On doit vraiment en passer par là ?

— Je suis obligée. Tu peux m'attendre ici, faire un tour, rentrer chez toi, comme tu veux.

— Voilà le médecin, murmura la femme maigre.

Je remarquai qu'elle avait discrètement escamoté sa lime à ongles dans sa poche. Elle courba la tête et se mit à classer des formulaires avec diligence.

L'homme en blouse blanche, chemise blanche et cravate rouge était entré dans le hall par une double porte battante. Son badge portait son nom : Dr Sanderley. Il parla d'une voix bien placée de ténor.

— Avez-vous un lien de parenté avec Mr Dunrobie ?

— Nous sommes des amis, répondis-je. Des proches. Nous venons juste d'apprendre...

— Cela fait six mois qu'il est chez nous, répondit le médecin.

— Par intermittence ?

— Six mois en continu.

— Est-ce qu'il sort ? Est-ce qu'il voyage ?

— Je ne suis pas sûr de bien vous comprendre, dit le médecin, ahuri. Lorsqu'il sort, ce qui est rare, c'est en fauteuil roulant. Parfois, on lui trouve un minibus spécialement aménagé pour qu'il puisse passer la journée à l'extérieur, mais ce n'est guère fréquent.

— Comment est-il ?

Ma curiosité parut le rasséréner.

Il consulta sa montre-bracelet, comme pour déterminer la quantité de détails qu'il pourrait accumuler sans bousiller son emploi du temps.

— Il a eu plusieurs accès de pneumonie. Celle dont souffrent la plupart des patients séropositifs. Chaque attaque l'a affaibli et laissé encore plus vulnérable à d'autres infections. Il a souffert de méningite. Il est atteint du muguet, une infection de la luette qui l'empêche de parler clairement.

— Ménagez-nous un peu, Doc, fit Cal d'un ton amer qui me ramena plusieurs années en arrière. Un ton cinglant comme un coup de fouet.

— Je suis désolé, dit le médecin sans s'offenser, mais si vous avez l'intention de le voir, vous devez être préparé. Il perd la vue, aussi. Non seulement le VIH attaque le système immunitaire, mais il détruit aussi les cellules cérébrales, entraînant une forme de démence.

— L'infirmière de l'accueil nous a dit qu'il souffre parfois d'amnésie, dis-je.

— Ce n'est pas une infirmière, mais une réceptionniste. Et elle n'a pas à vous parler des patients. Elle n'a absolument rien à voir avec ça. (La colère du Dr Sanderley retomba brusquement.) Il est difficile de convaincre du personnel de qualité de travailler dans un endroit comme celui-ci, soupira-t-il.

J'avalai ma salive.

— Est-ce que Davey sait où il est ? A-t-il conscience de ce qui lui arrive ?

— Parfois oui. Parfois non.

Je me mordis les lèvres.

— Il faut que je le voie.

— Il *faut* que vous le voyiez ? Ce n'est pas une visite amicale.

— Cela relève peut-être d'une affaire criminelle.

Si j'avais eu la photocopie de ma licence de détective, celle qui était restée dans mon sac volé, je la lui aurais montrée. Je n'avais qu'une vulgaire carte de visite.

— Je ne tiens pas à alerter la police.

— Est-ce que Mr Dunrobie reconnaîtrait vos noms ?

— Dites-lui que Carlotta et Cal sont là.

— Je vais essayer.

Il nous abandonna dans le hall pendant cinq longues minutes, peut-être quatre, peut-être même moins, mais ça me parut une éternité. J'eus le temps de détailler le tapis lie-de-vin, les canapés et les chaises bleues, les paysages encadrés, les portraits de bienfaiteurs décédés depuis belle lurette. Il y avait trop de vases, trop de fleurs, trop de plantes au parfum entêtant.

La double porte s'ouvrit et un relent de désinfectant assaillit mes narines. Je pensai à Dee dans sa suite d'hôtel quatre étoiles, à Davey dans son lit d'hospice. Un carré d'as et une mauvaise donne.

Le Dr Sanderley nous précéda dans un long couloir. Des femmes en pantalons blancs et T-shirts de couleurs vives cavalaient sur leurs chaussures à semelles de crêpe.

Sanderley hésita devant la porte 101 A.

— Allez-y. Je ne peux rien vous promettre, ni sur ce qu'il va vous dire, ni sur sa réceptivité, mais je ne vois pas pourquoi je vous interdirais de le voir. (Il eut un sourire rassurant.) Je ferai un saut dans un moment, si je peux me libérer.

Je rassemblai mes forces, comme je le faisais lorsque je portais un uniforme et que je devais monter la garde à côté d'un macchabée en attendant l'arrivée de la brigade des Homicides – avant que je ne passe moi-même aux Homicides.

Puis je fus dans la chambre, vérifiant le nom sur un graphique, au pied du lit, me forçant à croire que c'était bien là le jeune homme que j'avais connu. Refusant d'y croire.

Sa tête n'était plus qu'un crâne. Il était si maigre que ses avant-bras étaient comme deux allumettes. Ses yeux brûlaient de fièvre. Puis soudain, il sourit à Cal, étirant ses lèvres exsangues en une grimace douloureuse.

— Ça fait un bail, dit Davey. Oh ! oui. Un sacré bail. Carlotta, Dee, Cal, Lorraine, toute l'équipe...

Je dus me pencher pour entendre sa voix brisée.

— Ouais ! dit Cal.

Il s'avança et serra la main tendue de Davey. Je fis de même. Je crus saisir l'aile d'un oiseau. Je l'effleurai à peine.

Des liquides transparents dans des tubes s'écoulaient goutte à goutte dans les veines de son bras gauche. L'urine était recueillie dans une poche en plastique fixée au matelas.

— Davey, dis-je, je ne savais pas. Je ne savais rien de ce qui t'est arrivé après que le groupe s'est séparé, après la mort de Lorraine, rien jusqu'à cette semaine, lorsque Dee m'a tout raconté.

— Dee est au poil. Chaque fois que j'ai besoin de quelque chose, tu sais, je connais quelqu'un de célèbre. Je t'ai déjà dit que je connaissais Dee Willis ? Bon sang, c'est moi qui ai presque créé Dee Willis.

— Et c'est reparti !

Je ne m'étais même pas rendu compte que Davey n'était pas seul dans sa chambre. Il la partageait avec un petit homme desséché dont je ne pus évaluer l'âge. Je lui aurais donné largement soixante ans mais j'étais sûre qu'il n'avait même pas la quarantaine.

Je lui fonçai dessus.

— Que voulez-vous dire ?

— Salut ! lança-t-il. Moi, c'est Mike. J'étais dans la marine marchande. C'est pour ça qu'il y a des affiches de voyages partout sur les murs. Je suis allé dans tous ces pays.

— Elles sont très belles, Mike. Que vouliez-vous dire par « Et c'est reparti » ?

— Bof ! c'est pas si terrible. J'ai partagé ma chambre avec des types pires que Davey, ici présent. C'est juste que des fois, il s'embarque dans ses salades sur Dee Willis, et pas moyen de l'arrêter. Il en parle pendant des heures, et c'est toujours le même refrain. Moi aussi, je peux bavasser sur les plus beaux ports où je suis passé, mais au moins, je raconte qu'une fois la même histoire.

— J'ai connu Dee lorsqu'elle n'était rien ni personne, murmura Davey. Putain ! Elle m'a rendu célèbre, parce que j'suis le premier type avec qui elle a couché, figure-toi.

— D'accord, Davey, dit Mike d'une voix plaintive, je le sais que t'as couché avec Dee Willis. Avec qui d'autre aussi ? Dolly Parton ? Cher ? C'était des bons coups ? Les meilleurs ? Dis-moi tout…

— Davey a été le choriste de Dee Willis, expliquai-je, assez fort pour que Mike entende. Elle m'a embauchée pour que je le retrouve. Tu comprends, Davey ? Dee m'a demandé de te retrouver.

Je regardai Cal. Au nom de Dee, il s'était figé.

Davey se mit à pleurer, si on pouvait appeler ça pleurer. C'était un trop-plein de larmes qui débordait, comme s'il ne pouvait plus se contrôler.

— Ça arrive souvent, dit doucement le Dr Sanderley. On perd le contrôle de ses émotions.

Faites comme si de rien n'était. Cela ne le gêne pas, lui.

Je ne l'avais même pas entendu rentrer.

— Chère Lorraine, dit Davey. Je dois arrêter de parler de Dee et de Lorraine. Ça, je le sais. Mais Dee, merde ! Dee n'aurait pas dû me faire ça. Enfin, j'entends Dee à la radio, je la vois à la télé. Je l'entends sans arrêt, et elle chante pour moi, elle chante ses chansons pour moi.

Je ne pensais pas que ça puisse servir à quoi que ce soit, mais je posai tout de même ma question.

— Davey, est-ce que tu as écrit des chansons pour Dee ?

Il me regarda et dit, haut et clair :

— Peut-être un accord. Peut-être rien du tout. Dee chantait pour moi comme un oiseau dans la forêt, avant. J'aime Dee comme ma mère, comme ma sœur, comme ma fiancée, comme mon amante. Dee chante des chansons à la radio rien que pour moi.

Mike éclata de rire.

— Hier, il m'a dit qu'il avait écrit tout ce qu'elle a jamais chanté. Il dit que s'il touchait ses droits d'auteur, il aurait quelque chose comme trois ou quatre cent mille dollars.

— Vraiment ? Il a cité ce chiffre ?

— Presque tout le temps. Trois cent mille beaux billets verts. Avec tout ce fric, on peut faire pas mal de voyages en première classe.

— Est-ce que Dee t'a déjà donné de l'argent ? demandai-je à Davey.

— Si j'ai besoin d'argent, Dee m'en donne. Elle me donne tout ce que je veux, mec. Tout ! T'entends ?

— Tu lui as parlé récemment ?

— Non.

— Davey, pourquoi Dee te donnerait-elle de l'argent ?

— Chut ! Top secret.

— Allons, Davey, c'est moi, Carlotta. C'est Cal. On ne dira rien à personne.

— Tu le diras, dit-il de son étrange voix cassée. (Je me demandai si parler lui faisait mal.) Dee sera furieuse et piquera une de ses colères. Tu sais comment elle est.

— C'est elle qui m'a chargée de te retrouver, Davey. Dee veut que je sache la vérité.

— Je ne dis rien, fit-il avec un regard perçant. Je sais ce que tu fais. Tu n'es même pas là. C'est ces drogues. Elles me font dégoiser sans arrêt, raconter tous ces trucs… Je ne la connais pas vraiment. C'est Lorraine, c'est tout. Lorraine.

— Il peut continuer comme ça pendant des heures, dit Mike. Des fois, il. chante. Là, c'est un vrai régal.

— Est-ce qu'il a une guitare ? (Le médecin secoua la tête.) Il était musicien. S'il en avait une, pensez-vous qu'il pourrait, je ne sais pas, moi, la tenir, ou en jouer ?

— Possible, dit le Dr Sanderley.

— Avec toutes ces aiguilles dans le bras ?

— Je n'en suis pas sûr.

— Je lui apporterai la sienne, dit Cal.

— Non, dis-je. Je lui donnerai la mienne.

— Je lui apporterai sa Hummingbird, Carly. Tais-toi !

— Je t'ai raconté la nuit où Dee et moi, on était tellement bourrés qu'on tenait pas debout sur scène ? demanda Davey. On a joué dos à dos pour pas tomber par terre.

— Ouais, fit Mike, tu me l'as déjà raconté. Doc, je pourrais pas avoir un nouveau coturne ? Quelqu'un qui a voyagé un peu ? Quelqu'un qui sait où se trouve Singapour ?

Davey embraya sur Malcolm, son gourou de Mission Hill, et sur d'autres gens que nous ne connaissions pas. Il se remit à pleurer lorsqu'il expliqua qu'il ne trouvait plus ses vieilles photos, celle de Dee et du groupe. Il accusa Mike de les lui avoir volées. Mike mit son oreiller sur sa tête pour ne plus l'entendre, et demanda à nouveau qu'on le change de chambre.

— J'aimerais tenir quelques conversations intelligentes avant de crever, déclara-t-il.

Son dernier mot résonna entre les quatre murs.

Lorsque Cal et moi quittâmes la pièce, nous n'aurions su dire si Davey se rendait compte que nous partions. Nous n'étions même pas sûrs qu'il savait que nous étions venus.

— Je peux faire quelque chose ? N'importe quoi ? demandai-je à Sanderley dans le hall. Est-ce qu'il a une radio, un magnéto ?

— Nous avons un bon équipement, ici. Cadeau d'un donateur.

Je comptais lui trouver une cassette du dernier album de Dee. Peut-être pourrait-elle lui faire parvenir un enregistrement du concert.

— Rien d'autre ?

— Il aime les glaces au moka avec des amandes, nous confia le Dr Sanderley.

— Avec des amandes, répétai-je.

— À vrai dire, ajouta le médecin en baissant la voix, sans se départir de son fin sourire, il n'y a pas grand-chose qu'on puisse faire pour lui. Que ce soit vous ou quelqu'un d'autre. Il suffit de l'accepter tel qu'il est.

Les narines du médecin frémirent sous l'expression d'un bâillement, savamment réprimé. Et je me demandai depuis combien de temps il n'avait pas fermé l'œil.

33

Je battis en retraite à travers le hall, suivie de Cal. Nous étions encore secoués. Je savais qu'il me faudrait revenir poser d'autres questions, mais j'avais besoin d'air frais. Les deux réceptionnistes ne levèrent pas les yeux. Peut-être avaient-elles l'habitude de voir les amis et la famille s'enfuir au pas de course.

— Cal ?

Il alla s'asseoir sur un banc, entre deux ifs, comme si ses jambes ne le portaient plus. Il planta ses talons dans le gazon et fixa un point situé quelque part entre ses pieds.

Moi aussi, j'étudiai l'herbe un bon moment. Puis le ciel nuageux. Je me remémorai l'appartement minable sur Massachusetts Avenue que partageaient Dee et Davey, avec pour tout meuble un canapé défoncé recouvert d'une housse marron à franges, et pour tout chauffage, un petit radiateur électrique.

— Je te l'ai retrouvé, dit Cal, du moins ce qu'il en reste. On passe aux explications ?

— Je commence à peine à me faire une idée, risquai-je avec précaution. Je pensais qu'en retrouvant Davey, je tomberais sur des réponses.

— Et alors ?
— Et alors, peut-être.
— Peut-être, répéta-t-il.
Lorsqu'il se remit à parler, c'était d'une voix presque aussi douce que celle de Davey, comme s'il m'avait oubliée et pensait à voix haute.
— Je pourrais être à sa place. Lorsque j'étais bourré, je m'injectais des cocktails, des saletés, tout ce qui me tombait sous la main. Je me piquais avec des types que je ne voudrais même pas trouver à côté de moi dans le métro.
— Ouais ! fis-je pour lui rappeler que j'étais là.
Il secoua la tête, se passa les mains sur les yeux comme pour effacer ce qu'il venait de voir.
— J'espère que tu ne t'en fais pas pour la nuit dernière, Carly. J'ai fait le test, je te jure.
— Ce n'est pas la nuit dernière qui me turlupine, Cal. J'ai trente-six autres soucis en tête. Je m'en fais pour Davey. Je me demande si Sanderley a raison quand il dit que personne ne peut plus rien pour lui.
— Tu parles des derniers remèdes miracles qui pourraient le sauver ? Tu crois que Davey voudrait l'être ? Dans l'état où il est ? Tantôt ici, tantôt là ?
— Tu ne crois pas qu'on pourrait lui demander son avis ?
— Merde ! Carly, ce coin me fout les boules. Tirons-nous, d'accord ? Je vais récupérer la guitare de Davey.
Je sortis les clés de la Toyota.
— Tu as vraiment ton permis ?

— Quoi ?

— Prends ma voiture, va chercher la guitare et reviens ici. Si je ne suis pas là, laisse la bagnole au parking.

— Et les clés ?

— Mets-les dans la boîte à gants et ferme les portières. J'ai encore un double. Ne raye pas la peinture et ne laisse pas la voiture une minute sans tout boucler.

— Viens avec moi.

— Je ne peux pas.

— Pourquoi ?

— Parce que ceux qui travaillent dans les hôpitaux sont bien placés pour se procurer des seringues.

34

L'une des réceptionnistes toussa lorsque je poussai les doubles portes, mais elle ne dit rien et ne fit rien pour m'arrêter. Le Dr Sanderley n'était pas là, et c'était tant mieux. Je parcourus les couloirs à la recherche d'un visage familier, d'un visage que j'aurais pu voir à l'hôtel de Dee ou au Berklee Performance Center pendant la répétition. Chou blanc.

Je montai un escalier jusqu'au second étage et tombai sur un solarium assez agréable. Les patients les mieux portants – sur des béquilles ou en fauteuils roulants – traînaient là, hilares, devant une émission de télé. Deux hommes en robes de chambre jouaient au gin-rami sur une table de jeu.

Je les regardai faire un pli ou deux. Ma mère m'a appris deux jeux de cartes, la canasta et le rami. Mon père prétendait qu'elle trichait aux deux.

— Vous êtes des bonnes œuvres ? me demanda l'un des joueurs.

Il avait des taches de la taille d'une pièce de monnaie sur les mains et les poignets ; les manches de sa robe de chambre cachaient ses bras et empêchaient d'en voir davantage. L'autre joueur me dévisagea, narquois.

— Non, dis-je. Je ne suis pas des bonnes œuvres.

— Il en vient parfois, expliqua un téléspectateur.

— Vous avez de la famille ici ? fit un autre.

— Je suis une amie de Davey Dunrobie. Une vieille amie.

— Le veinard, lâcha un homme chauve comme un œuf.

— Je cherche une jeune fille qui travaille ici, qui vient vous voir. Une aide-soignante ou une bénévole. Seize, dix-sept ans. Assez sensationnelle. Cheveux blonds frisés.

Les hommes s'entre-regardèrent.

— Moi, si c'est pas des garçons, ma chère…, dit un type d'un ton maniéré.

Un autre ricana. J'eus l'impression d'une vieille blague réchauffée. Un joueur de cartes intervint.

— Les bénévoles des bonnes œuvres ne sont pas comme ça. Les aides-soignantes non plus. Moi, je l'aurais remarquée, croyez-moi.

Je tentai une autre approche.

— Davey m'a parlé d'un type qu'il aimait bien, un infirmier ou un garçon de salle, je ne sais pas.

Je fis de mon mieux pour décrire le « joujou » de Brenda. Mince, jeune, peut-être étranger. Je me rappelais ses yeux noirs sous des sourcils épais.

— Ray ? trancha le deuxième joueur de cartes. Ce salaud ? Je peux pas croire qu'il ait été gentil avec quelqu'un.

— Ray ! dis-je, c'est ça. Où je peux le trouver, à votre avis ?

— Il a démissionné, expliqua un autre téléspectateur. C'était un garçon de salle. Il a dû partir. Prendre la porte.

— Vous connaissez son nom de famille ?

— Non. Et d'ailleurs, je m'en fous.

La réceptionniste qui avait la langue bien pendue était seule à la réception. Le Dr Sanderley ne lui avait pas encore passé un savon. Je lui montai tout un bateau, comme quoi Davey m'avait fait jurer qu'à sa mort, je préviendrais Ray. J'eus droit à son nom de famille et à son adresse perso.

35

J'appelai le commissariat d'une cabine, dans le hall ; j'espérais voir Cal réapparaître avec ma voiture en attendant. Mooney resta introuvable. Il n'était pas à son bureau, ce qui pouvait signifier n'importe quoi, un petit tour aux toilettes ou une piste toute fraîche dans l'affaire Brenda. Peut-être était-il finalement rentré chez son dragon de mère pour dormir un peu. Joanne était occupée. J'hésitai : devais-je laisser le nom et l'adresse de Ray Daggett au planton ? J'appelai chez Mooney à contrecœur. Je tombai sur le dragon pour m'entendre dire qu'il n'était pas question qu'elle réveille son fils sous prétexte qu'une fille comme moi était au bout du fil.

Les femmes n'étaient pas faites pour entrer dans la police, voilà ce qu'elle m'avait dit quand j'étais flic. Maintenant que je ne le suis plus, elle continue à me détester. Je vois ça comme une attaque personnelle, finalement.

Je laissai le nom et l'adresse de Ray à maman. Elle peut pas me pifer, d'accord, mais elle transmettrait. Je m'en assurai en lui disant que cette affaire pourrait bien hâter la promotion de son fiston. Elle se voit déjà mère d'un préfet de police. Ce qui fait bien rigoler Mooney.

Pas trace de ma Toyota ; j'appelai donc Gloria à Green & White, fouillant mes poches à la recherche de piécettes pour calmer la voracité du téléphone.

— J'ai besoin d'une bagnole pour Saint-Jean-de-Dieu, sur Allston Street, dis-je lorsqu'elle décrocha, à la seconde sonnerie.

— L'hôpital ? Ça va ?

— Très bien. Des nouvelles pour moi ?

— J'ai trouvé plusieurs petits trucs, dit Gloria sur le ton de la conversation, comme si elle n'était pas ce qu'elle est : la commère la mieux informée de la ville. Le Berklee Performance Center dépose son fric juste à côté, à la Banque du Commerce. Le type inscrit sur la liste d'exemption est un de leurs employés de la sécurité, Gary Wolfe, avec un e.

— Merci.

Dee avait brossé un portrait peu reluisant de la salle de spectacle, question sécurité.

— Minute, chérie ! Le meilleur est encore à venir. Paolina m'a appelée.

Ma bouche se dessécha. Je déglutis du néant.

— Paolina ?

— C'est ce que je te dis. Sa mère ne veut pas qu'elle t'appelle, mais la gosse sait se servir d'un annuaire et elle s'est dit que le black-out ne s'étendait peut-être pas aux messages indirects. Elle te remercie pour le cerf-volant. Elle l'a fait monter à mille mètres, ce matin. Elle espère que tu l'as vu.

Je me surpris à sourire pour la première fois depuis que j'avais appris, pour Davey.

— Si elle rappelle, dis-lui que je scruterai le ciel. Dis-lui... Merci, Gloria.

— De rien, fit-elle d'une voix plus bourrue que d'habitude. T'as besoin d'autre chose ?

— Juste un taxi.

Cette fois-ci, je n'eus pas de mal à franchir le barrage à la porte de l'hôtel. Je connaissais l'un des policiers de garde.

— C'est bon, pour celle-là, dit-il à son collègue avec un coup de menton dans ma direction.

Le lourdaud se contenta de grogner mais me lorgna de la tête aux pieds. La prochaine fois qu'il me verrait, ça irait comme sur des roulettes.

Dee jouait de la vieille Gibson du révérend tout en fredonnant doucement. Je ne l'avais vue seule à seule que quelques minutes depuis sa virée foireuse dans le parc, la nuit où elle m'avait embauchée. Mes yeux firent le tour de la pièce vide. Un paquet de Marlboro, le poison préféré de mon père, était posé sur une table, près de la chaise de Dee. Le cendrier avait débordé depuis longtemps et ça puait le tabac.

Dee s'avisa qu'elle avait allumé une cigarette, tira une bouffée et glissa le mégot sous une corde, près d'une cheville de réglage. Elle plaqua durement un accord en *si* bémol, regarda par-dessus son épaule et risqua un sourire à ma vue.

— Jimmy m'a dit : « Continue à jouer, continue la tournée, ne loupe pas une date. » Sinon, c'est foutu, marmonna-t-elle dans un crescendo d'accords croisés.

— Tu as trouvé un nouveau bassiste ?

— Jimmy en fait venir deux en avion de la Côte. Des vieux de la vieille, musiciens de studios. L'un des deux vient d'un groupe de glitter-rock, mais Jimmy jure qu'il peut jouer du blues. (Elle tenta à nouveau de sourire.) J'ai bien précisé que dans mon groupe, il n'y avait que les nanas qui se maquillaient. Aux premiers faux cils, on prend l'autre, même s'il ne peut jouer qu'en *la*.

Je m'assurai que la porte était verrouillée de l'intérieur.

— Dee, cette tournée doit s'arrêter avant d'avoir commencé.

Elle fit mine de rien. Je n'étais même pas sûre qu'elle m'avait entendue.

— Tu connais ce morceau ? demanda-t-elle. Un vieux truc. *Wild Women Don't Get the Blues ?*

— Dee !

— C'est de la merde, Carlotta. Un gros tas de merde.

— J'ai trouvé Davey. Tu as bu ?

— *Oh, Baby, I've been drinkin'*, chantonna-t-elle. (C'était des paroles de Randy Newman.) Je t'ai dit de laisser tomber.

Je m'assis sur le canapé sans y être invitée.

— L'avocat de MGA/America n'est pas d'accord avec toi.

Elle haussa les épaules comme si plus rien n'avait d'importance, se redressa sur sa chaise et attaqua une suite d'accords familiers, le début de *Steel Guitar* de Danny O'Keefe. Elle se mit à chanter sans que je puisse l'en empêcher.

Carol once told me she dreamed she was pretty,
Lived in a very cool part of the city,
With a man who came home every evening at six,
And begged her to play him his favourite licks,
On a steel guitar, on real guitar,
She could put it all together on a real, on a steel guitar.

Un jour, Carol m'a dit qu'elle avait rêvé qu'elle était jolie,
Et qu'elle vivait dans un quartier chic,
Avec un homme qui rentrait à la maison à six heures,
Et la suppliait de lui jouer ses airs préférés,
Sur une steel guitar, *une vraie guitare,*
Elle pouvait vous jouer tout ça sur une vraie guitare, une steel guitar.

— Tu te rappelles celle-là ? continua-t-elle sans lâcher le rythme. Pom, pom, pom, da da pom. Je me demande si je ne vais pas commencer avec ça.

Je dépliai la lettre de Stuart Lockwood et la lui mis sous le nez de façon à ce qu'elle ne puisse pas l'éviter.

— Lorraine la chantait avec toi ? voulus-je savoir. *Sweet Lorraine, Missing Note, Duet.* Tout est dans les titres des chansons, hein ? Il n'y a jamais eu de plagiat.

— La lettre parle de plagiat, répondit-elle lentement, les yeux sur miss Gibson.

Ses doigts se déplaçaient sur les cordes comme des créatures indépendantes de sa volonté.

— Chante avec moi, Carlotta. Prends la partie de Lorraine.

Cause her daddy's been a welder during the war,
And he played country every night till four,
With some drugstore cow-boys who could pick and grin,
And if you let it all out, they'd bring it all back in,
On a steel guitar, on a real guitar,
'Cause they could put it together on a steel, on a real guitar.

Parce que son père était soudeur pendant la guerre,
Et qu'il grattait du country toutes les nuits jusqu'à quatre heures du mat',
Avec des cow-boys bidon qui jouaient toutes dents dehors,
Et si vous vous laissiez aller, ils vous le jouaient
Sur une steel guitar, *sur une vraie guitare,*
Parce qu'ils pouvaient mettre ça sur une steel guitar, *sur une vraie guitare.*

— Arrête, Dee ! Qu'est-ce qui est arrivé à Lorraine ? *Sweet Lorraine ?*

Elle se contenta de jouer plus fort. Je renonçai et la rejoignis, tout doucement pour commencer.

He taught his daughter to drink whiskey like water,
To go for the man with something to offer,
He said to her, baby, you can go very far,
with an easy laugh and a steel guitar.
That steel guitar, that real guitar,
You dont need a man, you got a real, you got a steel guitar.

Il apprit à sa fille à siffler du whisky comme de la flotte,
À aller vers les hommes avec quelque chose à offrir,
Il lui dit, ma fille, tu peux aller très loin
Si tu as le rire facile et une steel guitar.
Une steel guitar, *ça c'est de la guitare,*
Tu n'as pas besoin d'un homme si tu as une vraie guitare, une steel guitar.

— Est-ce que tu as tué Lorraine ?

Dee étreignit sa guitare comme un bouclier, s'interrompant net.

— Oh ! Carlotta, bien sûr que non.

— Non. C'est tout ?

— C'était un suicide. Je te le jure. Un suicide.

J'attendis. D'habitude, le silence est la meilleure technique avec un suspect, mais Dee avait la meilleure défense, sa guitare.

— Bon Dieu ! tu m'as fait oublier, se plaignit-elle. C'est quoi, le couplet suivant ? S'il te plaît ? Carlotta !

Je ne répondis pas.

— S'il te plaît ?

— Jack, dis-je à contrecœur.
— Ah, oui ! Ce vieux Jack.

Jack was a rambler, he'd been around Nashville,
He knew all the tricks and he sure wasn't bashful.
He heard Carol playing steel guitar.
He said to her, baby, you and me could go far.
On a steel guitar, on a real guitar,
Let's put it all together on a real, on a steel guitar.

Jack avait fait la route, il avait fait Nashville,
Il connaissait toutes les ficelles et n'avait pas froid aux yeux
Il entendit Carol jouer de sa steel guitar.
Il lui dit, chérie, on pourrait aller loin tous les deux,
Avec une steel guitar, *une vraie guitare,*
Jouons ça sur une vraie guitare, une steel guitar.

— Dee, insistai-je.
— Encore un couplet. Le meilleur…

I'll make a long story short, they had a couple of children,
Jack went to war and the enemy killed him.
Carol got his pension and his purple heart,
And now every evening till two she just picks him apart.
On a steel guitar, on a real guitar,
She says I don't need a man, I got a real, I got a steel guitar.

Pour résumer, ils ont eu deux gosses,
Jack est parti à la guerre et y est resté.
Carol a eu sa pension et sa décoration,
Et maintenant, tous les soirs jusqu'à deux heures du mat', elle remet ça.
Sur une steel guitar, *une vraie guitare,*
Elle dit je n'ai pas besoin d'homme, j'ai une vraie guitare, une steel guitar.

Dee termina dans un glissando, faisant gémir la dernière note jusqu'en haut du manche de la vieille guitare.

— Tu crois que je peux démarrer le concert avec ça ? Amusant et triste ? À moins que tu ne trouves ça trop amer ?

— Parle-moi de Lorraine, Dee.

Lorsqu'elle se remit à jouer, je refermai ma main droite sur les cordes.

— Merde ! dit-elle.

— Raconte.

Elle posa la guitare sur ses genoux et passa les doigts sur les touchettes en silence.

— J'étais là, finit-elle par dire d'une voix neutre. C'est tout. J'ai dormi chez Lorraine cette nuit-là. On a bu du vin, je me sentais partie et je me suis endormie. Je crois qu'elle a mis quelque chose dans nos verres, des barbitos, je ne sais pas. Lorsque je me suis réveillée, elle était morte. J'ai fichu le camp.

— Pourquoi ?

— Pourquoi ? Parce que j'étais jeune, parce que j'avais la frousse. J'ai foncé chez Davey. Davey vivait chez moi, si tu te rappelles. J'étais censée passer la soirée avec lui. Lorsque je suis rentrée, il m'attendait.

— Est-ce que Lorraine était morte lorsque tu es partie ?

— Tu ne crois pas que je me suis posé mille fois la question ? Est-ce qu'elle était morte ? C'est ce que je croyais en tout cas. J'en suis sûre à quatre-vingt-dix-neuf pour cent. C'est arrivé il y a longtemps... Ça n'avait pas l'air vrai. Ça n'a pas changé. Parfois, je joue dans un bar ou ailleurs, et je te jure que je crois la voir... Mais ce n'est pas elle, jamais. (Elle avala sa salive.) Davey savait que je m'étais tirée. Et il savait qu'elle avait laissé un message.

— *Missing Note.* Le message disparu. Encore un titre de chanson bidon.

Dee essaya de reprendre le pont de *Steel Guitar*, les yeux sur ses mains pour ne pas avoir à croiser mon regard.

— Ouais ! Lorraine avait laissé un message, une dernière lettre. Qui m'était adressée. Qui parlait de moi.

Je revis la photo de Lorraine au pique-nique. Si jeune, merde !

— Tu vois, il y avait quelque chose entre Lorraine et moi, pendant que j'étais avec Davey. Rappelle-toi, j'étais encore une gamine du Missouri. Je sortais de ma cambrousse. Je ne savais rien des homos, des lesbiennes, tout ça. J'étais naïve. J'expérimentais les trucs, c'est tout.

Pas mal de trucs, d'ailleurs, sur le plan sexuel. Et Lorraine est tombée amoureuse de moi, enfin je crois. C'est ce qu'elle me répétait cette nuit-là, qu'elle était amoureuse de moi, et qu'elle serait à moi pour toujours. Qu'on serait ensemble pour toujours.

Dee chantonna la dernière phrase comme une comptine moqueuse. Lorsqu'elle se remit à parler, sa voix était froide, distante, pleine de colère.

— Mais moi, je lui ai dit que je marchais pas. Je lui ai dit qu'elle n'en tirerait même pas une bonne chanson. Du mélo merdique. Voilà ce que c'était. Avec toi, pour toujours, mon amour, gna-gna-gna. Je fais pas ce genre de conneries. Pas question d'être fidèle, ni à elle, ni à Davey. Merde ! Je n'en suis pas fière aujourd'hui. Je ne suis pas comme ça, c'est tout. Je ne suis pas faite pour ça. Je lui ai dit que je l'aimais bien, qu'on pouvait se voir quand j'étais en ville, mais que j'avais un plan pour me tirer d'ici, et que j'aimais aussi les hommes. Que je préférais les hommes.

— Qu'a dit Lorraine ?

— Qu'elle savait que je reviendrais, qu'il n'y en avait pas deux comme nous sur scène.

Duet. Troisième titre bidon.

— Elle disait qu'on ferait de la musique toutes les deux, continua Dee, *sa* musique à elle. Elle pensait qu'on pourrait se lier à un de ces groupes de filles comme Yolanda, ou Lady Godiva, un truc comme ça. Un de ces plans militants où les musiciens soutiennent des causes et ne se font pas un rond. Faire de la musique à partir de l'amour entre nous... Tu parles...

— Hum ! fis-je pour l'encourager.

— Je lui ai dit qu'elle délirait. Elle s'est suicidée. Et elle a laissé un message.

— Et Davey était au courant, pour cette lettre ?

En posant la question, je m'avisai que je n'encaissais pas les réponses. Couples, suspects... J'écoutais comme quand j'étais flic. Ce n'était pas ma Lorraine à moi, la première mort que j'aie pleurée, ou mon Davey à moi, celui avec qui j'avais couché, ou ma Dee à moi, la meilleure chanteuse que j'aie jamais accompagnée à la guitare.

— Bien sûr que Davey était au courant, fit-elle amèrement. Et moi qui m'étais endormie par terre... Je ne pouvais même pas parler, je ne pouvais même pas me forcer à sortir : « Lorraine est morte. » Je tenais la lettre à la main. Je la lui ai tendue. Il l'a lue. Et il l'a gardée.

— Pourquoi tu ne m'as rien dit ?

Je parlais à voix basse mais ne pus cacher ma colère. Toutes ces années à me demander pourquoi Lorraine avait fait ça... Toutes ces années à me sentir coupable ! Comment aurais-je pu deviner la vérité ? Je revis le visage ovale de Lorraine, ses cheveux bruns et lisses. J'entendis sa voix claire de soprano. Je l'ai connue... combien ? Deux ou trois ans. Et je n'ai jamais soupçonné qu'elle était homosexuelle. Et encore moins qu'elle était amoureuse de Dee Willis.

— Bien sûr ! fit Dee. Il aurait fallu tout raconter à miss Flic. Et tu m'aurais fait coffrer à tous les coups. Tu m'aurais forcée à remettre cette lettre idiote à la police, et tout le bazar. Tu sais ce que pouvait provoquer ce genre de rumeur à l'époque ? « La chanteuse Dee Willis couche avec des nanas. L'une d'entre elles s'est même donné la mort pour elle. » Je n'avais pas envie que ça se sache, figure-toi. J'avais une tournée de prévue. Un manager. Je ne voulais qu'une chose : me tirer, et vite.

Elle prit son bottleneck dans son étui à guitare.

— C'est Davey que je ne comprends pas. Après tout ce temps... Il n'avait qu'à venir me voir, c'est tout. Je lui ai donné de l'argent à chaque fois qu'il en a eu besoin. Et ça n'a jamais été du chantage. C'était ce que je t'ai dit, un cadeau à un ami qui m'avait aidée. Un jour, on a même blagué là-dessus en disant que je lui versais des droits d'auteur, parce que j'avais écrit *For tonight* juste après la lettre de Lorraine, inspirée par ces conneries du style « mon amour, toujours », etc. Davey a toujours prétendu qu'il avait modifié un accord, mais c'est faux ; c'est moi qui l'ai composée entièrement, comme les autres.

Elle posa la guitare sur le sol, le manche contre le canapé. J'eus peur qu'elle ne tombe.

— Je ne comprends pas cette méchanceté tout à coup. (Je ne l'avais jamais vue si fatiguée, vidée.) Il savait que je n'étais pas responsable de la mort de Lorraine. C'est arrivé, et tout aurait été différent si j'avais réagi autrement. Si je pouvais revenir en arrière et recommencer un bout de ma vie, ce serait celui-ci.

— Lorsque tu as trouvé Brenda morte, lorsque tu m'as appelée, tu parlais de Lorraine, c'est ça ?

— C'était un cauchemar, comme si tout recommençait. Et c'est là que j'ai compris que Davey avait disjoncté, qu'il avait tué cette pauvre Brenda juste pour me rappeler que je devais le payer pour son silence. Et c'est là que j'ai décidé de lui donner son fric, de mettre tout ce que j'ai au clou, d'emprunter, d'accepter n'importe quel contrat de MGA/America, de lui donner son fric et de reprendre ma vie là où je l'avais laissée.

Je pris la guitare. Le vieux bois usé était doux comme de la soie. Il y avait une balafre à gauche de la plaque de protection. Elle sentait le vieux cigare.

— Parle-moi encore de Lorraine.

— Qu'est-ce que tu veux que je te dise ? fit Dee, la tête basse. Je l'aimais bien. Je l'aimais vraiment.

— Tu crois qu'elle voulait te tuer, toi aussi ? Avec le vin et les médicaments ?

— Je n'y pense plus. Je ne pense plus qu'à la musique. La musique, cette salope ingrate de musique, c'est toute ma putain de vie, Carlotta. Si je ne peux plus jouer, je ne veux rien faire d'autre. J'ai abandonné tout espoir d'une vie normale. Je n'ai pas de chez-moi, je n'ai pas d'enfant. La nuit où Lorraine est morte, je crevais de trouille. Et je ne voulais pas que les gens associent mon nom à la mort de Lorraine. Dee Willis. *Dee Willis.* Lorsqu'on entend mon nom, on pense à mes chansons. Et pas à un horrible suicide d'il y a bien longtemps... Comment Davey a-t-il pu me faire ça ? (Elle secoua la tête et tendit les mains, comme pour arracher une réponse au néant.) Pourquoi maintenant ? Pourquoi a-t-il été voir cet avocat de merde ? Je croyais que si je le retrouvais... que si tu le retrouvais... Peut-être qu'il était bourré au point qu'il ne savait plus ce qu'il faisait...

Je pinçai un accord en *la* mineur, suivi d'un *mi* mineur qui résonna dans le silence.

— Le maître chanteur a été obligé de passer par un avocat, dis-je. Il ne pouvait pas te coincer directement. Ce n'est pas Davey.

— Quoi ?

— Ce n'est pas Davey qui te fait chanter, répétai-je. Davey a trop parlé, et c'est pas tombé dans l'oreille d'un sourd. Et ce n'est pas non plus de sa faute.

Dee passa ses doigts dans ses boucles brunes et pressa ses paumes contre ses tempes, comme si la migraine la taraudait.

— Arrête, avec les accords mineurs, bon Dieu ! Dis-moi qui c'est. Dis-moi... Est-ce que c'est moins grave pour moi ? Est-ce que c'est pire ? Qu'est-ce qui va se passer maintenant ?

— Ça dépend.

— De quoi ?

— De toi. Tu peux te taire et banquer un maximum. Mais rappelle-toi que c'est un escroc doublé d'un criminel. Il a tué Brenda.

— Qui est-ce ? Te presse pas, surtout.

— Le petit ami de Brenda. Son « joujou ».

— Le petit ami de Brenda ? Ray ? Comment connaît-il Davey ? Comment a-t-il su, pour Lorraine ? Qu'il ait tué Brenda pour des conneries d'histoires entre eux, bon... mais pourquoi il me ferait chanter ?

— Il connaît Davey. Je t'expliquerai plus tard. Réponds à une simple question : tu veux qu'il s'en tire ou non ?

Dee laissa retomber ses mains sur ses genoux et me regarda un long moment avant de répondre.

— Brenda était une dure, lâcha-t-elle enfin. On n'était pas souvent d'accord, toutes les deux. Mais c'était une bonne musicienne. Le révérend aurait dit une guitariste honnête.

— Je crois comprendre que tu ne tiens pas à ce que son assassin s'en sorte. Bien ! Mais il faudra revoir mon copain, le flic. Et lui parler de Lorraine.

— Merde ! cracha Dee. Merde ! Faut que je réfléchisse. Maintenant, soit tu me rends la guitare, soit tu joues.

Mes doigts trouvèrent tout seuls les notes d'un truc de notre groupe de l'époque. J'eus la surprise de me rappeler les paroles.

Look down the road, far as my eyes can see,
Far as my eyes can see,
I couldn't see nothing that looked like mine to me

En regardant la route, aussi loin que mes yeux puissent voir,
Aussi loin que mes yeux puissent voir,
Je n'ai rien vu qui soit à moi.

— Jolie, fit Dee. Skip James ?

— Chris Smither.

Je continuai de jouer sans chanter, juste d'égrener la mélodie,

— Tu as retrouvé Davey. Je savais que tu y arriverais.

Je chantai un autre couplet, puis acquiesçai. Elle parla tout doucement par-dessus mon solo de guitare.

— Tu lui as parlé ? Il va me rendre la lettre de Lorraine ?

Lorsque je lui dis où il était, elle se mit à pleurer. Je n'avais pas le cœur à lui poser d'autres questions. Ce n'était plus nécessaire.

36

Dès qu'elle eut retrouvé sa voix, Dee passa un coup de fil à Hal. Je l'écoutai mentir. Elle lui expliqua qu'elle avait un problème et que, pendant vingt-quatre heures, elle ne voulait personne, absolument personne dans sa chambre. Barrage téléphonique. Dans l'écouteur, je pouvais entendre la voix de Hal qui montait peu à peu, en même temps que sa panique. Elle lui assura qu'elle serait fin prête pour le concert. Il hurla qu'il fallait qu'il la voie, qu'il arrivait, qu'il amenait un toubib. Elle cria plus fort que lui. *Niet !* À toutes ses suggestions. Puis elle raccrocha, mit une main sur son estomac, et fonça aux toilettes.

Elle y resta longtemps. Je l'entendais hoqueter.

Je profitai de l'occasion pour donner moi aussi un coup de fil. Mooney accepta de me retrouver à la réception.

Lorsque Dee s'aventura hors de la salle de bains, elle semblait en meilleure forme. Elle s'était passé de l'eau sur le visage, elle était blême, sans maquillage, et tenait une serviette mouillée pressée contre ses lèvres. J'inspectai rapidement l'armoire à pharmacie et la poubelle de la salle de bains, mais ne trouvai rien qu'elle ait pu avaler pour se faire du mal.

— Tu as peur, Dee ? demandai-je gentiment lorsque je la retrouvai, inerte, sur le canapé.

— Du sida ? Merde ! J'ai passé tellement d'examens. Dans ce boulot, c'est obligatoire pour tout le monde, sauf pour les enfants de chœur. Je n'ai rien chopé. Je ne l'ai pas fait exprès mais c'est comme ça. J'ai baisé avec des types dont je ne savais même pas le nom, des mecs qui se camaient, des homos. Mais ça va. Je me sens moche, c'est tout. Moche, moche, moche.

— Mooney, le flic dont je t'ai parlé, celui que tu as rencontré au commissariat, il sera en bas dans dix minutes. Tu veux que je le fasse monter ?

— Ici ? (Elle regarda la chambre élégante comme si c'était une cellule de prison.) Merde ! non. J'ai besoin d'air. Il y a un bar au rez-de-chaussée. On pourrait boire un verre.

— Tu peux te faire monter quelque chose.

— Hal leur a dit de me couper les vivres. Plus d'alcool. Sympa, hein ?

— Il peut faire ça ?

— C'est lui qui paie la note.

Il nous fallut attendre jusqu'à ce que Mooney appelle et renvoie les cerbères à la porte. Dee passa un bon moment clans la salle de bains, et lorsqu'elle en émergea, elle avait changé. Elle était toujours blême et triste, mais elle avait réussi à se faire une tête. Beau travail de maquillage. Pas de fard, un rouge à lèvres clair. Comme une mariée, pensai-je. Peut-être est-ce pour cela que je ne comprends rien à Dee. Une part d'elle-même est toujours en scène.

Je la connaissais depuis onze ans, mais je fus impressionnée par la façon dont elle se comporta avec Mooney, une fois en bas.

— Vous n'avez pas encore arrêté l'ami de Brenda ? demanda-t-elle aussitôt en s'emparant de sa main.

Elle la garda un peu trop longtemps pour un simple salut.

Pour Mooney, cette phrase était censée montrer combien Dee était préoccupée par l'affaire. Pour moi, c'était une sonde habile : « si la police tient l'assassin, pas besoin de parler de Lorraine. »

— Pas de chance. Pas de Ray, dit Mooney.

Nous allâmes au bar, un salon plutôt, avec des nappes en lin sur les tables, des palmiers en pot et des paysages à l'huile dans des cadres dorés. L'hôtesse nous proposa de nous installer près d'une fenêtre. Dee murmura quelque chose, et nous échouâmes au fond de la salle, cachés derrière les plantes vertes.

— Savez-vous où vit ce salopard ? demanda Dee dès qu'elle eut commandé un scotch-soda.

Mooney et moi nous contentâmes d'un café.

— On a son adresse grâce à Carlotta, on a fait une descente en force. Apparemment, il a déménagé la nuit où Brenda est morte.

— Déménagé, fit Dee en écho.

Je remarquai qu'elle ne quittait pas Mooney des yeux, fixant son visage pour glisser parfois sur ses mains. Les musiciens sont très fiers de leurs mains. Je me demandai si Mooney l'était, lui aussi.

— Parti sans laisser d'adresse, dit Mooney. Avec une ardoise chez son proprio.

La serveuse apporta le verre de Dee sur un plateau. Nos cafés arrivèrent dans une impressionnante cafetière en argent.

— Oh ! et puis…, fit Dee dès que la serveuse se fut éloignée.

Elle me dévisagea longuement. J'acquiesçai, en guise d'encouragement. Elle regarda ses mains, fermement agrippées à son verre.

— Brenda a été tuée. On a voulu me faire peur. C'était un message qui m'était destiné.

— Souhaitez-vous poursuivre cette conversation en présence d'un avocat, miss Willis ? demanda Mooney.

— Non. Je vous en prie, appelez-moi Dee. Ce n'est pas une confession, ni une déclaration officielle, à part que…

— C'est le « à part que » qui m'inquiète, dit Mooney.

— Contentez-vous d'écouter. S'il vous plaît ! Je ne veux pas d'avocat. Juste vous dire la vérité.

Je n'irais pas jusqu'à dire que Dee mentait. Mais vu la façon dont elle raconta les choses à Mooney – eh bien, l'approche était différente. C'était un miracle si elle avait pu sortir vivante de cette terrible nuit. Plus question de la déclaration d'amour de Lorraine, du refus de Dee et du suicide. Cette fois, c'était l'histoire de Dee, de sa terreur, de sa survie.

— Donc, résuma Mooney, vous pensez que le petit ami de Brenda a tout entendu à l'hôpital et s'en est servi pour monter un coup, c'est ça ? Et il a préparé le terrain pour vous montrer qu'il savait ce qui était arrivé à Lorraine, et que vous feriez mieux de payer, sinon...

Dee répondit dans un murmure rauque, et je pris brusquement conscience du pouvoir de cette voix toujours si contrôlée.

— Je ne comprends pas pourquoi il s'est cru obligé de la tuer. Si je l'avais trouvée ivre ou inconsciente, j'aurais compris aussi.

— Vous aviez une liaison avec Brenda ?

Dee n'apprécia pas la question. Moi si. Mooney la traitait comme une suspecte au lieu de se prosterner à ses pieds en signe d'adoration, comme tous ses fans.

— Ça change quelque chose ? se défendit-elle. Je ne l'ai pas tuée. Et non, nous n'avions pas de liaison, comme vous dites.

Je bus une gorgée de café.

— À mon avis, Brenda a aidé Ray pour le chantage, dis-je, mais à son insu.

— Comment ça ? voulut savoir Mooney.

— Tu te rappelles l'époque où Brenda a commencé à sortir avec Ray ? demandai-je à Dee.

— C'était du vite fait, bien fait, crois-moi. Il lui a sorti le grand jeu – avec des fleurs et tout –, il lui a dit qu'il aimait l'écouter avec Silverhawk, son groupe précédent. Et Brenda a été flattée. Ça marche à tous les coups, hein ? Tous les mecs du groupe ont des minettes qui les attendent à leur hôtel, brûlant d'espoir de se faire sauter par un type tout juste capable de jouer un accord en *do*. En tournée, c'est différent pour une femme. Enfin, pour certaines. Brenda n'avait pas un mec dans chaque port. Elle prend… elle prenait de la bouteille. Et elle avait envie d'avoir un jeune mec à demeure.

Mooney leva un sourcil. J'intervins.

— Stuart Lockwood prétend qu'il a rembarré Ray – Ray qui se faisait passer pour Davey – la première fois qu'il s'est présenté à son cabinet, sans la moindre preuve. Donc Ray est allé au charbon. D'abord, il a piqué à Davey de vieilles photos dédicacées de Dee. Mais ce n'était pas suffisant et il a dû se tourner vers Brenda. Une fois qu'il la tenait, il lui a joué son grand air : « Je suis un fan, un vrai, donne-moi tes partitions, que j'en fasse des photocopies. » Il lui a peut-être même demandé les originaux. C'est facile de monter un bateau sur le thème : « Je suis fauché ; je connais un collectionneur qui me donnerait un bon prix pour des partitions originales. » À moins qu'il n'ait volé la partition de Brenda, et au diable les chichis, il ne connaissait rien à la musique, il ne pouvait pas savoir que Brenda n'aurait que les lignes de basse.

— Minute, dit Mooney. Pourquoi n'a-t-il pas piqué les partitions de Davey s'il pouvait lui soutirer n'importe quoi ? Pourquoi avait-il besoin de Brenda ?

Dee fit signe à la serveuse de lui resservir un whisky et prit la parole.

— Je peux vous répondre. Davey n'avait pas les transcriptions. Il jouait comme un dieu, il vous sortait un morceau en n'importe quel mode, mais il n'a jamais appris à déchiffrer une partition.

— Trois cent mille douars, soupira Mooney. Pour une telle somme, on a fait pire.

— S'il avait demandé mille dollars et imité la signature de Davey sur une lettre, j'aurais payé sans même poser de questions, fit Dee.

— Tu vois, Mooney, tout est là. Ray en a trop fait. Davey, malade, a dû parler pognon. Tantôt il délire, tantôt il atterrit. Il lui arrive même d'être conscient. Peut-être que parfois, il croit vraiment qu'il a écrit une partie de *For Tonight*, ou que Dee doit lui verser des droits d'auteur pour cette chanson, parce qu'elle l'a écrite en s'inspirant de Lorraine, et qu'il n'a rien dit de cette histoire. Ray l'écoute radoter et prend Dee pour la poule aux œufs d'or. Brenda comprend qu'il y a anguille sous roche. Peut-être que Ray insiste trop sur les partitions, peut-être qu'elle remarque que Dee devient nerveuse.

— Et elle finit par demander à son petit ami de quoi il retourne, conclut Mooney.

— Elle aurait pu deviner rien qu'en le voyant arriver, avec ses gros sabots. Ce qui est sûr, c'est qu'elle a posé une question de trop. Peut-être qu'elle a menacé de révéler à Dee qu'elle lui avait donné ses partitions. Ça aurait suffi pour faire réfléchir Dee, et tous les plans de Ray seraient tombés à l'eau. Si Dee se doutait que ce n'était pas Davey qui la faisait chanter, pas question qu'elle banque, hein ? Ray ne pouvait pas aller au tribunal avec des preuves relatives à la mort de Lorraine, quoi qu'il ait entendu à l'hôpital. D'abord c'était de simples rumeurs, et en plus des rumeurs qui venaient de Davey. Une douzaine de médecins peuvent témoigner qu'il est *out* la plupart du temps, détruit par le sida, ou que les médicaments lui donnent des hallucinations. Ray était obligé de passer par un avocat, par un intermédiaire. Bon Dieu ! vous l'avez vu ? Il était encore au berceau quand Dee a écrit *For Tonight*.

— J'ai vu sa photo au service anthropométrique, dit Mooney.

— Ce n'est pas un brave et honnête citoyen ?

— C'est même incroyable qu'il ait pu trouver du travail. Il a dû fournir un C.V. bidon. À moins que l'hôpital recrute exclusivement dans les pénitenciers. Saint-Jean-de-Dieu y a laissé la moitié de son matériel.

— Il a déjà travaillé dans un hôtel ? demandai-je.

— Je peux vérifier. Il a pu liquider Brenda dans sa chambre et la transporter dans celle de Dee sur le chariot d'une femme de chambre. Ensuite il refait le lit de Brenda avec des draps piqués sur le chariot et fourre le linge sale en douce dans une corbeille. Il est garçon de salle, pas vrai ? Donc même s'il n'a pas travaillé dans un hôtel, il sait faire un lit.

— Rappelle-toi, les deux cercles sur la revue. Deux verres, mais il n'en restait qu'un. Pour moi, il a fait démarrer Brenda dans sa propre chambre, il lui a fait avaler un maximum de saletés avec de l'alcool, il a tout salopé, puis a tout nettoyé, comme tu l'as dit. Brenda devait être furieuse contre Dee ; elle s'était fait enguirlander pendant la répétition. Ray a dû proposer un truc du genre : « Allons voir cette salope. » Il a plus ou moins porté Brenda dans le couloir. En pleine nuit, qui risquait de les voir ? Et s'il y avait quelqu'un, il pouvait toujours modifier ses plans. Peut-être savait-il que Dee était sortie ; peut-être pensait-il laisser Brenda au salon si Dee dormait dans sa chambre. Il avait dû se procurer une clé à la réception ; c'est assez facile. Dee n'était pas là, alors il a dit à Brenda : « On n'a qu'à baiser dans son lit, montrer à cette salope ce qu'on pense d'elle. » Et il a continué de lui donner des cachets et de l'alcool, jusqu'à ce qu'elle tombe raide.

— Je suis preneur, dit Mooney. Et la seringue serait la touche finale. D'une pierre deux coups. Effacer Brenda et faire peur à Dee.

Le second verre de Dee arriva. Elle se lécha les lèvres et dit, surtout pour moi :

— Tu ne penses pas que Ray a piqué la lettre de Lorraine dans les affaires de Davey ?

— Écoute, Dee ! S'il l'avait, et si elle était aussi moche que tu le dis, il t'aurait approchée directement pour essayer de te la revendre. Davey a sans doute détruit cette lettre il y a des années. Il t'aimait, Dee. Lorraine aussi. Merde ! tout le monde t'aimait... Cal, et tout ce foutu groupe aussi. Ce n'est pas ce que tu veux ? Que tout le monde t'adore ?

Je n'avais pas haussé le ton. Mooney et Dee firent semblant de n'avoir rien entendu.

Un jeune homme en costard, cravate et sourire de loup s'approcha de notre table.

— Excusez-moi mais... vous êtes bien Dee Willis ?

— Je monte dans ma chambre, dit-elle, vidant son verre d'un trait. Non, monsieur, ce n'est pas moi. Vous vous trompez.

37

Je levai les yeux et vis Roz qui me faisait des signes depuis un box, cachée derrière un palmier. Je faillis m'étrangler avec mon café.

— Tu peux m'attendre une minute, Mooney ? Faut que j'aille aux toilettes, dis-je, mine de rien.

En fait, il n'avait d'yeux que pour Dee, comme s'il voulait s'assurer qu'elle prenait bien le chemin des ascenseurs.

— Je vais téléphoner, dit-il. Je te retrouve ici.

Une serveuse me montra la direction d'un petit vestibule. Les toilettes des dames comprenaient trois cabines, chacune avec son lavabo ; on n'allait tout de même pas se laver les mains en public, non ! Roz me rejoignit comme je m'essuyais les mains avec une serviette individuelle joliment roulée dans un panier décoratif. Pas d'essuie-mains en papier recyclé au Four Seasons.

Afin de tenir son rôle de groupie infiltrée, Roz s'était teint les cheveux couleur réglisse ; elle portait une mèche tressée sur la tempe droite, tandis que le côté gauche était crêpé et gonflé, façon bouchée exotique. De bas en haut, elle arborait des bottes noires, un fuseau ultra collant noir brillant et un de ses T-shirts préférés, souvenir d'un voyage à La Nouvelle-Orléans ; un truc violet avec une rangée d'huîtres en travers de la poitrine – généreuse – et dessous, imprimé sur trois lignes : « Déchire-moi, suce-moi, mange-moi toute crue. »

Exactement le genre de cachet que la gérante souhaitait donner à son hôtel. Je voyais d'ici le mémo qu'elle allait envoyer au boss : « Les groupes de rock, terminé. Les groupes de blues, terminé. Les groupes tout court, terminé. Sauf peut-être les Petits Chanteurs à la Croix de Bois, quoique… »

— Délicieux, dis-je à Roz alors que nous échangions un regard dans le miroir.

— Je ne savais pas que les groupies donnaient dans la subtilité, dit-elle en rajoutant une couche de rouge à lèvres sur sa bouche éclatante. Et de toute façon, je n'ai pas encore rencontré de type à qui je voudrais serrer la main. D'après Mimi, le batteur est hors course et le clavier tellement défoncé qu'il n'a pas bandé depuis des années. Le guitariste est très mignon mais il craque pour sa pomme et il paraît qu'il fait ça avec son miroir.

— Passe au plat de résistance, Roz. Mimi pourrait avoir envie de visiter les petits coins.

— Il n'y a pas de plat de résistance. Cette petite salope ne veut pas d'une bonne copine ou d'une grande sœur, crois-moi. Je représente la concurrence.

— Alors qu'est-ce que tu as pu glaner ?

— Pour commencer, Mimi n'est pas Mimi, mais Matilda Hooper. Non, je charrie pas ! J'ai emprunté son portefeuille. Je parie mon dernier T-shirt qu'elle a un casier, mais sans doute sous scellés, chez les mineures. Elle dit qu'elle a quinze ans, mais je lui en donne dix-sept. Elle traîne dans les groupes depuis ses dix printemps, mais je crois qu'elle invente tout ce qu'elle dit au fur et à mesure. Elle se vante de se droguer, de dealer, de baiser, de faire des casses. Si elle fait la moitié de ce qu'elle prétend, elle sera morte avant d'avoir vingt ans.

— Et notre casse à nous, c'est elle ?

— Elle était prise cette nuit, et elle s'est marrée en disant « prise ». Si elle s'était tapé un des types du groupe, ou des machinos, ou des roadies, elle m'aurait tout raconté en détail, et sans rire. Coucher avec des musiciens – c'est son fonds de commerce, on dirait. Elle tient la comptabilité, avec les noms et tout.

— Quoi d'autre ?

— Écoute, ça gaze pas. Mimi m'a dans le nez. Tu sais tout ce que j'ai pu lui arracher, et je n'en tirerai rien de plus. Je lui ai payé à boire, et pas qu'un verre, mais si je continue, elle va rouler sous la table, point final.

— Elle a dit quelque chose sur Hal ?

— Elle le trouve plutôt pas mal pour un vieux, et basta. Si tu veux mon impression, je crois qu'elle est dans ses petits papiers. C'est lui le manager. C'est par lui qu'elle a accès aux vedettes.

— Elle couche avec lui ?

— Elle ne s'en vante pas. Une fois, elle a léché le téton droit de Mick Jagger. Ça, elle s'en vante.

— C'est Freddie ou Mimi qui fournit la drogue ?

— Je dirais Mimi, mais c'est pas sûr. Les deux, peut-être. Tu aimes mes cheveux comme ça ?

— Super !

Elle ombrait ses paupières avec une substance entre les paillettes et le fard pour clowns.

— Par contre, j'en ai tiré, des tuyaux sur la mode ! On a toujours besoin d'un plus petit que soi.

Je ne sais jamais si elle plaisante. Je laissai tomber.

— Ta carrière de groupie est terminée ?

— Si je traîne dans le coin, Mimi va me faire tabasser par un voyou. Voilà ce que je pense.

— Alors démissionne. Va à la bibliothèque. Vérifie les revues. Je ne sais pas s'ils reçoivent des trucs comme *Guitar magazine*, mais c'est possible. Regarde ce que tu peux glaner sur Hal Grady. Quels groupes il a pilotés, par exemple. Mimi a cité les Bow-Wow, je crois...

— Ils n'étaient pas mal, dit Roz. Paraît qu'ils ont bien marché en tournée, mais leur album s'est planté.

— Un groupe de concerts, murmurai-je.

Je me relavai les mains.

— Comment ça ? dit Roz. À quoi tu penses ?

— Certains groupes sont excellents sur scène et gagnent pas mal d'argent en tournée. Bons spectacles, bons musiciens. D'autres sont meilleurs en studio. Plein d'harmonies, plein d'effets spéciaux... Ils vendent des tonnes de disques. Mais il n'y a guère de groupes qui font les deux.

— Et alors ?

— Je me demandais si Hal s'était spécialisé dans les groupes de scène, ceux qui gagnent en vendant plus de billets que d'albums, cassettes, CD et *tutti quanti*. Comme les Bow-Wow.

— C'est si inhabituel ?

— En tout cas, ce serait intéressant à savoir. Vérifie-moi ça, si tu le peux. Regarde si les groupes managés par Hal étaient des stars en concert et des zéros en studio. Tu sais où chercher ?

— On commence par Variety et on descend, c'est ça ?

— Parfait ! Et profites-en pour demander à la bibliothécaire si elle consent à parler à des gens qui portent des T-shirts obscènes.

— Dis-moi franchement, tu crois que je devrais laisser mes cheveux comme ça ?

38

Le temps que je revienne à la table, Mooney avait bu son café.

— Ce truc me rend nerveux, dit-il, à moins que ce ne soit toi. J'ai comme l'impression que tu me caches quelque chose…

— Gagné, fis-je froidement. Mais avant de t'en parler, je veux savoir ce qui va se passer.

Je désignai les ascenseurs du menton, pour être sûre qu'il voie où je voulais en venir.

— Pour Dee ? Rien. Personne ne va aller lui reprocher un suicide qui remonte au déluge. Bon Dieu ! les types de Jamaica Plain râlent parce que j'ai le culot de leur réclamer le rapport sur cette affaire. Ils n'arrivent pas à remettre la main dessus parce qu'il aurait été archivé dans un entrepôt quelconque. Si je remplis un formulaire, ils pourront peut-être me le fournir dans un délai de six à dix semaines, à condition que quelqu'un daigne s'occuper de la paperasse.

— Coopératifs. Je croyais que, dans cet État, le suicide était toujours un crime.

— Ils sont coopératifs, rétorqua Mooney, sur la défensive. Mais débordés aussi. À part ça, personne ne saura jamais si la fille était morte ou non lorsque Dee l'a quittée. Personne ne saura jamais si on aurait pu sauver ton amie. Disons qu'elle était peut-être en vie, prête à passer de l'autre côté. Si Dee avait appelé la police, les urgences ou n'importe qui, Lorraine serait peut-être restée dans le coma jusqu'à la fin de ses jours, comme Karen Quinlan. Ce que je veux dire, c'est que Dee lui a peut-être fait une fleur en la quittant. Tu étais l'amie de Lorraine, pas vrai ? Qu'est-ce que ça changera si je remue tout ça ? Tu crois que ses parents ont envie d'apprendre que non seulement leur fille s'est suicidée mais qu'elle a essayé d'entraîner Dee Willis avec elle ?

— C'est ce que prétend Dee.

— Le cadavre ne démentira pas, rétorqua Mooney. Tu crois que les parents tiennent vraiment à savoir que leur petite fille chérie couchait avec ses copines ? Et tu ne le savais pas ! Toi, sa grande amie !

— Ouais ! Vas-y, dis-je, en colère. Tu sais combien il y a d'homos à ton bureau ? Tu les reconnais, toi ? Tout ce que je sais, c'est que Lorraine ne m'a jamais fait d'avances. Et Dee non plus. Faut croire que je n'étais pas leur genre.

— Je ne compte pas faire une conférence de presse, et toi non plus. Laissons tomber. Laissons tous ces gens tranquilles.

— Et Ray ?

— On a un mandat d'arrêt et on va continuer de le chercher jusqu'à ce qu'on le trouve. Tôt ou tard, à moins qu'il ne soit plus futé que le tueur moyen, il finira par se pointer chez sa sœur, ou par aller voir une vieille copine, ou un cousin de New Bedford, et on le coincera.

— Tu ne penses pas que Dee soit en danger…

— À cause de lui ? Il veut de l'argent, un point c'est tout. S'il est vraiment idiot, il va contacter Lockwood, et d'après ce que j'ai cru comprendre, l'avocat va nous le refiler.

— Il a tué quelqu'un. Il n'a plus rien à perdre.

— La mort de Brenda n'a pas fait de vagues. Le suicide d'un énième musicien ne fait pas de la bonne copie, à moins que la victime ne soit une star. À part ça, on peut muscler la sécurité autour du concert si tu veux, dans la mesure du possible, bien sûr.

— Et je peux aussi demander à l'organisateur de lui trouver un garde du corps, dis-je lentement. Tout compte fait, je préfère arranger ça moi-même.

Les grands frères de Gloria avaient peut-être une chance de se faire des ronds sur le dos de MGA/America, après tout.

— Bon, dit Mooney, maintenant, tu veux bien m'expliquer le reste ? me dire par exemple en quoi Roz est déguisée ?

— Tu l'as vue ?

— Faudrait être aveugle, Carlotta…

— Je croyais que tu étais occupé à mater la croupe de Dee Willis.

— Mon Dieu ! fit Mooney en secouant la tête, on dirait que cette fille s'y entend pour mettre de l'huile sur le feu.

— Qui se ressemble s'assemble, il faut croire. Tu veux savoir, à propos des autres ?

— Quels autres ?

— Celui qui m'a piqué mon sac, par exemple.

— Ray, c'est ça ?

— Non. Ray s'est toujours montré prudent. Il a travaillé comme garçon de salle et écouté Davey pendant des mois ; il ne s'est pas précipité. Et je sais qu'il n'a pas salopé ma maison.

— Alors, qui est-ce ?

— C'est là que Roz intervient. Elle étudie la question.

— Dans cette tenue ?

— Je suis sûre que tu pourrais faire mieux mais tu te plaindrais que j'utilise les ressources du service public pour faire mon boulot personnel.

— Un rapport avec Mickey Manganero ?

— Oui.

— Les types des stupéfiants bavent rien qu'en entendant son nom. Et la police de Boston ne demande qu'à les aider.

— Tu veux assister à un concert avec moi ? Les billets sont rares mais j'ai une copine.

— Deux billets ? Rien que toi et moi ? Un rendez-vous ?

— Trois billets, rectifiai-je, et une occasion d'améliorer vos relations avec un service de police fédérale. À toi d'inviter un collègue des Stups.

— Ça me paraît correct, dit Mooney prudemment.

— Choisis-en un qui aime la musique, suggérai-je avant de lui raconter ce que je savais d'Hal Grady.

À savoir qu'il jouait, qu'il avait recommandé un prêteur du coin à Dee Willis, que celle-ci avait mentionné l'affection de Hal pour Atlantic City, l'ancien terrain de jeux de Manganero. N'y aurait-il pas moyen de savoir si Hal Grady maniait plus d'argent liquide qu'il n'aurait dû ?

— Tu crois que Manganero utilise Grady pour blanchir son pognon ?

— Je peux te sortir au débotté une demi-douzaine de combines pour le faire, et je ne suis même pas un escroc. Disons que Hal fait tourner un groupe bidon, qui ne vend pas un billet. Il distribue des places gratuites à poignées – aux hôpitaux, aux organisations de charité –, et remplit sa salle. Je crois qu'on appelle ça gonfler le public. La salle est pleine mais il n 'y a presque pas un rond dans la caisse. Grady reçoit le solde de Manganero.

— Et les autres moyens ?

— Ce genre de tournée se joue à guichets fermés. Les places pour ce spectacle coûtent à peine trente dollars. Lorsque Hal inscrit le montant, il rajoute dix dollars par ticket. Le solde vient de Manganero. Grady peut aussi mentir sur la taille de la salle. Tu crois que quelqu'un s'amuse à passer les registres au peigne fin pour savoir si tel ou tel stade comprend vraiment quarante-deux mille sept cent soixante-deux sièges ? Il peut encore jouer sur le prix des places. Tu sais, un endroit comme le Berklee Performance Center doit faire des prix différents pour les balcons ou l'orchestre. Hal peut doubler le nombre des places chères, et réduire de moitié le nombre des places bon marché.

— Ça ne fait que quatre solutions.

— Tu n'as vraiment aucune imagination !

— Si Hal gonfle la recette pour un concert complet, on peut penser que MGA/America devrait le remarquer.

— Donc les Gianelli ont une taupe chez MGA, ou à la banque. Ou les deux. Ça te chiffonne ?

— Non.

— Ils en ont même une dans la police.

— Tu as des preuves ?

— Non, Mooney. J'extrapole. Mais ce que je veux dire, c'est que Manganero peut trouver bien des usages à un type comme Hal Grady.

— Tu crois que quelqu'un de MGA est dans le coup ?

— Si Hal a beaucoup travaillé pour MGA, je dirais que la probabilité est fortement envisageable.

— Dee serait au courant ?

Je haussai les épaules et bus mon café sans en apprécier le goût.

— En fin de compte, je crois avoir appris une chose sur Dee, risquai-je après un long silence. Elle est capable de tout pour faire carrière.

— Tu crois la petite histoire qu'elle m'a servie ?

— À propos de Lorraine ?

— Oui.

— Tu l'as dit toi-même, après toutes ces années, quelle différence ? Lorraine est morte et enterrée. Ça ne la fera pas revenir.

— Lorraine aurait pu écrire les chansons, à ton avis ?

— Merde ! Mooney, non. Tu as vraiment un esprit de flic, un esprit complètement tordu, en plus. Non !

— Te voilà bien féroce, tout à coup, lâcha Mooney d'un petit ton tranquille.

— Non, répétai-je, tu te goures.

39

Lorsque Mooney comprit où se trouvaient nos places – dernière rangée, balcon supérieur, côté couloir –, il me jeta un regard appuyé.

— Je croyais que tu avais une copine dans la place, dit-il.

Je pris entre les rangées de sièges et lui laissai le soin de me suivre. Le type des Stups amené par Mooney avait un profil d'aigle et le sourire rare ; il se laissa tomber dans son fauteuil avec un grognement.

Nous étions placés si haut que je regrettai presque de ne pas avoir prévu un masque à oxygène. J'avais peur de basculer dans le gouffre de l'orchestre. Mais lorsque les lumières baissèrent, le mouvement, la musique et les projecteurs conjuguèrent leurs rythmes comme ils n'auraient jamais pu le faire vus du quatrième rang. La scène avait l'air d'une miniature incrustée de pierres précieuses, de la pièce de choix d'un musée imaginaire.

Je jetai un coup d'œil à ma montre et espérai que le groupe nul assurant la première partie – un vrai désastre, deux filles, deux garçons et une absence tragique d'harmonie – s'en tiendrait à la demi-heure qui lui était attribuée. Je doutais qu'ils obtiennent un rappel. J'avais raison.

Un rugissement général accueillit l'entrée en scène de Dee. Elle portait son smoking blanc, des talons vertigineux et d'énormes boucles d'oreilles pailletées qui lui descendaient jusqu'aux épaules. Elle marmonna un bref remerciement, tapa du pied, cria : « Six, sept, huit » par-dessus les acclamations de la foule, et ouvrit le concert par *Steel Guitar*.

Je fermai les yeux et me rappelai ce que c'était que de faire partie d'un groupe. Maintenant, je joue seule. Après la mort de Lorraine, après le départ de Cal, je n'ai jamais essayé de rejoindre un autre groupe. Désormais, mon unique activité collective est le volley-ball, et si la sauce prend, si les joueurs sont synchronisés, si la balle flotte jusqu'au filet dans un délicieux ralenti, si on sait qu'elle va toucher, si on sent comment l'adversaire va réagir, alors nous effleure un peu de cette magie.

Mais le volley, c'est du pipeau comparé à jouer avec quelqu'un comme Dee, à côté de quelqu'un comme Cal, quand on entend ses propres sons se mêler à d'autres sons, quand on devient quelque chose de mieux, quelque chose de grand. Je me souviens de ces moments de silence à la fin d'un morceau, suivis du brûlant désir d'un couplet de plus, d'une reprise de plus, de cinq minutes encore de cette harmonie si proche, si terrible, si magique, âme contre âme, comme en amour.

En un éclair de haine pure, j'aurais voulu pouvoir prouver, d'une façon ou d'une autre, que

Dee avait tué Lorraine. Si Lorraine l'avait gênée, elle aurait pu le faire. Non pas en lui proposant des cachets et en la faisant boire, mais en la quittant, en la laissant pousser jusqu'au bout ce qui, de la part de Lorraine, ne pouvait finir que comme une comédie, comme un drame. « Je t'aime ; si tu me quittes, je me tue ; je te jure. » Il ne me fallait guère d'efforts pour entendre la voix claire et douce de Lorraine prononcer ces mots,

Je pensai aux années que j'avais passées à me ronger. Lorraine, Cal, tout était de ma faute. Je n'avais pas compris Lorraine ; j'avais fait fuir Cal. C'est ce que je croyais. Or Dee avait emmené Lorraine ; Dee m'avait enlevé Cal. Elle avait pris tout ce qu'elle voulait avoir.

Elle se remit à chanter, et ma haine se dissipa comme une brume d'été. Dee avait raison. Je ne pouvais dissocier la chanteuse de la chanson.

Je jetai un coup d'œil à Mooney, pour voir si la magie ensorcelante de Dee l'avait ému lui aussi. Il scrutait sa montre, l'esprit tout à son travail. Et je jure que l'homme des Stups, à côté de lui, s'était mis des boules Quiès.

Freddie à la batterie, Ron à la guitare, le clavier, un nouveau bassiste maigrichon, tous se fondaient dans le décor, dominés par Dee qui possédait le public et chantait. J'aurais pu traquer sur son visage un signe de son tourment, mais je n'avais pas de jumelles de théâtre. Et j'étais contente de ne pas en avoir. Je savais ce que j'aurais vu. L'expression de Cal lorsqu'il jouait. Dee, seule avec sa musique.

Le public était en extase – des fans purs et durs, les anciens piliers de bars de Boston, accueillant le retour de leur vedette locale. Ils l'ovationnaient après chaque morceau. J'essayai d'en faire autant, et découvris que je pouvais à peine applaudir. Ça ne marchait pas. Pas d'écho.

Dee ne dit rien entre les chansons ; elle se contenta de rester la tête basse jusqu'à ce que la musique reprenne, lui insufflant une vie nouvelle, comme si elle n'était qu'une poupée, un pantin galvanisé par les notes.

Chaque jour, il y a des trains qui partent dans deux directions opposées, chanta-t-elle. Je me demandai si elle avait choisi ce morceau pour moi, ou pour Davey. Jimmy Ranger avait dû imposer les chansons qu'il considérait comme les plus solides, commercialement parlant. Tout le reste n'était que des conneries sentimentales, me rappelai-je à temps. Dee était une industrie, et pas une pauvre fille de campagne qui savait chanter le blues.

La scène lui appartenait ; c'était chez elle. Elle s'y pavanait, elle y chantait, elle y dansait lorsque la musique l'emportait. Vue du balcon, c'était une femme magnifique. Seule une femme magnifique pouvait avoir cette voix magnifique. Pendant les applaudissements, l'illusion retombait, et entre le septième et le huitième morceau, après avoir murmuré « merci ! », elle articula clairement : « Celle-ci est pour Davey. »

C'était *For Tonight.* Elle chantait depuis quarante-cinq minutes. Je donnai un coup de coude à Mooney. Pour nous, c'était le moment.

40

Personne ne remarqua notre départ. C'était pour ça que j'avais choisi des places au fond, près de l'allée centrale. Je montrai le chemin jusqu'au cagibi qui servait de bureau à Hal Grady. La recette de la soirée ne commencerait pas avant minuit son périple en direction des coffres de la banque d'à côté.

C'est ce qu'avait juré Hal Grady lorsque le type des Stups, sur l'avis de Mooney, avait chopé le « joueur » de Dee l'après-midi même. Ce fut, me confia Mooney, une longue et intéressante entrevue. Mis devant des bulletins de salaires et des relevés de comptes bancaires – nettement incompatibles – Grady avait tout d'abord attribué sa bonne fortune au jeu. À ce stade, Hal aurait dû demander à voir un avocat, d'après Mooney, mais la menace d'une visite du fisc le rendit des plus coopératifs, et décidé à tout faire pour éviter la prison. Au point d'accepter de passer la soirée muni d'un micro des Stups.

Je me demandai si, des années plus tôt, Mickey Manganero avait jaugé le potentiel du blanchiment à long terme qu'offrait la carrière de Hal, et s'il était allé le chercher à Atlantic City avec une offre alléchante. Je me demandai si l'un des cadres sans visage de MGA avait été acheté ou menacé par les Gianelli. Grady avait juré que Manganero était son seul contact.

D'après Hal, deux agents de la sécurité étaient traditionnellement chargés de porter l'argent à la banque ; l'un d'eux était George Wolfe-avec-un-e, l'homme de la liste d'exemption. L'autre était en général un type assez baraqué pour dissuader les truands du coin. Ce soir, ce serait Leroy, le plus jeune frère de Gloria. Ce n'est pas le plus imposant des trois, mais le plus teigneux, celui que vous n'aimeriez pas rencontrer tout seul, la nuit, dans une rue mal éclairée.

Pendant que nous marchions, l'homme des Stups parla tranquillement dans ce qui semblait être un bouton de col ordinaire. Les Stupéfiants sont toujours équipés dernier cri, question techno. Ils s'intéressaient au Gros Mickey bien avant ma première conversation avec Joanne Triola.

L'agent entre Mooney et moi, un vétéran, nous dévisagea à tour de rôle avec l'expression décavée du mec déprimé par un boulot merdique. Il enleva de ses oreilles ce que j'avais pris pour des boules Quiès.

— Le micro fonctionne, tout se passe très bien, dit-il.

II essayait de se montrer enthousiaste mais son ton disait : je suis sûr que tout va foirer à la dernière minute. Au bout du rouleau, pas de doute.

— Vous voulez écouter ? me proposa-t-il.

La voix plaintive de Dee était noyée dans le fond sonore. J'entendais surtout les roulements de batterie de Freddie.

— D'accord, dis-je.

Il me passa un des écouteurs et je le fourrai dans mon oreille droite. Ce n'était pas le son haute fidélité, mais je pouvais reconnaître les mots. Hal paraissait nerveux.

— Écoute, l'entendis-je soudain bégayer, je ne veux plus faire ça, tu piges ?

— T'as pas vraiment le choix, mon pote.

La voix de Manganero était profonde et agréable, détendue. Je le revis, resplendissant dans son smoking à la sauterie de MGA/America ; sa seule erreur avait été de bavarder avec la petite amie de Sam Gianelli. Sam ne me faisait pas franchement de publicité auprès des relations d'affaires de son père.

— L'argent rentre, continua Manganero. C'est ça qui te permet d'envoyer tes enfants dans une école chic, l'oublie pas. Tu sais, il peut en arriver des choses, aux gosses qui vont à l'école, surtout aux jeunes filles.

— Salopard, murmurai-je à voix basse.

Mr Stup parla dans son bouton de col.

— Ça suffit ? Vous êtes sûrs que la bande est OK ?

— Embarquez-le.

La réponse me parvint assez fort pour me donner envie d'arracher l'écouteur et de le tenir à quelques centimètres de mon oreille. Deux flics apparurent de chaque côté de la porte du bureau, tous deux armés d'automatiques 9 mm, portant des gilets pare-balles marqués à l'enseigne du service des Stups, devant et au dos, afin de leur éviter de se descendre entre eux.

Je m'écartai, comme à mon habitude lorsque la puissance de feu est assez élevée. Je n'étais pas là pour voir parler la poudre mais pour l'étape suivante, le cortège jusqu'au bureau de George Wolfe, pour soutenir le moral de Hal – et surtout, pour m'assurer qu'il n'ait pas soudain l'impulsion de filer à l'anglaise.

Notre ami des Stups n'aimait pas trop cet arrangement. Mooney non plus. Mais Hal avait insisté pour que j'y sois. Pendant la séance de l'après-midi, il avait argumenté que personne ne risquait de me prendre pour un flic.

Je m'étais donc habillée concert, ou plutôt fête-après-concert : jean moulant noir qui n'avait pas du tout l'air d'un jean, chemisier en soie verte qui donnait à mes yeux la couleur de l'émeraude, sans oublier la broche en or de tante Béa dans l'échancrure.

Lorsque le type des Stups défonça la porte, Manganero leva les mains en l'air et serra les lèvres. Il était si calme que je le soupçonnai d'avoir flairé le micro. Les liasses de billets sur le bureau de Hal ne venaient pas des guichets, mais elles étaient déposées à la Banque du Commerce grâce aux magouilles de Hal, avec l'aide de George Wolfe

– qui palpait quelques billets de mille pour sa peine – et l'argent perdrait son identité jusqu'à ce qu'il soit temps de le recycler dans une des activités « légales » des Gianelli.

Les taxis Green & White n'en font pas partie. Du moins, c'est ce que prétend Sam.

Les agents des Stups se dépêchèrent de photographier les liasses de billets de Manganero, histoire d'établir une chaîne directe de preuves grâce aux numéros, tout en comptant les dollars. Ils espéraient remonter la filière jusqu'au cadre de MGA qui avait été acheté, ou contraint et forcé, et jusqu'au directeur de banque suborné. La même signature sur une série de chèques tirés au nom d'une des vitrines des Gianelli pour un montant, disons, de neuf mille neuf cents dollars intéresserait beaucoup les Stups.

— Ils vont m'attendre, murmura nerveusement Hal.

Manganero, menottes aux poignets, lui jeta un regard assassin. Il avait eu un doute pour le micro, maintenant il était sûr.

— Ils attendront, Hal, dit Mooney, rassurant. Vous n'allez pas craquer maintenant.

— C'est juste que... J'ai du mal à...

— Respirez à fond, conseillai-je. Encore une fois.

— C'est juste que, ce genre de trucs, ça finit toujours par vous rattraper, constata Hal avec un haussement d'épaules incrédule.

Je pensai à Dee.

— Ça dépend, rectifiai-je.

— Je sais ce que je dis, insista-t-il, comme s'il lisait dans mes pensées. Je n'aurais jamais fait d'ennuis à Dee. J'aime cette fille. Elle aurait dû me foutre dehors la première fois que j'ai emprunté du fric pour régler une dette douteuse. D'une certaine façon, elle m'a gardé à flots. Et maintenant, je suis dedans jusqu'au cou,

— C'est Mimi qui a déconné, dis-je.

— Cette petite salope, acquiesça-t-il sans colère. C'est la friandise de Manganero, lorsqu'elle n'est pas en train de se coucher sur le dos ailleurs. Et le couillon que je suis a cru bon de se confier à elle, de lui dire pourquoi je me faisais du mouron.

— Lorsque Dee vous a annoncé que j'étais une vieille amie, vous ne l'avez pas crue ?

— J'ai pensé que vous veniez peut-être remplacer Brenda, que Dee cherchait à secouer le groupe. Mais Mimi m'a raconté que Dee avait parlé d'une licence que vous auriez. Je voulais voir ça de plus près.

— Alors vous avez envoyé quelqu'un me piquer mon sac à main.

— Je le reconnais, mais je ne m'attendais pas à ce que le gosse sorte une lame. Pour Mimi, le casse était une petite sortie en ville. Je ne savais même pas ce qui s'était passé jusqu'à ce qu'elle me le dise.

Les Stups en avaient fini avec l'argent.

— Pourquoi vous ne voulez pas que je sorte avec vous ? demanda Profil d'Aigle.

— Pas question, protesta Hal, obstiné. Ce n'est pas dans le contrat. Elle et moi, c'est tout. Elle peut rentrer dans le bureau avec moi. Pas vous.

Nous marchâmes lentement. Hal semblait avoir besoin de parler, micro ou pas. C'était si facile de tomber là-dedans, expliquait-il. Ces histoires de fric. Il savait que c'était mal, mais c'était si commode.

J'acquiesçai. Rien de plus simple que d'acheter des gens, surtout avec la méthode de la carotte et du bâton préconisée par tous les Manganero du monde. « Vous m'aidez à blanchir cet argent, vous en prélevez un bon paquet au passage, ou alors votre fille de quinze ans va connaître des moments difficiles. »

Nous entendîmes le déluge d'applaudissements signalant la fin d'un morceau, et Hal se redressa de tout son mètre soixante, fier de Dee comme s'il était de sa famille.

— Débranchez une seconde le micro, Hal, murmurai-je.

— Quoi ?

— Vous m'avez compris.

Il défit quelques boutons de sa chemise et tourna un cadran.

Les gars vont faire la gueule. Qu'est-ce qu'il y a ?

— Dites-moi la vérité, rien qu'une fois. Dee savait-elle pour le blanchiment ?

— Non.

— La vérité, Hal. Entre vous et moi.

Il me regarda longuement. Puis il dit tranquillement :

— Que dalle ! Sur la tombe de ma mère. Je peux rebrancher ?

— Attendez ! Est-ce que Dee vous a jamais parlé de Lorraine Holbrook ? Est-ce qu'elle vous aurait dit qu'elle lui devait une chanson, n'importe laquelle ?

— Désolé, fit Hal en fixant le plancher. Je ne l'ai jamais entendue prononcer ce nom-là. Je rebranche le micro, d'accord ? Je ne tiens pas à ce que ces types croient que je les double. J'ai déjà assez de pépins comme ça.

Nous frappâmes à la porte close de George. Trois-deux-trois, selon le code fixé par Hal. Une voix tendue nous dit d'entrer et de fermer la porte. Reboutonnant à la hâte sa chemise, envisageant peut-être son avenir dans le Programme Fédéral de Protection des Témoins, Hal n'y vit rien d'anormal.

41

— Fermez la porte à clé derrière vous, aboya l'homme mince en uniforme de vigile.

Ce n'était certainement pas Leroy.

Hal obéit ; j'entendis le déclic. Il avait toujours le micro, me rappelai-je en inspirant profondément. Mais avait-il remis le volume ? Est-ce qu'on nous écoutait ? Est-ce que les types des Stups faisaient la fête dans leur minibus pour célébrer la capture de Manganero ?

Après tout, pour eux, le plus dur était fait.

Ils étaient censés repérer George et Leroy – le frère de Gloria – dès que ceux-ci quitteraient l'immeuble, et les filer jusqu'à la banque. Mais avant ça, tout pouvait arriver. Ils ne m'avaient même pas adjoint un de leurs agents, persuadés qu'il valait mieux qu'une simple citoyenne puisse confirmer la déposition de Hal, et témoigne que le fric douteux de Manganero s'était mélangé aux recettes légitimes du concert dans le bureau de George.

Hal me présenta à George, l'homme qui figurait sur la liste d'exemption, un type trapu entre deux âges, qui se contenta de me saluer, sans plus. Je me forçai à sourire. Apparemment, George non plus n'avait pas compris qu'il y avait anguille sous roche. Hal n'avait rien deviné. Je n'avais vu le jeune homme aux gros sourcils qu'une seule fois. Est-ce que j'étais sûre de mon coup ? Je n'avais même pas demandé à Mooney de me montrer son portrait-robot. Pourtant, j'étais certaine de me trouver en présence de Ray, l'assassin de Brenda.

— Vous pensez que vous vous en tirerez à deux ? Tout ce fric, ça doit peser une tonne, dis-je avec un rire idiot de collégienne.

Je parlais trop fort, essayant d'accrocher l'oreille du technicien le moins bouché dans le fourgon de surveillance.

George eut un léger rire.

— Ouais ! cette fois-ci, ils m'ont envoyé un assistant grand format. Celui qui fait ça d'habitude… ben… il est malade.

— Un petit gars comme vous dans un boulot de sécurité, minaudai-je. Vous avez un zinc ?

— Qu'est-ce que ça peut vous faire ? lâcha Ray.

Je pris ça pour un oui, en espérant que les types des Stups avaient entendu.

Comment Ray avait-il éjecté Leroy ? Je priai pour qu'il ait utilisé sa cervelle et pas son revolver ; j'imaginai un Leroy écumant de rage dans un placard quelconque. Si quelque chose arrivait à son frère, je ne pourrais plus jamais me présenter devant Gloria. Apparemment, Ray n'avait pas piqué les fringues de Leroy. L'uniforme bleu était juste à sa taille.

Bon Dieu ! ce type était futé. S'il ne pouvait pas obtenir l'argent d'une façon, il l'aurait d'une autre.

— Qui êtes-vous ? me demanda Ray d'une voix quelque peu excédée.

— C'est ma princesse pour cette nuit. Je les aime grandes, plaisanta Hal en passant un bras autour de ma taille.

Il s'en tenait à notre couverture. Je m'en écartai délibérément.

— Dee et Mooney veulent être sûrs que tout rentrera au bercail, articulai-je d'une voix pâteuse, comme si j'avais bu.

J'écoutai, espérant entendre des pas dans le couloir, dans l'escalier. Rien.

George regarda le gros sac de Hal.

— Combien ?

Pendant qu'ils manipulaient les liasses, je passai le bureau en revue. Pas d'autre entrée, pas de sortie de secours, même pas une fenêtre. Je mémorisai une affiche d'une ancienne tournée de Crosby, Stills, Nash & Young, punaisée sur un des murs jaunis. Un panneau couvert de feuilles multicolores annonçait des événements à venir. Une pendule d'école, toute ronde, battait la mesure. 11 h 46. 11 h 47. Je jetai un regard en coin à Ray, me demandant si son revolver était glissé dans sa ceinture, dans son dos, ou dans une poche. Pas moyen de discerner une bosse.

— Qu'est-ce que tu mates, salope ?

— À votre avis ?

— Hé ! dit Hal, changez de ton, hein !

Je mesurai la distance entre le bureau et la porte, entre Ray et George. Pourrais-je le coincer ?

C'était une bonne musicienne. C'est ce que Dee avait déclaré à propos de Brenda. Une dure, et une bonne musicienne. Belle épitaphe pour une pierre tombale.

— Mais au fait, m'exclamai-je avec un sourire épanoui. Je vous ai déjà vu quelque part, non ? Vous êtes musicien ? Non, ne me dites rien. Je vous ai vu avec... Machine... Brenda ! la bassiste de Dee, c'est ça ?

Voilà. C'était sorti. Maintenant est-ce qu'un des types du minibus daignerait enfin prévenir Mooney qu'il se passait quelque chose de bizarre dans le bureau, où l'argent qu'on avait gentiment photographié était sur le point de passer dans de mauvaises mains ?

— C'est pas moi, rétorqua Ray calmement.

Je me demandai s'il se rappelait notre brève rencontre dans la suite de Dee.

— Paraît qu'on a tous notre sosie, dis-je avec légèreté. En tout cas, vous ressemblez drôlement à Ray – le petit ami de Brenda. Hal chéri, tu crois aux sosies, toi ?

— Je suis vigile, dit fermement Ray. Ferme-la ! Viens, George, on y va.

L'argent avait été réparti dans quatre sacs de toile, chacun fermé et cadenassé. À contrecœur, George tendit à Ray la petite clé de bronze.

Hal réagit pile au mauvais moment. Il scruta le minus aux yeux sombres, et un sourire incertain flotta sur son visage.

— Merde ! dit-il. T'es pas gardien, fiston. T'as pas la carrure.

Puis Hal se tourna vers moi, comme si tout était de ma faute, concocté par votre dévouée Carlotta, conjointement avec la Police de Boston et les Stups.

— Qu'est-ce que ce fils de pute fout là ? me demanda-t-il.

— File-lui le pognon et basta, Hal, le pressa George en s'essuyant la bouche. Il a un zinc. Tu lui files le fric, c'est tout. On est là pour ça. C'est pas ton pèze, ni le mien. Ça ne vaut pas...

Hal secouait la tête, incrédule. Puis un sourire s'élargit sur son visage.

— Ça, mon petit, t'as vraiment fait la connerie du siècle, dit-il d'un ton désolé.

Et il écarta le pan de sa chemise pour que Ray voie le micro.

— Connard ! cri ci Ray en sortant son revolver. Je veux ce putain de fric, c'est tout ! Qu'est-ce que ça peut te foutre ?

— Non ! criai-je au même moment.

Je tentai d'écarter Hal. Le bureau était trop petit.

Ray tira. Il dut croire que Hal allait dégainer une arme.

Je touchai le plancher avant la fin de l'explosion. Je me fis toute petite, ramassée sur moi-même au ras du sol, comme une grenouille avant de sauter.

Je voyais l'un des pieds de Ray, sous le bureau. Avant qu'il n'ait le temps de tirer de nouveau, je m'élançai, saisissant son pied à deux mains pour le déséquilibrer. George, plutôt rapide pour sa corpulence, Dieu merci ! frappa le poignet de Ray du tranchant de la main et s'empara du calibre .22.

Hal gémissait sur le plancher. Je déchirai sa chemise et hurlai dans le micro.

— Appelez une ambulance, bon Dieu ! Qu'est-ce que vous foutez, là-bas ?

Ils écoutaient la fin du concert, me dit plus tard Profil d'Aigle. Le micro crachotait ; le volume avait baissé d'un coup. Je m'abstins de leur révéler que j'avais demandé à Hal de le couper. Pendant qu'ils hurlaient et se rejetaient la faute les uns sur les autres, je fis du bouche à bouche à Hal, forçant sa poitrine à se soulever et à s'abaisser en rythme. Je crois qu'il vivait encore lorsque les médecins l'emmenèrent.

Il mourut à l'hôpital, me dit Mooney. Je ne me montrai pas à la fête. Ma chemise en soie verte était toute tachée de sang. Je la balançai à la poubelle en arrivant chez moi.

Faudrait pas que j'oublie de l'ajouter sur la note de MGA/America.

42

Le lendemain matin, j'allai voir Davey à Saint-Jean-de-Dieu. Je fis savoir à Mooney où il pourrait me trouver, si besoin était.

Je repérai ma voiture sur le parking, le pare-brise orné d'une jolie contredanse rouge. La Hummingbird, dans son étui rigide, était sous le lit de Davey.

— Il l'a vue ? demandai-je à Sanderley.

— Oui, dit-il avec un sourire triste et fugace, avant de s'enfuir à toutes jambes.

Les yeux enfoncés de Davey me fixèrent sans me voir.

— Qui suis-je ? lui demandai-je.

— Dee ? répondit-il, incertain.

— Ça ne fait rien.

Je tirai l'étui de sous le lit et l'ouvris.

Je caressai un accord en *sol*, et réglai le *mi*. Je plaquai encore quelques accords, quelques notes, dus l'accorder de nouveau. Le son était brillant, les cordes comme neuves. Je me demandai si Cal les avait remplacées. Des cordes GHS de rechange étaient nichées dans le velours rouge de l'étui. J'avais apporté mes médiators.

Je commençai par un morceau purement instrumental de Gary Davis. De vieux cantiques baptistes, des airs de danse, *Mole's Moan*. Je n'étais pas sûre de ma voix, puis, lorsque je vis que Davey appréciait la musique, je me mis à chanter doucement des trucs de Robert Johnson, et de Blind Willie Mc Tell.

Le frère de Gloria Leroy allait bien ; c'était une bonne nouvelle. On lui avait fait dévaler une volée d'escalier, et on l'avait rossé de la belle manière. Il décrivit la chose comme le plaquage le plus vicieux qu'on lui ait fait subir depuis qu'il avait abandonné le football américain.

L'accusation des Stups contre Mickey Manganero était partie en fumée. Plus de Hal pour témoigner. Mimi passerait sans doute en jugement, mais pas dans un avenir proche. Si la prédiction de Roz se réalisait, elle ne vivrait peut-être pas assez vieille pour ça.

Roz s'était teint les cheveux d'une couleur cuivrée bizarre.

Stuart Lockwood avait refusé de prendre en charge la défense de Ray. Le meurtrier de Brenda aurait un avocat commis d'office. Personne n'avait pu démasquer le contact de Manganero chez les huiles. Les Stups attendent qu'il recommence à signer des chèques.

Qui que ce soit, Dee ne serait pas inquiétée. D'ailleurs qu'est-ce qui pouvait inquiéter Dee ?

J'entamai un blues sur douze mesures, si antique qu'on le classait dans les traditionnels ; personne ne savait qui avait écrit les paroles.

I'm going away, babe, I won't be back till fall.
If I find me a new man, I won't be back at all.

Je m'en vais, je ne reviendrai pas avant l'automne.
Et si je me trouve un autre jules, je ne reviendrai pas.

Je n'entendis pas la porte s'ouvrir, mais d'autres voix se joignirent à la mienne. Je m'en tins à la ligne mélodique, laissant les harmonies aux autres.

— Joli, finit par dire un alto bien connu.

— Davey, dis-je, Dee est passée te dire bonjour. Son compagnon de chambre écarquilla les yeux.

Je voulus tendre la guitare à Dee, mais elle avait apporté miss Gibson. Cal avait une mandoline, un banjo et une basse. Tout ce qui avait des cordes, il pouvait en jouer.

Tous les trois, nous grattâmes et chantâmes jusqu'à nous casser la voix, jusqu'à ce que les ampoules que j'avais aux mains se mettent à saigner.

— Je te croyais à Baltimore, fis-je à Dee.

— J'ai reporté le concert et toute la tournée. On a besoin d'un nouveau manager, d'un nouveau bassiste.

Elle jeta un regard en coin à Cal.

Davey faisait ce qu'il pouvait. Parfois, il fermait les yeux, et seul son doigt qui battait la mesure sur le drap indiquait qu'il ne dormait pas. Parfois, il prenait un instrument dans ses mains squelettiques, à peine capable de sortir une note. Peut-être ne nous remettait-il pas très bien mais sa mémoire semblait faire défiler un passé lointain;

nous jouâmes de vieilles chansons, et il lui arriva plusieurs fois de nous rejoindre de sa pauvre voix rugueuse et foutue.

I was born in Tennessee
I miss my friends and they miss me.

Je suis né dans le Tennessee
Mes amis me regrettent et ils me manquent aussi.

C'est là que j'ai craqué. J'ai posé avec précaution la guitare à côté du lit et je suis partie.

Dee et Cal sont restés. J'espère que tout ira bien pour eux. J'espère qu'il va rejoindre le groupe et retrouver la musique.

J'arrachai la contredanse de sous l'essuie-glace et la mis en pièces sans remords, éparpillant les morceaux sur le parking. Puis j'ouvris la porte avec mon double et récupérai l'autre clé dans la boîte à gants. Je voulais rouler, rouler toute la journée, toute la nuit, jusqu'au matin, jusqu'à ce que j'aperçoive un cerf-volant jaune vif dans le ciel, un cerf-volant avec ma petite *chicana* au bout de la ficelle.

Les personnes disparues, c'est mon rayon.

COMPOSITION RÉALISÉE PAR BELLE PAGE
IMPRESSION RÉALISÉE PAR
BUSSIÈRE
POUR LE COMPTE DES ÉDITIONS J.-C. LATTÈS
17, RUE JACOB, 75006 PARIS
EN SEPTEMBRE 2024

COMPOSITION RÉALISÉE PAR [illegible]
IMPRESSION RÉALISÉE PAR
[illegible]
POUR LE COMPTE DES ÉDITIONS [illegible]
[illegible]
[illegible]

LE MASQUE
s'engage pour l'environnement
en réduisant l'empreinte carbone
de ses livres.
Celle de cet exemplaire est de :
450 g éq. CO_2
Rendez-vous sur
www.lemasque-durable.fr

PAPIER À BASE DE
FIBRES CERTIFIÉES

N° d'édition : 01 – N° d'impression : 2080874
Dépôt légal : octobre 2024
Imprimé en France